Max du Veuzit

John, chauffeur russe

Max du Veuzit

John, chauffeur russe

roman

Max du Veuzit est le nom de plume de Alphonsine Zéphirine Vavasseur, née au PetitQuevilly le 29 octobre 1876 et morte à BoisColombes le 15 avril 1952. Elle est un écrivain de langue française, auteur de nombreux romans sentimentaux à grand succès.

John, chauffeur russe

Édition de référence :

Éditions V.D.B.

I

Une longue auto, à conduite intérieure, de couleur sobre mais de forme irréprochable, s'allongeait dans la cour d'allée d'un grand hôtel particulier de l'avenue Marceau à Paris.

Assis sur le marchepied, le nez plongé dans une brochure, le chauffeur, un grand jeune homme blond d'une trentaine d'années, attendait des ordres.

Il y avait plus d'une heure que l'homme lisait quand, du haut du perron majestueux descendant de l'hôtel, apparut Michelle Jourdan-Ferrières, la fille de l'ancien fabricant de conserves, bien connu, aujourd'hui, dans le monde de la finance internationale.

Elle était un peu grande, si fine, si distinguée dans son tailleur sombre que les yeux s'accrochaient à elle, involontairement, pour la détailler avec plaisir.

La petite tête altière, au profil régulier, se rejetait en arrière, avec un charme hautain fait de réserve et d'orgueil.

L'immense fortune de son père, brave homme, mais d'intellectualité médiocre, qui se croyait d'essence supérieure pour avoir su réaliser sur des fournitures de conserves, à l'État, des bénéfices atteignant le taux, normal pour lui, de trois cent cinquante pour cent, avait fait de Michelle un être particulier, mi-cynique, mi-naïf.

Foncièrement honnête et droite, elle n'admettait pas cependant qu'un seul de ses désirs pût être mis en échec.

Une mère aurait pu atténuer, peut-être, ce que son caractère avait de trop volontaire et de trop orgueilleux. Mais Michelle avait perdu sa mère alors qu'elle était encore très jeune, et son père, s'étant remarié quelques années après, ne lui avait donné pour belle-mère qu'une femme jolie et insignifiante, trop coquette pour être bonne éducatrice, trop imbue de sa petite personne pour penser à celle des autres.

La seconde Mme Jourdan-Ferrières n'était pas

méchante ; elle aimait sa belle-fille à sa façon et ne contrariait pas ses volontés, pourvu que celles-ci ne fussent pas en contradiction avec son besoin d'être belle, de paraître toujours jeune et de rester la plus élégante entre les mieux vêtues de ses amies.

Une telle éducation féminine avait livré Michelle à tous les écarts d'un caractère abandonné à lui-même et que le seul contrôle d'un orgueil démesuré empêche de mal faire.

Flattée par tous les habitués de la maison, recherchée en mariage par toute une cour d'adorateurs éblouis devant le veau d'or personnifié par M. Jourdan-Ferrières, obéie servilement de toute la valetaille pour laquelle ses moindres volontés étaient des ordres... payants, Michelle s'était peu à peu habituée à cette domination que donne l'argent sur la plupart des gens.

Dans sa petite âme personnelle et orgueilleuse à la fois, elle savait que tout s'achète et se paie ! Avec de l'or on peut tout se procurer : bijoux, toilettes, honneur... consciences même ! Et bien qu'elle eût à peine plus de vingt ans, le mépris qui marquait presque perpétuellement ses lèvres n'était pas un mépris de commande.

Il y avait, véritablement en elle-même, un obscur dégoût pour cette mentalité moderne qui règne depuis la guerre, en adoration perpétuelle devant l'argent d'où qu'il vienne, pour tous ces rastas mondains que l'on subjugue, pour tous ces êtres parasites prêts à se muer en esclaves de ses moindres désirs.

Et elle allait dans la rue, la tête haute, planant au-dessus de tous, persuadée de sa supériorité écrasante sur l'éternelle cohue, s'imaginant d'essence presque divine, parce que, ne connaissant pas le besoin, elle ignorait aussi les bassesses, les platitudes, les compromissions, l'humilité même de toute cette foule anonyme courant après son pain quotidien ou après un peu de superflu.

Quand Michelle arriva auprès de l'auto, elle s'arrêta.

À quelques pas de lui, elle examina le chauffeur qui, toujours lisant, ne l'avait pas aperçue. Elle détailla, un instant, le profil régulier, les cheveux blonds, épais et ondulés, les épaules puissantes, les mains fines aux doigts longs, aux ongles roses... si soignés que toute une race semblait se révéler dans de pareilles extrémités.

Elle pensa :

« Fichtre ! le beau garçon ! »

Mais, parce que sa pensée avait accordé un hommage à cet homme, elle redressa plus fort la tête pour combler cette condescendance intime.

Et la voix froide, si glaciale dans son dédain voulu, elle demanda :

- Dites donc, l'homme ! C'est vous le nouveau chauffeur ?

Ainsi interpellé, celui-ci tourna la tête vers elle. Il aperçut la jeune fille si jolie et si soignée dans son luxe de bon ton.

D'un bond, il se leva, ébloui par cette gracieuse vision.

- Oui, mademoiselle, fit-il simplement, sans servilité.

Elle admira, en elle-même, sa haute stature qui faisait de lui, avec ses larges épaules, un vrai colosse.

- Vous êtes à mon service particulier... Mon père vous a dit ?

M. Jourdan-Ferrières m'a prévenu que je serai exclusivement aux ordres de Mademoiselle.

Elle perçut un imperceptible chantonnement dans la voix.

En même temps, elle remarquait la peau blanche, les yeux bleus aux lueurs changeantes, la vague nostalgie du regard.

- Vous êtes étranger ? remarqua-t-elle. - Je

suis Russe.

- Et vous vous nommez ? -

Alexandre Isborsky.

La tête toujours rejetée en arrière, elle continuait de le regarder de haut en bas.

Du bout des lèvres, elle remarqua avec dédain :

- Alexandre ! Ce nom est affreux pour un

chauffeur !... C'est comme cette origine russe ! Ce n'est pas une référence, ça ! Russe ! C'est toute une évocation de révolutionnaires, d'anarchistes, même de soviets ! Vous vous appellerez John et vous tairez votre nationalité.

L'homme avait eu un léger sursaut. Sur sa face pâle, une flamme passa et, dans ses yeux indolents, une lueur d'acier filtra.

Une seconde, il parut hésiter sur la réponse à faire.

Mais elle, sans baisser les yeux et sans vouloir remarquer la brusque indignation des prunelles, jeta, avec son même ton décidé, en grimpant dans l'auto :

- John ! En vitesse aux Galeries Mondaines.

Déjà, la portière refermée sur elle, enfoncée dans le luxueux et souple capitonnage, indifférente au chauffeur mal revenu de sa surprise, elle promenait coquettement, avec minutie, sa houppette de poudre de riz sur son visage éclatant de jeunesse.

L'hésitation du jeune homme avait à peine

duré. Dans ses yeux, l'étonnement faisait place à une sorte d'ironie.

« Quelque nouvelle riche ! pensa-t-il avec pitié. Une belle enveloppe, mais une âme de moujik. »

Et, posément, peut-être avec la vague résignation des peuples slaves à ce qu'ils ne peuvent empêcher, il montait sur son siège et embrayait le moteur qui, doucement, sans heurt, sans bruit, fit démarrer l'automobile.

II

Avant le grand magasin que la jeune fille avait indiqué à son chauffeur, Michelle prit le cornet acoustique.

- John ! arrêtez ! lança-t-elle.

L'auto stoppa.

- J'ai changé d'avis, reprit-elle. Conduisezmoi à l'église Notre-Dame-de-la-Croix.

- Bien.

Malgré cette approbation, le chauffeur parut hésiter.

Michelle le vit atteindre un petit indicateur des rues de Paris et le consulter.

Elle reprit l'acoustique.

- Vous ignorez le chemin à prendre ?

- L'emplacement de cette église m'échappe, mademoiselle.

- En haut de la rue des Amandiers.

Elle ne put voir l'étonnement qui apparut sur les traits du jeune homme, mais comme il restait muet, elle insista :

- Je vous dis, en haut de la rue des Amandiers. Vous ne connaissez pas ? Là-bas ! à Ménilmontant.

- Si, je vois ! mais je croyais avoir mal entendu.

Un énervement secoua Michelle.

- Allons, filez, si vous savez où c'est ! Vous réfléchirez demain.

De nouveau, l'auto s'élança, souple et silencieuse sous la main qui la guidait.

Le jeune Russe s'étonnait un peu. Peu habitué, sans doute, à servir des maîtres aussi arrogants que cette poupée millionnaire, il trouvait étrange la destination choisie par cette jeune fille. Il connaissait assez Paris pour savoir que le quartier de la rue des Amandiers n'était pas habituellement fréquenté par les habitants des avenues avoisinant l'Étoile.

Cependant, au bout d'une demi-heure, après avoir profité d'un encombrement pour s'informer discrètement de l'emplacement de l'église, il stoppait devant Notre-Dame-de-la-Croix.

Michelle dut elle-même ouvrir la portière, le chauffeur étant demeuré droit sur son siège.

Comme il levait les yeux vers la très belle église dont une équipe d'ouvriers nettoyait la toiture, une colère saisit Michelle.

- Vous pouvez vous occuper de la portière quand j'ai à descendre. Faites donc votre service au lieu de bailler, le nez en l'air !

Le Russe laissa tomber son regard sur Michelle.

- Je m'excuse auprès de mademoiselle, mais M. Jourdan-Ferrières m'avait annoncé un valet de pied, lorsque mademoiselle irait dans le monde.

- Nous ne sommes pas dans le désert, il me semble ! Je veux que vous fassiez complètement votre service auprès de moi.

Il ne répondit pas.

Il regardait à quelques pas une toute jeune

fillette qui venait de tomber. Dans sa chute, un litre de vin, qu'elle portait dans ses bras, s'était brisé.

Redressée, les petites mains en sang, l'enfant regardait avec détresse les éclats de verre et le vin répandu à ses pieds.

De gros sanglots secouaient sa petite poitrine.

John - nous lui donnerons désormais ce nom puisque c'est ainsi que la famille Jourdan-Ferrières devait le désigner - avait vivement sauté de l'auto et d'un bond s'était élancé vers la fillette.

- Tu t'es fait mal, petite ?

- C'est le litre. Je vais être battue.

Incliné vers l'enfant, le Russe avait saisi les petites mains transies et vérifié les écorchures, sans gravité, heureusement.

- Ne pleure pas, mignonne, je vais te donner le prix de ton litre de vin et tu ne seras pas battue.

En même temps, il mettait un billet de cinq francs dans la main de l'enfant.

- Tiens, va chercher une autre bouteille... et fais bien attention de ne pas tomber à nouveau.

L'enfant s'esquiva, ses pleurs subitement taris.

Michelle avait suivi cette scène sans faire un mouvement.

Elle restait un peu interdite de la liberté prise par son chauffeur alors qu'elle lui parlait.

Et puis, des gens s'étaient arrêtés, dévisageant l'auto et ses occupants ; et Michelle avait horreur de se donner en spectacle.

Comme le Russe revenait, elle murmura du bout des lèvres, mais assez haut pour qu'il entendît :

- Philanthrope ou humanitaire ? Il tourna la tête vers elle.

- Non, mademoiselle. Égoïste, simplement. - Comment, égoïste ?

- Je n'aime pas voir un enfant pleurer.

Une mauvaise humeur secoua Michelle :

- Eh bien ! moi, fit-elle simplement, je n'aime

pas beaucoup ces démonstrations publiques de générosité. En ma présence, vous voudrez bien garder la correction de commande qu'on exige de vous.

Entre ses paupières demi-closes, le chauffeur considéra longuement la jeune tête orgueilleuse qui réclamait de lui tant de servilité.

Il demeurait debout, immobile, impeccable. Ses lèvres serrées surent retenir l'ironie qui montait en lui.

Michelle dut se contenter de ce pesant silence.

Heureuse de lui avoir fait sentir le poids de son autorité, elle reprit, plus bienveillante :

- John ! Vous allez rester ici à m'attendre ! Je serai peut-être assez longtemps, ne vous en occupez pas, demeurez ici.

- Bien, mademoiselle.

Elle fit quelques pas vers l'entrée de l'église, puis se retourna et regarda le chauffeur.

Il était remonté sur son siège et, indifférent au décor et alentour, il reprenait son livre et se remettait à lire.

La fille de M. Jourdan-Ferrières eut une hésitation : ce chauffeur glacial lui imposait plus qu'elle ne l'avouait en elle-même.

Mais elle ne devait pas être souvent en proie aux tergiversations.

Elle revint vivement vers la voiture et, familièrement, demanda :

- John ! Combien mon père vous donne-t-il chaque mois comme gages ?

- Dix-huit cents francs, mademoiselle, répondit le jeune homme surpris de la question.

- Peste ! Il vous paye bien !

- Parce que je ne prends pas mes repas à l'hôtel. Je mange et couche dehors.

- Ah ! vous mangez et... Eh bien ! John, je vous donnerai autant que mon père : je tiens à être bien servie.

Il eut un geste vague de protestation et dit sans élan :

- Je remercie mademoiselle... j'étais disposé à la bien servir.

- Oui, oui, c'est entendu, mais je suis très indépendante. Or, je tiens non seulement à être obéie passivement, mais aussi être libre d'agir à ma guise, sans que mes gens se croient obligés de s'inquiéter ou de me surveiller.

Il demeura muet, se demandant où elle voulait en venir.

Comme il se taisait, elle poursuivit :

- En ce qui vous concerne particulièrement, je veux que vous ayez des oreilles pour ne pas entendre et des yeux pour ne pas voir.

Il acquiesça d'une inclination de tête.

- Vous comprenez, insista-t-elle. Je compte absolument sur le silence de mon chauffeur.

- Je serai muet, promit-il.

- C'est une condition essentielle de notre pacte. À la moindre indiscrétion, comme à la plus petite curiosité, vous perdrez les avantages que je vous concède et qui, joints à ce que vous donne mon père, vous assurent de beaux gains mensuels.

De nouveau, les yeux de l'homme eurent une

flamme aiguë. Pourquoi cette jeune fille insistaitelle si maladroitement sur cette question d'argent, puisqu'il venait de l'assurer de son silence ?

- Toute ma discrétion vous est acquise, répliqua-t-il froidement.

- C'est bien compris : nous sommes d'accord ?

- Mais oui, mademoiselle.

Il aurait voulu pouvoir ajouter :

« Qu'est-ce que vous voulez que ça me fasse à moi, tout ce qui vous concerne ! »

Mais il se retint, il n'avait aux lèvres que des réflexions désobligeantes.

Il trouvait à Michelle un air décidé et désagréable qui heurtait son caractère de Slave hanté de rêveries nostalgiques.

Et le ton hautain, les réflexions pratiques, lui paraissaient déplacées sur des lèvres si jeunes.

Comme elle se dirigeait, cette fois, vers l'église, d'un pas alerte, il la suivit pensivement des yeux.

Elle était jolie, certes. Sa haute taille la faisait paraître plus femme, mais ce n'était qu'une apparence, les grands yeux sombres, la bouche si rouge, le cou frêle, la peau transparente ; tout cela était encore d'une enfant... et d'une enfant impertinente et mal élevée !

En l'engageant, Mme Jourdan-Ferrières lui avait dit :

- Vous serez attaché exclusivement à ma fille. Elle a vingt ans et toutes les curiosités de la vie. Je compte sur vous pour savoir allier ses impatiences et sa folie de vitesse à sa sécurité. C'est la vie de mon unique enfant que je confie à votre habileté de chauffeur. Croyez-vous pouvoir prendre la responsabilité de cette tâche de confiance ?

Il avait accepté, sûr de sa longue expérience de l'automobile.

Pourtant, en ce moment, il se dit que s'il avait mieux connu la fille de M. Jourdan-Ferrières, il aurait peut-être refusé.

Servir ne lui coûtait pas. Il était décidé a être

irréprochable dans son travail. En acceptant ce poste de chauffeur auquel rien, jusqu'ici, ne l'avait préparé, il était bien résolu à en subir tous les inconvénients comme à en accepter tous les profits.

Et voilà qu'il s'apercevait que l'arrogance de Michelle faisait frémir son orgueil. La bouche féminine était trop jolie pour donner des ordres aussi secs. Aurait-il la force de se taire sous les sarcasmes de l'enfant gâtée ? Enfin, pourrait-il accepter l'argent qu'une femme lui offrirait ?

Longtemps sa rêverie l'emporta dans ce cercle pénible de désagréments journaliers. Il venait seulement d'entrer en fonctions, et déjà il se sentait infiniment las de l'effort qu'il lui faudrait fournir.

Il demeurait inerte, le cerveau engourdi, loin de ce coin de Ménilmontant où le caprice d'une jeune fille l'avait entraîné.

Soudain, il tressaillit.

Une voix auprès de lui, disait de son ton décidé :

- John ! Aux Champs-Élysées, chez Élisa.

Et déjà, la jeune fille s'engouffrait dans l'auto.

Les yeux du Russe tombèrent sur le petit cadran horaire placé à côté de l'indicateur de vitesse. Et pendant qu'il débrayait, à son grand étonnement. il lut quatre heures quarante.

La fille de M. Jourdan-Ferrières était demeurée une heure trois quarts dans l'église Notre-Dame-de-la-Croix.

III

La vie continua normalement à l'hôtel de l'avenue Marceau.

John, impeccable sur son siège, conduisait la jeune fille dans tous les endroits mondains de la capitale.

Deux fois déjà, ils étaient venus à l'église Notre-Dame-de-la-Croix, mais ce jour-là, le stationnement s'étant prolongé plus encore que de coutume, le chauffeur, s'inquiétant soudain, était descendu de son siège et avait pénétré dans l'église.

Le saint lieu était désert.

Entre les piliers ou dans les recoins des chapelles, aucune forme féminine ne se précisait. Une porte percée sur le côté opposé à celle par où Michelle pénétrait, lui fit comprendre par où la jeune fille devait s'éloigner après son entrée dans l'église.

Il s'y attendait, mais éprouva néanmoins une déception.

Dès le premier jour, il avait eu le soupçon d'une dissimulation.

Michelle Jourdan-Ferrières ne devait pas venir faire ses dévotions dans une église si éloignée de son quartier.

Un tel luxe de précautions pour dissimuler ses allées et venues mit en lui une tristesse. Quel secret pénible ou honteux essayait-elle de cacher en ce coin populeux où nul ne songerait à la chercher ?

Il avait réintégré sa voiture depuis une dizaine de minutes quand la jeune fille, enfin, réapparut.

Elle avait les yeux rougis et paraissait fortement émue.

- Vite, John, éloignez-vous.

Sans mot dire, il remarqua son regard inquiet, l'affolement de son visage, le tremblement de ses mains.

« Ça a chauffé ! », pensa-t-il en faisant démarrer l'auto.

Sa conviction intime était que Michelle venait à un rendez-vous clandestin... quelque amourette en disproportion avec sa situation mondaine ou sa fortune ?

Et un peu de mépris glissait en lui pour cette jeune millionnaire qui courait de telles aventures.

L'image hautaine - très pure aussi, il le reconnaissait - de la jeune fille s'accordait mal avec la supposition de ce flirt coupable.

Le fait était là, cependant, qu'elle-même avait exigé de son chauffeur la plus grande discrétion. Orgueilleusement, n'avait-elle pas proclamé son désir d'indépendance absolue ? Parmi les fréquentations habituelles de la jeune fille, John cherchait en vain en faveur de qui elle pouvait oublier la réserve naturelle de son sexe.

Il ne voyait personne, véritablement, qui pût mériter le luxe de précautions qu'aurait prises la jeune fille.

Fallait-il supposer quelque curiosité malsaine

ou quelque tare cachée ?

La vérité nous oblige à dire que le jeune Russe éprouvait un sentiment complexe d'amertume et de colère à cette pensée inopportune qu'il était le complice involontaire d'une vilaine aventure.

Ce jour-là surtout, la conscience de John criait très haut et lui reprochait le rôle passif qu'il jouait. Ne serait-il pas plus honnête de planter là la demoiselle et ses mystérieuses allures ?

Pourtant, rapprochant les longues absences de Michelle et l'émoi qu'elle manifestait à son retour, il songea que sa révolte était un peu tardive.

« Vraisemblablement, nous sommes venus pour la dernière fois en ce quartier éloigné : aujourd'hui, ça devait être la rupture ! »

En quoi il se trompait.

Quelques jours passèrent sans que Michelle lui donna l'ordre de prendre la route de Ménilmontant. Mais, un après-midi de la semaine suivante, elle réapparut, en haut du perron, vêtue à nouveau de son tailleur sombre. Et John devina quelle direction ils allaient prendre.

Elle vint vers lui, sans hâte, sans le regarder.

Prête à monter, cependant, elle dit à voix basse, pour n'être entendue que de lui :

- Gagnez la station de métro Couronnes. Là, je vous parlerai.

Il obéit, pressentant du nouveau.

À quelques mètres de la station, de funèbre mémoire, des Couronnes, l'auto stoppa.

Par l'acoustique, Michelle ordonna : - Venez me rejoindre ici, John.

Surpris, il tourna la tête vers la jeune fille dont une glace le séparait.

Elle lui montrait du doigt la place vide à côté d'elle.

Il n'eut dans le regard ni un étonnement de cette étrange familiarité, ni une satisfaction de la faveur inattendue ; et sans hâte, le plus naturellement possible, il obéit et vint s'asseoir à côté de Michelle.

- John, écoutez-moi. J'ai besoin de vous et il

faut que vous compreniez mes désirs à moitié mot.

- Je suis à vos ordres.

- Il faut que vous m'accompagniez dans une maison où je suis forcée d'aller.

- Et l'auto ?

- Nous la laisserons près de l'église... dans quelque coin où vous jugerez qu'elle puisse être en sécurité.

- Bon ! et où irons-nous ?

- Dans une petite ruelle... au fond d'un passage.

- Derrière l'église ?

- Non, plus bas... à droite... en haut de la rue des Amandiers.

- Aurai-je quelque chose à porter ou à faire ?

- Non, m'accompagner, simplement.

- Bien ! Je suis à vos ordres, répéta-t-il.

Il songeait que la demande de la jeune fille était étrange. Que signifiait ce désir d'être accompagnée par lui ?

Comme si elle devinait à son mutisme les pensées qu'il n'exprimait pas, elle reprit :

- Je vais visiter un malheureux qu'une amie m'a recommandé...

- Visite de charité ?

- Oui, tout simplement.

Il y eut en lui, une sorte de soulagement. -

Et cet homme a besoin de vous ?

- Beaucoup... et je ne sais comment m'y prendre, au juste. Il a de mauvaises habitudes... dues à son milieu, bien certainement. Il faudrait le tirer de là... j'ai pensé que vous pourriez m'aider.

Elle parlait avec hésitation, l'air un peu humble, en épiant sur le visage de son compagnon les réflexes que ses paroles faisaient naître.

Mais John demeurait impénétrable.

Cette attitude de Michelle, à la fois gênée et suppliante, était si peu dans ses habitudes que le

Slave en était désorienté.

Il affirma à nouveau :

- Je suis à votre disposition.

Cette affirmation, pour l'instant, devait suffire à Michelle.

Il craignait, en ajoutant quelque autre parole de dévouement, de paraître jouir de ses supplications.

Et cette crainte était si près de la vérité qu'en ce moment la fille de M. Jourdan-Ferrières s'aperçut que, pour la première fois, son orgueil venait de fléchir au point de la faire parler humblement à un inférieur.

Cette constatation mit en elle une brûlure de fer rouge. Elle redressa la tête et ses lèvres reprirent toute leur morgue.

- Allons, John, regagnez votre place et conduisez l'auto comme il est convenu.

Il sentit la pointe qui venait de la piquer, mais n'y attacha pas d'importance.

Il songeait qu'il allait connaître entièrement le secret de Michelle Jourdan-Ferrières... et ce secret n'était pas un flirt banal ni la suspecte aventure qu'il avait supposée.

IV

L'automobile fut rangée le long d'un trottoir, devant une maison d'alimentation à l'étalage de laquelle se tenait un gros homme.

John pria le commerçant de bien vouloir surveiller la voiture. C'était une précaution utile dans ce coin-là. Puis il marcha à la suite de Michelle, réglant son pas sur le sien. C'était la première fois qu'ils allaient de compagnie, côte à côte. Bien qu'elle fût grande pour une femme, elle paraissait petite auprès de lui.

Mais cette remarque ne l'occupait pas, certainement.

Ils avaient à peine fait une vingtaine de pas qu'obsédée par une pensée Michelle retint son compagnon.

- John, il faut que je vous prévienne. La dernière fois, deux hommes m'ont suivie et m'ont fait peur.

- Que voulaient-ils ?

- Oh ! je pense que ces messieurs... spéciaux... en casquette... Ils n'ont pas l'habitude de parler respectueusement aux femmes. Ils m'ont prise pour...

- Pour une des leurs ! acheva-t-il comme elle hésitait.

- Justement ! fit-elle, ravie qu'il eût compris.

Elle était soulagée d'avoir parlé. Il était prévenu, maintenant, et ne serait pas pris au dépourvu si les deux affreux bonhommes réapparaissaient.

Les yeux bleus du Slave, sous une réflexion intime, enveloppèrent la jeune fille.

Il devinait que c'était par peur qu'elle se faisait accompagner de lui. Il allait donc jouer auprès d'elle le rôle de protecteur.

Cette pensée l'amusait. Mais il se garda bien d'exprimer ses sentiments.

Michelle ne se doutait pas des réflexions que

faisait John. En revanche, elle était rassurée par la présence de celui-ci.

Un coup d'œil qu'elle jeta sur lui la remplit d'un sentiment de sécurité.

Qui donc oserait s'attaquer à elle accompagnée d'un pareil colosse ?

Ils étaient arrivés dans une petite ruelle étroite, sale, malodorante. Des linges pendaient aux façades sordides, des enfants déguenillés jouaient dans l'unique ruisseau coupant en deux la longueur de l'impasse.

- C'est par là ? interrogea le chauffeur qui, malgré son air impassible, trouvait l'endroit abject.

- Oui, tout au fond.

- Et c'est ici que vous êtes déjà venue, seule ? - Oui.

- Eh bien ! mes compliments. Vous n'avez pas peur pour une jeune fille élevée dans un milieu si différent de celui-ci.

Dans l'appréciation du Russe, elle sentit

comme un blâme caché.

- Je n'ai pas peur, répliqua-t-elle avec hauteur.

Mais, malgré son ton d'orgueil, il y avait une mélancolie dans ses yeux qui regardaient au loin.

Ils avaient dépassé le milieu de la sente.

Dans le fond, un groupe d'individus à mine patibulaire causaient devant la porte.

- Ce sont eux, fit Michelle en les désignant à son compagnon.

En même temps, elle ralentissait le pas. - Et où allons-nous ?

- Là... la porte derrière eux, indiqua-t-elle en désignant justement le couloir sombre dont ils masquaient l'ouverture.

Le groupe, sans bouger, s'était tu à leur approche.

- À quel étage ? interrogea hâtivement le chauffeur.

- Troisième, fit-elle laconiquement, la gorge soudain serrée devant les hommes qui, immobiles, la dévisageaient.

John ne tergiversa pas. Il empoigna Michelle par le bras.

- Eh bien ! allons, fit-il à voix haute, en la poussant dans la direction désirée. Pardon, messieurs.

La voix forte, le geste hardi étaient un ordre.

Ils s'écartèrent et laissèrent passer le couple, un peu étonnés peut-être de la taille colossale du Russe.

Un coup d'œil permit à John d'apercevoir, sur sa droite, une porte basse, ouverte sur une salle enfumée et louche, où une dizaine d'individus étaient attablés.

Il pensa :

« Quel coupe-gorge ! »

Et malgré lui, en montant, il s'assurait qu'il n'était pas suivi.

Quand ils furent en haut, dans la chambre étroite où un homme de soixante ans environ les reçut, le chauffeur laissa percer sa mauvaise humeur.

- Vous en avez des idées, mademoiselle, de venir faire la charité dans un pareil endroit ! Estce à vous d'être ici ? Croyez-vous que votre père serait content d'apprendre de pareilles excentricités !

C'était la première fois qu'il osait lui parler si hardiment. Lui, habituellement si courtois et si réservé, était réellement mécontent.

- Qu'est-ce à dire ? répliqua-t-elle, offusquée. Vous vous permettez...

- De vous blâmer ? Ah ! certainement, je n'ai pas envie de me colleter avec des apaches et, s'il nous arrivait quelque fâcheuse aventure, chacun serait en droit de se demander ce que nous faisions, vous et moi, en pareil endroit.

- Vous craignez pour votre réputation, fit-elle avec ironie.

- Peut-être pour la vôtre aussi, expliqua-t-il plus doucement car il s'apercevait qu'elle tremblait.

Peur ou colère, en effet, Michelle s'était laissée tomber sur une chaise et nerveusement grelottait,

Il vint vers elle.

- Pardonnez-moi : j'ai été trop vif, mais l'endroit m'a paru si mal famé que la pensée de vous y voir avec moi me révoltait.

Il avait pris ses mains dans les siennes et doucement les tapotait.

L'homme qu'ils venaient voir était d'aspect usé et minable.

Grand et maigre, les cheveux très noirs pour son âge, il avait encore de beaux traits, mais le vice, la misère, le chagrin peut-être, avaient imprimé sur sa figure un masque tragique de précoce sénilité.

- On pourrait peut-être lui envoyer les secours que vous lui destinez... ou encore lui fixer un rendez-vous ailleurs qu'ici, pour lui remettre.

- Ce malheureux est à moitié paralysé actuellement, répondit-elle docilement. Et puis, j'ai promis de m'occuper de lui, de ne pas le délaisser. Une promesse, c'est sacré, ça devient un devoir.

Du tragique passa dans ses yeux noirs.

- Un devoir ! Oh ! oui, croyez bien qu'il s'agit d'un devoir... D'un devoir inéluctable et non pas d'une excentricité comme vous le disiez tout à l'heure.

Il vit ses yeux se remplir de larmes et ses mains se nouer nerveusement sur sa poitrine comme pour comprimer son émotion.

Le chauffeur, étonné, se tourna vers l'homme et l'examina longuement. Ses yeux, plusieurs fois, allèrent du frais visage de sa compagne aux traits flétris du miséreux.

Aucune ressemblance possible entre ces deux êtres.

Ils étaient grands et bruns tous les deux, mais là s'arrêtait le rapprochement.

Le regard du Russe explora la chambre.

Un lit de fer, dans un coin, laissait traîner, à terre, draps et couverture en un désordre malpropre.

Pourtant, le matelas et la literie étaient neufs, comme aussi un fauteuil de velours et deux chaises cannées. Et John pensa que la bourse de Michelle avait contribué à leur achat.

Sur une table, des verres, des bouteilles à demi remplies, un reste de charcuterie dans un papier. Le long des murs, à terre, de nombreuses toiles de peinture entassées les unes contre les autres montraient leurs dos rugueux couverts de poussière. Un chevalet, au milieu de la pièce, portait une peinture représentant une tête de femme inachevée.

Le chauffeur tressaillit.

Le portrait était déjà ancien. Il avait dû être commencé longtemps auparavant, mais il semblait au jeune homme que, dans la femme de trente ans environ, qu'il représentait, il retrouvait les traits de Michelle Jourdan-Ferrières.

Et le jeune Slave, rêveusement, se disait que là, sans doute, était le fil de l'intrigue qui forçait sa jeune patronne à venir visiter le vieillard.

La jeune fille maintenant s'activait dans la pièce. Courageusement, la jeune millionnaire avait retiré sa jaquette et mis un peu d'ordre dans les couvertures du lit.

- Pourquoi faut-il que ce soit vous qui soyez obligée de faire cette besogne ? demanda doucement John en venant vers elle. Cet homme doit pouvoir trouver, dans son milieu, l'assistance dont il a besoin.

Elle eut un geste de découragement :

- J'ai déjà donné de l'argent... beaucoup, déjà !... Chaque fois, le malheureux me promet de faire nettoyer sa chambre, son linge, je ne vois jamais de résultat.

Hésitante, elle montra le lot imposant de bouteilles vides qui s'amoncelaient dans un coin.

- Je crois que le mal est là, fit-elle à mi-voix.

- Vous vous trompez, je ne bois pas, intervint le misérable avec hauteur.

John tressaillit. Le ton de l'homme avait quelque chose de distingué qui contrastait avec le milieu sordide où il vivait.

Et comme le chauffeur l'examinait avec plus d'attention, il vit le pli des lèvres dessiner la même courbe arrogante qu'il avait parfois remarquée chez Michelle. Ce ne fut qu'un éclair, mais il suffit pour confirmer le Slave dans son hypothèse hardie.

Le même sang coulait dans les veines de sa patronne et dans celles du miséreux. À quel degré étaient-ils parents ? C'est ce que John n'aurait pu préciser, mais ce dont il ne pouvait douter, maintenant, c'est qu'ils fussent de même race.

- Voyons, reprit-il, s'adressant à l'inconnu, que faites-vous de l'argent que Mademoiselle vous donne ?

- J'avais de petites dettes et je paye peu à peu... Dans ce quartier tout s'acharne contre un homme sans défense : chacun sait quand vous venez me voir et, lorsque vous êtes partie, ils viennent tous prélever leur dîme sur ce que vous m'avez apporté.

Michelle haussa les épaules, blasée peut-être de ces plaintes qu'il avait dû déjà exprimer.

- Me permettrez-vous de chercher une solution ? demanda John.

- Oh ! je veux bien ! Puisque vous êtes au

courant, maintenant, aidez-moi de votre expérience ; vous devez connaître le peuple, vous !

Il ne répondit pas.

Il songeait soudain qu'il avait cru longtemps le connaître, le peuple de Russie. Illusions et croyances avaient abouti à l'horrible massacre où tous ceux qu'il aimait avaient péri...

Vraiment ! S'il n'avait que cette connaissance du peuple pour l'encourager à sauver l'épave humaine que Michelle venait voir, il serait un auxiliaire bien peu convaincu.

- Puisque vous vous plaignez du milieu qui vous entoure ici, accepteriez-vous de quitter cette chambre pour aller habiter ailleurs ? demanda-t-il au vieillard.

- Oui, la demoiselle n'a qu'à me prendre auprès d'elle. Je lui rendrais de menus services et je vieillirais heureux.

À cette proposition, Michelle eut de la main un geste d'énergique protestation. Non ! bien sûr, elle ne pouvait pas accepter, sous prétexte de charité, ni même de devoir, une pareille promiscuité.

Cela ne fit aucun doute dans l'esprit du chauffeur. Il ne releva pas même les paroles du vieillard.

- Écoutez-moi, reprit-il, nous allons vous tirer d'ici. Quand tout sera arrangé, nous vous enverrons chercher.

- Où me conduirez-vous ? Je veux savoir.

- Nous verrons ça ! Il est d'ailleurs inutile de vous l'indiquer d'avance. Les gens qui vous entourent n'ont pas à vous poursuivre.

- Et si je refuse de partir d'ici sans savoir où je vais ?

- Eh bien ! mon ami, vous resterez. Seulement, dites-vous bien que c'est la dernière fois que vous nous voyez chez vous.

Michelle voulut intervenir, mais le jeune Russe insista du geste et du regard pour l'empêcher de parler.

- Laissez-moi débattre cette question, mademoiselle. Nous n'allons pas entretenir tout le quartier à vos frais sous prétexte de philanthropie à l'égard de cet homme.

Et, de nouveau tourné vers le vieillard :

- Réfléchissez, reprit-il. Pour nous, c'est notre dernier mot.

Le jeune Russe ne semblait pas vouloir se laisser attendrir. Il vint vers Michelle, lui retira un verre qu'elle essuyait bravement :

- Laissez cette besogne à d'autres mains. Les amis qui viennent ici tenir compagnie à cet homme, et l'aider à dépenser vos libéralités, peuvent, en échange de ces complaisances, faire le nettoyage de sa chambre.

Subjuguée par l'autorité qui émanait du jeune homme, Michelle abandonna son nettoyage.

Il continuait :

- Donnez-lui une somme suffisante pour vivre un mois. D'ici là, il y aura du nouveau pour lui. Et prévenez-le, surtout, que vous ne remettrez plus les pieds ici.

Elle hésita, car, véritablement, l'ultimatum que posait John s'adressait autant au vieillard qu'à elle-même. Bien qu'il lui fût désagréable de paraître obéir aux objurgations de son chauffeur, elle se résigna à agir comme il conseillait.

Elle se rendait compte qu'elle n'oserait plus jamais se risquer dans cet endroit sans y être accompagnée. Et, d'autre part, à qui se confieraitelle pour la suivre en cette équipée, si John se refusait une autre fois à venir avec elle ? Malgré leur soumission apparente, les yeux clairs du Russe indiquaient une certaine volonté, et elle comprenait qu'il serait maladroit de heurter de front cet unique allié.

Elle prit congé du vieillard dans les termes que John avait indiqués.

Comme ils atteignaient la porte, l'homme fit entendre un gémissement.

- C'est entendu, ne m'abandonnez pas, je ferai tout ce que vous voudrez.

- Eh bien ! c'est parfait, comptez sur nous.

Et John s'effaça pour laisser passer Michelle.

V

La porte du misérable logement refermée sur eux, ils se retrouvèrent dans la cage sombre de l'escalier délabré.

Debout, sur la première marche, Michelle pencha la tête. Il lui semblait percevoir des chuchotements en bas, et elle hésitait, de nouveau apeurée.

John tira un briquet de sa poche et l'alluma. La faible lueur permit de voir la cage de l'escalier déserte.

- Passez derrière moi, fit-il simplement.

Et il descendit, le bruit de son pas d'homme heurtant les marches résonnait formidablement aux oreilles de Michelle, qui aurait préféré passer inaperçue.

Comme ils arrivaient au dernier tournant, John s'arrêta une seconde.

Quelques types à mines patibulaires obstruaient le couloir.

D'un geste rapide, il plaqua sa casquette de chauffeur sur l'oreille, avança une mèche sur son front, et, familièrement, son bras gauche vint entourer la taille de Michelle, et la poussa en avant.

- Allons, ma belle, marche devant, je suis là.

Elle comprit instantanément le sens du geste et des paroles du Russe. Et, bien que son cœur battît fortement dans sa poitrine, elle marcha vers le groupe en s'excusant.

Comme ils ne s'écartaient pas assez vite, et que l'un d'eux avançait familièrement la main vers le menton de Michelle, la voix du chauffeur résonna en tonnerre.

- Acré, la môme ! C'est-il pour demain ?

Il y avait tant de menaçante énergie, tant de force hostile dans le ton du compagnon de Michelle, que les hommes se rangèrent un peu, en se tournant vers lui.

Ils le virent, le cou rentré dans les épaules, la

tête sournoise sous la casquette déformée, la main droite dissimulant dans la poche quelque arme cachée. Instinctivement, ils reculèrent.

L'attitude hardie, jointe à la taille colossale du Russe, leur imposait encore une fois, et ils se dispersèrent prudemment, ne se souciant pas d'entrer en lutte avec un pareil géant.

En s'esquivant dans la salle commune, l'un d'eux s'écria avec admiration :

- Il n'a pas les foies, le mec !

Ceux qui étaient sortis dans la ruelle dévisagèrent Michelle au passage.

- Jolies, tes lanternes !

- Hé ! la môme, tu régales ? Il n'y a pas que les vieux qui soient intéressants.

Les yeux dilatés d'épouvante, Michelle recula d'un pas, les jambes soudain fauchées.

Le bras de John vint se passer sous le sien, pour la soutenir et l'entraîner, pendant que les hommes s'écartaient prudemment tout en lançant de loin, par fanfaronnade, de fades plaisanteries.

La jeune fille était toute pâle et si fortement émue que le jeune Russe dut maintenir son étreinte tout le long du chemin.

Elle se laissait aller, les yeux mi-clos, tassée contre lui, comme une petite chose inconsciente.

Et lui, en silence, guidait ses pas, doucement, sans heurts pour lui permettre de se remettre.

Il se rappela sa fière réponse, une heure auparavant :

- Je n'ai jamais peur.

Et il sourit plein d'indulgence pour cette faiblesse qui s'appuyait sur lui, et la faisait vraiment femme en cet instant.

Ils mirent plus de dix minutes à rejoindre l'auto.

Comme ils y arrivaient et qu'elle allait prendre place dans l'intérieur de la voiture, elle vit derrière elle le groupe des individus qui s'amusaient à les suivre de loin.

- John ! Ils sont là, fit-elle, affolée de nouveau.

- Oh ! maintenant, que peuvent-ils faire ? ditil tranquillement. Montez, voulez-vous ?

Il ouvrait la portière devant elle.

- Non, non, pas là ! À côté de vous ! cria-t-elle avec épouvante.

Et, refermant brutalement la portière, elle s'élança sur le siège de devant.

- Vite, John ! oh ! partez vite.

Sans se presser, car il ne voulait pas donner l'impression d'une fuite à leurs poursuivants, le chauffeur mit le moteur en marche.

L'auto démarrait quand le groupe d'apaches arriva à leur hauteur.

Il y eu quelques cris, des coups de sifflet ; le bruit d'un coup de pistolet automatique percuta près d'eux.

- Raté, fit John, flegmatiquement. -

Ils ont tiré ?

- Oui, sur les pneus, je crois.

- Mais ces hommes sont des bandits !

- Ils sont chez eux, nous n'avions pas à leur rendre visite. Cette voiture de luxe insulte à leur misère.

- Vous savez bien que j'allais chez eux dans un dessein charitable.

- À leurs yeux, ce n'était pas dans un mauvais dessein qu'ils avaient jeté leur dévolu sur vous.

- Sans doute, ils m'auraient tuée, n'est-ce pas ?

- Non, fit-il en souriant. Je crois au contraire qu'ils voulaient vous apprendre à vivre... leur vie.

- Oh ! je serais morte de peur.

- Vous voyez bien qu'il ne faut pas retourner dans ce coin-là.

Il ajouta, se moquant de lui-même :

- J'ai fait le fanfaron, tout à l'heure, mais je n'étais qu'à moitié rassuré. J'ignore la boxe et la lutte, je n'étais pas même armé, et, en cas de bataille, malgré ma haute taille, j'aurais eu le dessous.

Elle le regarda avec admiration.

- Et pourtant, vous alliez lentement, sûr de vous !

- Il fallait bien vous rassurer. Mon calme éveillait aussi leur méfiance.

- Ils ont eu peur de vous. Il

se mit à rire.

- Souvent, étant étudiant, je me suis amusé avec des camarades à jouer de ma taille élevée : je me développe, je me gonfle comme un dindon, je prends un air terrible, il ne me manque qu'un couteau entre les dents ! Ça impose, quelquefois.

Elle dit, sincère :

- Aujourd'hui, vous avez été magnifique.

En parlant, ils avaient atteint le carrefour Oberkampf-avenue de la République.

John fit stopper l'auto.

- Vous avez été fortement secouée, tout à l'heure. Je crois que vous feriez bien de boire quelque chose de fort qui vous remettrait. Voici un café, à moitié potable, voulez-vous que nous y entrions ?

Elle accepta, contente qu'il lui fit cette proposition dont elle sentait la nécessité.

- J'ai eu réellement peur ! Je tremble encore sur mes jambes, remarqua-t-elle en faisant les quelques pas qui la séparaient du café.

Il hésita, puis il tendit le bras.

- Vous permettez, risqua-t-il un peu timidement, car maintenant que rien ne la menaçait, il n'osait plus la traiter avec la même familiarité.

Mais elle prit son bras, ayant encore besoin de se sentir protégée.

Il la fit asseoir sur une banquette, derrière une table de marbre.

- Que voulez-vous prendre ?

- Quelque chose de chaud, je suis glacée. -

Un grog, peut-être...

- Oui, je veux bien un grog.

Machinalement, il prit un siège et s'assit de l'autre côté de la table.

Pourquoi, en cette minute, Michelle cessa-t-elle d'être l'enfant reconnaissante en face de son sauveur, pour redevenir Mlle Jourdan-Ferrières en présence de son chauffeur ? Nul ne saurait l'expliquer, à moins que ce ne fût le geste trop naturel du jeune Russe s'asseyant en face d'elle.

Toujours est-il qu'elle le toisa avec hauteur, et, d'un ton sec, observa :

- Ça ne vous ferait rien, John, de vous mettre ailleurs qu'à ma table ?

Il y eut une seconde d'effarement sur le visage de l'homme.

Puis, brusquement, comprenant, il se leva d'un bond, et prenant le verre qu'on venait de déposer devant lui, il le porta sur le comptoir.

La vivacité de son geste n'avait pas échappé à Michelle, et un regret lui venait de l'avoir provoqué après le service qu'il lui avait rendu ce jour-là.

Mais l'orgueil, en elle, fut le plus fort.

« Tout de même, pensa-t-elle, il s'oubliait. Un chauffeur ! Si quelqu'un m'avait vue, ici, en cette compagnie ! »

Elle promena ses yeux autour d'elle. Presque toutes les tables étaient occupées, et, naturellement, elle ne connaissait personne.

La plupart des gens causaient entre eux, plus préoccupés de leurs affaires que de leurs voisins.

À la table voisine de la sienne, cependant, un homme seul la dévisageait.

Il y mettait une telle insistance qu'elle crut qu'il la reconnaissait, et elle se mit à l'examiner.

L'inconnu dut prendre son regard pour un encouragement, car, tout souriant, glissant sur la banquette, il se rapprocha d'elle et mit le verre de porto qu'il buvait à sa table.

Tout de suite, il engagea la conversation.

- Vous voulez bien, petite fille, que je vous tienne compagnie ? Je suis de passage à Paris, je n'y connais personne, et je serais enchanté de terminer la journée avec vous...

- Mais, monsieur...

- Oh ! ne craignez rien, mon enfant. Je suis un galant homme, et je saurai vous dédommager du temps que je vous ferai perdre.

- Je ne vous connais pas, monsieur, fit-elle avec dédain.

- Nous ferons connaissance, belle enfant.

- Je vous prie de me laisser tranquille.

- Voyons, voyons, petite fille, je vous répète...

Mais elle, outrée de son geste, car il venait de lui saisir la taille, n'eut qu'un cri instinctif :

- John ! John !

Le jeune Russe, plongé dans ses pensées moroses, avait à peine entendu crier son nom.

Pourtant, par-dessus son épaule, il jeta un coup d'œil vers la table où se tenait Michelle.

Il vit bien l'étranger assis auprès de Michelle, mais ne se rendit pas compte, tout de suite, de la situation.

Il ne la comprit vraiment qu'après un geste audacieux du personnage, souligné d'un nouvel appel de Michelle.

Il vit alors que la jeune fille, coincée entre le mur du café d'un côté et l'inconnu de l'autre, ne pouvait s'écarter de son poursuivant.

Il s'avança donc vers eux, et poliment, en soulevant sa casquette, il remarqua :

- Vous occupez ma place, monsieur ! Veuillez vous retirer.

L'étranger hésita, mais devant la ferme attitude de John, il balbutia quelques vagues paroles, et de nouveau, glissant sur la banquette de moleskine, il retourna à la table qu'il avait quittée. Le jeune Russe avait agi si naturellement et avec une telle correction que Michelle, sidérée, se demanda si elle n'avait pas rêvé cette scène.

Mais John fit un signe au garçon qui accourut.

- Ce porto est à monsieur... Apportez-moi le verre que j'ai laissé sur le comptoir.

Après, seulement, que ces divers ordres eurent été exécutés, John se tourna vers Michelle, interdite :

- Vous excuserez ma liberté, mademoiselle, mais je crois vraiment qu'il vaut mieux que ce soit moi qu'un autre qui prenne place à côté de vous. Au surplus, il vous suffit de m'ignorer, si ma présence vous est importune.

Elle ne répondit pas. Quand John prenait avec elle ce ton d'irréprochable politesse, elle avait l'impression d'une hostilité déguisée.

L'incident qui l'avait forcée à recourir, une fois encore, aux bons offices de son chauffeur lui était profondément désagréable. Elle était mécontente d'elle-même, qui n'avait pas su remettre à sa place un goujat familier.

Cette dernière aventure la mettait dans une position humiliante vis-à-vis du jeune Russe, puisqu'elle était obligée de le tolérer à sa table.

Elle chercha quelque réflexion désobligeante qui lui eût permis de renverser les rôles.

Elle crut l'avoir trouvée.

Comme ils quittaient le café après que John eut réglé les consommations, elle dit tout haut, avec malveillance :

- Quel vilain café louche ! C'est bien la première fois que je mets les pieds dans une boîte pareille.

- Ça fait la paire, alors, avec la maison où vous m'avez conduit, répliqua-t-il vivement.

Et, sans veiller, cette fois, à l'installation de la jeune fille, il alla soulever le capot de la voiture, comme si vraiment il avait quelque chose à y voir.

VI

Le lendemain matin, John dut attendre longtemps les ordres.

À son arrivée, Landine, la femme de chambre de Michelle, était venue le prévenir :

- Mademoiselle fait dire qu'elle ne sait pas à quelle heure elle sortira aujourd'hui.

Le jeune Russe avait bien été forcé de demeurer là, à attendre le bon plaisir de la jeune fille.

Selon son habitude, lorsqu'il était obligé de rester inactif, il se plongea, sans plus de manières, dans l'étude d'un livre de sciences qu'il emportait toujours avec lui.

C'est ainsi que vers onze heures, Landine le rejoignit de nouveau. Elle trouvait le chauffeur à son goût et s'efforçait d'attirer sur elle l'attention du beau garçon.

- Toujours dans vos livres, alors, joli blond ?

- Je n'ai rien à faire, fit-il en manière d'excuse.

- Oui, la petite patronne vous fait poser.

Elle ajouta, mystérieusement, en se penchant vers lui :

- Il paraît que je suis incapable, aujourd'hui, de transmettre les ordres.

Et comme il se taisait sans comprendre, elle ajouta en riant :

- Elle veut être seule avec vous : elle m'expédie à la poste et vous mande auprès d'elle.

- Elle me demande ?

- Oui, il faut que vous montiez chez elle.

Comme il rangeait son livre sans se presser, elle reprit avec un rire moqueur :

- Faites pas le dégoûté, monsieur le chauffeur. La petite Haricot est un morceau de choix dont plus d'un voudrait se régaler. Elle en a des soupirants, la petite patronne, je vous prie de le croire.

- Tant que ça ? fit-il enfin pour dire quelque chose.

- Des tas et des tas ! Pensez donc au nombre de millions qu'elle représente !

Il arqua ses sourcils.

- Et il en est un qu'elle préfère dans tous ces coureurs de dot ?

La soubrette eut une moue d'ignorance :

- Aucun, à ce qu'il paraît. Elle a flirté avec des centaines de jeunes gens, quand elle avait seize ou dix-huit ans. Ça ne tirait pas à conséquence tant elle était espiègle et gamine. Maintenant qu'elle a l'âge de prendre un mari, elle repousse tous les partis.

- Parce que celui qu'elle aime ne la demande pas ?

- Ça, c'est probable ! Mais elle ne le dit pas... Et si quelqu'un doit le savoir, c'est certainement vous.

- Moi ! Comment cela ?

- Puisque vous l'accompagnez partout.

- Mais je reste à la porte des maisons où elle va.

- Justement, vous voyez quels sont les plus empressés à la reconduire.

- Eh bien ! reconnut-il, je vous avoue que je n'ai jamais eu l'idée de faire cette constatation.

- Non, mais des fois ! Vous n'êtes pas si naïf, tout de même ! Si vous ne voulez pas voir, c'est que vous êtes aveugle.

- Ou que je suis encore trop nouveau dans la maison pour avoir rien remarqué.

- Ça, c'est encore possible qu'elle se méfie de vous. Mais je me sauve, car voici un quart d'heure que nous bavardons, et elle va être à cran quand vous allez la voir. Elle n'aime pas attendre, miss Haricot !

- Pourquoi l'appelez-vous ainsi ?

- Comment ! vous ignorez ? s'exclama-t-elle gaiement. Voyons, le père Jourdan était fabricant de conserves...

- Alors ?

- Vous ne comprenez pas ? Eh bien ! mon gros, vous en avez une couche, vous ! Le père Choucroute, la mère Petits Pois et la môme Haricot, ça fait la famille Jourdan-Ferrières... Vous y êtes ?

- Ah !

- Vous avez la comprenaison difficile, par moments. Cette fois, je me sauve ! Au revoir, joli blond ! Quand vous voudrez aller au cinéma, pensez à moi pour vous y accompagner.

Il la regarda s'éloigner, mutine et légère.

Il songeait que la domesticité parisienne était encore moins respectueuse que celle de SaintPétersbourg.

« Le père Choucroute, la mère Petit Pois et la môme Haricot, voilà la famille JourdanFerrières ! »

Quelle ironie dans ces trois surnoms malgré les multiples millions que possédait l'ancien fabricant de conserves !

Pour la première fois, un peu de pitié se glissa en lui pour ces nouveaux riches qui porteraient, toute leur vie, le poids de leurs origines obscures.

On reproche aux aristocrates leur naissance et leurs ancêtres, mais on est plus sévère pour ceux qui, partis de rien, dominent le monde à coups de millions.

C'était la seconde fois que John pénétrait dans l'hôtel, la première ayant précédé son entrée comme chauffeur, le jour où M. JourdanFerrières l'avait engagé.

Michelle l'attendait avec impatience.

- Vous ne vous êtes guère pressé, il me semble ! lui dit-elle sèchement, dès qu'il parut devant elle.

- J'ai dû chercher votre appartement, mademoiselle.

- Dites plutôt que la conversation de Landine avait l'air de vous intéresser fortement. Je regardais de ma fenêtre, et j'ai pu suivre votre parlote.

Il ne répondit pas, puisque ce qu'elle disait était vrai.

Son silence eut le don d'exaspérer Michelle :

- C'était probablement sur le dos des patrons que vous échangiez des confidences. Je connais ma femme de chambre : elle a la langue bien acérée ! Et, avec un amoureux, elle ne doit pas se gêner.

Dans le crâne de l'homme, il y eut comme une fatigue d'avoir à se défendre, devant une jeune fille, sur un tel sujet.

- Quand on doit subir la présence journalière, à côté de soi, d'une soubrette en qui on n'a pas confiance, mieux vaut s'en séparer.

Son ton hostile fit dresser Michelle. -

Vous dites ?

- Que c'est plus simple et plus digne pour la maîtresse comme pour la servante.

Elle le toisa de haut :

- Vous vous permettez, il me semble, de me répondre sur un ton inacceptable.

- Il y a des suppositions incompatibles avec la dignité d'un homme.

- Avec la vertu de Landine, plutôt ! Vous vous

faites le champion de cette fille !

- Je ne crois pas que rien dans mon attitude, vis-à-vis d'elle, ait pu prêter à confusion.

- Alors, de quoi parliez-vous avec elle ?

- De rien d'intime, bien certainement.

- De l'après-midi d'hier, probablement.

- Oh ! protesta-t-il avec indignation, si la parole que je vous ai donnée, l'autre jour, ne suffit pas à vous rassurer, qu'est-ce que je peux bien dire de plus ?

- Ah !... votre parole !

- Si vous en doutez, mademoiselle, il ne me reste plus qu'à me retirer.

Il eut, vers la porte, un mouvement qu'elle arrêta d'un geste.

- Je vous en prie, John ; ne vous méprenez pas sur le sens de mes paroles.

Il s'était arrêté, son regard dur pesant sur celui de Michelle, dans l'attente d'une plus nette rétractation.

Elle porta son bras à son front où un

martèlement, sans répit, semblait se concentrer.

- J'ai passé une nuit atroce... à cause de vous, John. J'étais sûre que vous ne me trahiriez pas, moi ; mais vous êtes libre, vous, de raconter les événements auxquels vous avez été mêlé, malgré vous.

- Je ne crois pas que l'interprétation d'une parole donnée comporte tant de subtilités. Mon silence vous étant acquis, il l'est dans toute l'acception du mot.

- Ce m'est un grand bonheur... Oui, un grand soulagement de sentir votre dévouement. Je tiens à vous remercier. Vous avez été parfait, hier. Tenez, acceptez ceci, je vous prie.

Elle lui tendait un billet de cent francs.

Le jeune Russe eut un haut-le-corps. Il regarda la jeune fille puis l'argent.

- Vous ne me devez rien, mademoiselle. Gardez votre billet, fit-il l'air contraint.

- Non. J'insiste, prenez. Je serai encore obligée d'avoir recours à vous, et je tiens à vous dédommager de tout le mal que je vous donne.

- Me dédommager... avec de l'argent ?

Elle eut un geste embarrassé.

- Je ne puis tout de même pas vous faire un cadeau.

- Votre merci suffisait, mademoiselle.

- Mais il ne me suffisait pas, à moi, fit-elle avec vivacité. Je paye toujours quand j'estime avoir une obligation envers quelqu'un.

Il eut un sourire indéfinissable.

- Il est regrettable que je n'aie pas l'habitude de recevoir de l'argent pour certains actes naturels à un homme bien élevé.

Elle eut de la main un geste un peu lassé.

- Allons, John, ne faites pas de manières. Prenez ce qui vous est dû et que ce soit fini.

Il ne répondit pas. Il la regardait, ses yeux plongeant dans les siens, essayant de comprendre cette âme de femme, faussée par sa fortune, au point de ne pouvoir admettre qu'il est des choses comme le dévouement qui ne se peuvent payer.

- Vous croyez que tout est à vendre ?

demanda-t-il sèchement.

- Je crois que quand on est riche, c'est un devoir de dédommager ceux qui vous portent assistance d'une manière ou de l'autre.

- Et avec de l'argent, on paye le dévouement, la sympathie, l'amitié ; comme on paye son bottier ou son couturier ; comme on paiera, plus tard, le fiancé que l'on choisit ou le mari que l'on veut garder.

Elle recula, frappée de cette colère qu'elle n'avait pas senti venir sous l'irréprochable correction du Russc.

- Oui, reprit-il, vous ne comprenez pas ma révolte. Vous me payez, ça doit me suffire.

Il maîtrisait mal son emportement, devant sa maladroite insistance.

Tout à coup, il décida avec une rage continue :
- Eh bien ! mademoiselle Jourdan-Ferrières, j'accepte d'être payé, puisque, hormis l'argent, il n'est pour vous rien d'autre au monde. J'accepte votre argent.

- Je vous en remercie, c'est mieux ainsi,

voyons !

Elle poussait vers lui le billet de cent francs. Il ricana :

- Ce n'est pas avec cette somme dérisoire que vous comptez vous acquitter envers moi, je pense. Je vous ai sauvé l'honneur, et peut-être la vie, car ces hommes, qui en voulaient à votre personne, se seraient peut-être livrés à des voies de fait sur vous, si vous ne vous étiez prêtée de bonne grâce à leurs désirs ! Il me semble que l'honneur et la vie de Mlle Jourdan-Ferrières valent plus de cent francs.

Et, comme interdite par cette sortie, elle le regardait sans parler, il ajouta, la voix frémissante d'ironie :

- N'est-ce pas votre avis, vous qui tenez à vous acquitter loyalement de vos dettes ?

- Combien voulez-vous ? demanda-t-elle, désarçonnée, en attirant vers elle son sac à main qui traînait sur la table.

- Laissez donc cette bourse de côté, elle ne contient, certainement, pas assez pour solder la pudeur d'une jeune fille.

Elle fit une légère grimace, mais avec hauteur :

- Indiquez-moi un chiffre, je demanderai à mon père.

- Un chiffre ? Puis-je savoir à quelle somme vous vous estimez ? Quelle est, au juste, la valeur vénale de Mlle Jourdan-Ferrières ? Sérieusement, vous sentant si belle, si fière, si hautaine, je crois que la moitié de la fortune de votre père, si ce n'est la totalité, ne serait pas de trop pour vous décider à combler les vœux d'un des distingués personnages d'hier.

- Je vous défends de faire une pareille supposition ! s'écria-t-elle, furieuse. Je suis une honnête fille, monsieur !

- Et moi, un honnête homme, mademoiselle. Je ne demande que mon dû, puisque vous vous voulez vous acquitter.

Elle éclata de rire.

- Je vous ai laissé dire, John, voulant voir jusqu'où vous poursuivriez votre raisonnement. Il est très bien établi, évidemment, votre petit calcul. Il ne pèche que d'un côté...

- Lequel ?

- C'est que je suis ici, en bonne santé, à l'abri, et que je ne redoute plus rien des bandits d'hier. Si donc vous voulez dire un chiffre raisonnable, je l'accepte tout de suite : mon honneur n'a pas de valeur vénale, comme vous dites ! Mais si, au contraire, vous vous montrez trop exigeant, je vous dis : bernique ! vous n'aurez rien, mon ami !

- Là, fit-il, triomphant. C'est justement ce que je désirais vous faire dire. Tout à l'heure, je vous affirmais que vous ne me deviez rien, mademoiselle.

Il demeurait en face d'elle, tout souriant, mais si correct, si respectueux, qu'elle ne pouvait se fâcher de sa gaieté.

Une minute, elle eut la prescience qu'il était vraiment différent d'elle comme race.

Sur le visage de la jeune fille, il y eut une courte émotion.

- Vous n'êtes pas un chauffeur ordinaire,

John. Je crois que nous nous heurterons souvent tous les deux.

- Peut-être parce que vous ne voulez voir en moi que le chauffeur.

Elle hésita, redevenue féminine, tout d'un coup.

- Et...

- Et... qui donc m'a rendu service, hier ? - L'homme, bien certainement.

Une rougeur envahit Michelle, qui resta songeuse un instant. Elle savait que, depuis la révolution, beaucoup de membres de la bonne société russe avaient dû travailler pour vivre, John avait peut-être été bien élevé ? Mais elle n'avait pas à entrer dans ces considérations.

- L'homme ? Je ne veux pas le connaître... Je l'ignore. Il ne saurait m'intéresser, affirma-t-elle fermement.

- Tant pis, alors, car ce sera toujours lui que vous trouverez, chaque fois qu'il vous plaira de faire appel à ma bonne volonté.

- Je ne connais que mon chauffeur, l'excellent chauffeur que mon père a mis à ma disposition.

Il s'inclina, toujours souriant.

- À vos ordres, mademoiselle.

- Et c'est pourquoi je regrette, John, que cette question de... de...

Elle cherchait quel mot employer pour ne pas le blesser.

- Cette question de dette, fit-il sérieusement.

- Oui, je regrette qu'elle ne soit pas réglée entre nous.

- On peut remettre à plus tard... J'ai parlé d'un si gros chiffre, la totalité d'une fortune, je crois ! Quoi que je fasse désormais, je ne pourrai jamais exiger davantage.

Il riait, désarmé lui-même par son exagération.

- À moins qu'il ne vous faille ma tête, par-dessus le marché, riposta-t-elle en riant. Vous êtes un terrible créancier, John !

Ce disant, elle lui tendit la main, spontanément, pour donner congé.

- Votre tête ?... Non !

Il tenait la petite main de Michelle entre les siennes et l'examinait.

- Dieu ! que vous avez la main jolie et bien faite, mademoiselle ! Une reine ne saurait avoir plus fines extrémités.

Il courba sa haute taille, et, respectueusement, posa ses lèvres sur les doigts effilés.

Il était déjà parti que Michelle, médusée, regardait sa main.

Elle ne s'étonnait pas de ce baise-main traditionnel chez les Russes de bonne éducation, mais elle contemplait ses doigts si blancs aux ongles roses.

« Vous avez la main jolie et bien faite... des extrémités de reine. »

Elle ne savait plus si elle devait se réjouir du compliment de l'homme, ou se choquer de l'audace du chauffeur qui avait osé l'exprimer.

VII

Michelle avait dit :

- Gagnez par Saint-Cloud et Versailles la vallée de Chevreuse, nous nous arrêterons dans un coin solitaire.

Et ils étaient là, à mi-côte d'un chemin retiré, grimpant sur la droite vers une plaine surélevée, que de grands arbres bordaient.

L'auto arrêtée, ils s'étaient assis sur le bord du talus, le dos à la route, la vallée à leurs pieds ; leurs yeux pouvaient suivre par-dessus les buissons et les ronces enchevêtrées de l'escarpement, la route qui s'allongeait indéfiniment.

- Avez-vous pensé, John, à la promesse que nous avons faite l'autre jour à ce malheureux ?

- J'y ai pensé, oui, mademoiselle, mais il faudrait que vous me guidiez dans vos désirs.

Elle répondit d'un élan presque involontaire :

- Avant tout, je ne veux pas agir personnellement.

- C'est bien ainsi que je l'escomptais, fit-il simplement.

Puis, avec une hésitation mêlée de sollicitude :

- Mademoiselle Michelle, je vous en prie, répondez-moi même si je suis indiscret. Est-ce pour vous seule que vous craignez de voir votre intérêt découvert ?

- Pourquoi... Oh ! pourquoi me demandezvous cela ?

- Pour détourner le danger de la tête qui est menacée.

- Il n'y a aucun danger, et personne n'est menacé, jeta-t-elle avec orgueil.

Elle ajouta, plus simplement :

- Ce sont des larmes et des déchirements que je redoute... pour moi et pour quelqu'un qui m'est très cher...

Elle cacha son visage dans ses mains pour lui

dérober la vue des larmes obscurcissant soudainement ses yeux.

John la regarda silencieusement, un pli de dureté barrant son front.

Elle avait dit :

« Pour quelqu'un qui m'est très cher... »

Et il cherchait à deviner qui pouvait être ce quelqu'un. À la fin, il rejeta cette image importune.

- Pour vous seule, j'agirai, car je ne veux pas vous voir pleurer, prononça-t-il sans se rendre compte du sauvage accent avec lequel il avait parlé.

Il continua plus doucement :

- Votre nom ne sera pas prononcé, et personne ne pourra jamais remonter jusqu'à vous. Je vous tiendrai au courant, vous me direz si tout est fait selon vos désirs.

Elle redressa la tête et le fixa avec plus d'abandon.

- Il faudrait retirer cet homme de son taudis,

l'installer ailleurs, proprement, et trouver quelqu'un pour le soigner... Enfin, fixer un chiffre mensuel à verser sans qu'on soit obligé d'être derrière lui pour veiller à l'exécution de ce plan.

- Et si ce programme était rempli, en seriezvous quitte avec l'obligation que vous croyez avoir vis-à-vis de cet homme ?

- Oui... complètement.

- Alors, je vous promets qu'il en sera ainsi.

Elle eut vers lui un élan de gratitude et lui tendit la main.

- Dieu permettrait donc que je ne regrette pas ma confiance en vous ?

- En avez-vous douté ? dit-il en effleurant ses doigts de ses lèvres tièdes.

- Ah ! je ne sais plus. En vous mêlant à cette affaire, j'ai obéi à un sentiment plus fort que ma volonté : à la peur ! Et qui aurais-je pu mettre dans la confidence ? N'importe lequel de mes amis aurait fait des gorges chaudes de ma philanthropie... Vous, ça importe peu ! Pouviez-vous vous étonner de voir ma charité s'exercer au profit d'un malheureux ?

Il songea qu'il s'était étonné, pourtant ! Et les réflexions intimes qu'il s'était faites, d'autres auraient pu les faire également.

Mais il ne voulut pas la désillusionner par ces remarques.

Elle continuait, d'ailleurs :

- Il a fallu que l'attitude d'une bande d'apaches vînt modifier mes plans. Vous m'avez fait des reproches, vous étiez mécontent d'être entraîné dans cette affaire : j'ai dû m'excuser... Les mots s'enchaînent, ce fut l'engrenage. Maintenant, je suis à votre merci.

Elle soupira douloureusement, comme si la situation lui paraissait inextricable.

- Vous n'êtes pas à ma merci, répliqua-t-il avec force. Tout mon respect vous est resté acquis.

- Je vous remercie de me l'affirmer.

Son ton devait manquer d'élan, car le jeune Russe reprit plus âprement :

- Si vous avez des doutes sur mes sentiments, rassurez-vous : je puis vous quitter et vous ne me reverrez jamais. Et je vous affirme sur la mémoire de ma mère, qui est tout ce que j'ai de plus précieux au cœur, que vous n'entendrez plus jamais parler de moi.

Sa voix ferme et décidée rendit courage à Michelle.

- Non, ne m'abandonnez pas. Je compte sur vous, maintenant. Si seulement vous aviez voulu accepter une gratification, j'aurais été plus tranquille.

- Je ne vois pas pourquoi.

- Oh ! si. Quand l'intérêt des gens est en jeu, on peut compter sur eux !

Il se dressa, les yeux étincelants de fierté :

- Eh bien ! mademoiselle Jourdan-Ferrières, il faudra vous habituer à l'idée qu'on peut compter sur Alexandre Isborsky sans qu'il soit besoin de faire miroiter une récompense à ses yeux !

- Je n'ai pas voulu vous blesser, protesta-t-elle.

- Alors, si votre intention n'est pas agressive à mon endroit, ne mettez jamais cette question d'argent entre nous.

- À quoi bon ce désintéressement avec moi ? Je suis riche et puis payer les services que je demande.

- Celui que vous réclamez est d'une catégorie spéciale ! Il s'agit d'une question de confiance : on la donne ou on la refuse. Si vous en manquez vis-à-vis de moi, brisons là et n'en parlons plus.

Elle le regarda silencieusement, puis doucement, fit remarquer :

- Comme vous êtes vif ! Je n'ai jamais vu quelqu'un d'aussi susceptible que vous.

- C'est que, peut-être, sans vous en rendre compte, vous avez éloigné de vous ceux qui avaient le droit de l'être.

- Si vous étiez de mon rang, John, la fille de mon père se froisserait de vos paroles.

Il se mordit les lèvres pour ne pas répondre, car il ne voulait pas être discourtois vis-à-vis d'une jeune fille.

Elle lui lança un regard de côté :

- Je vous ai encore fâché, John !

- Oh ! pourquoi ? Comme vous le dites si bien, nous ne sommes pas du même rang !... Et il y a un tel abîme entre nous deux !

Malgré le ton irréprochable, Michelle eut l'impression d'un dédain infini, et pourtant, son chauffeur ne pouvait pas avoir voulu lui exprimer une telle chose.

N'était-elle pas la belle Michelle JourdanFerrières, aux multiples millions devant qui chacun rampait ?

Et la jeune fille s'attarda dans une rêverie qui semblait l'isoler du monde.

Autour d'eux, cependant, tout s'était assombri.

Sur la campagne, la brume crépusculaire parut s'étendre.

De gros nuages noirs se poursuivaient dans le ciel, noyant subitement d'ombre les moindres éclaircies.

En même temps, un vent violent se déchaînait,

soulevant les poussières et les feuilles en tourbillon de tempête.

L'attention de John fut enfin attirée par cette menace atmosphérique qui gonflait sa blouse de chauffeur et faisait claquer les rideaux de l'auto.

- Mademoiselle, voici l'orage. Il serait prudent de partir.

Ils eurent à peine le temps de regagner la voiture, qu'une vraie trombe d'eau se déversa sur le paysage.

En un instant, des ruisseaux se formèrent, et ils durent avancer au milieu des flaques d'eau grossissantes, sous l'aveuglante clarté des éclairs qui semblaient se poursuivre.

Pris au centre du cyclone, avec autour d'eux des arbres déracinés, des cheminées croulantes, des murailles jetées bas, ils ne durent leur salut qu'au sang-froid du Slave, qui guida l'automobile vers un abri naturel, entre deux talus escarpés, où ils purent braver la fureur du vent passant en tourbillon déchaîné par-dessus leurs têtes.

John n'embraya le moteur que lorsque les

remous formidables se furent apaisés.

Il mit deux heures à rentrer à Paris au milieu des rues ravagées et des fondrières creusées en travers des routes, mais il ramenait l'auto intacte et Michelle en bonne santé.

Déjà, à l'hôtel de l'avenue Marceau, les gens s'inquiétaient, et M. Jourdan-Ferrières se précipita vers sa fille dès qu'il l'aperçut.

- Oh ! mon enfant ! par quelles transes je viens de passer ! te savoir toute seule, quelque part, au milieu de l'orage et de la nuit me rendait fou.

- Mais, père, je n'étais pas seule, répliqua-t-elle gentiment, en l'embrassant. Quand je suis avec John, il ne faut pas vous inquiéter : c'est un chauffeur épatant qui a un sang-froid merveilleux. Je vous assure que vous pouvez être tranquille.

Le père se tourna vers le Russe, qui quittait sa blouse dont une manche était toute mouillée.

- Vous avez entendu ce que ma fille pense de vous, mon ami ? Vous êtes épatant !

- Je ne crois pas avoir fait quelque chose d'extraordinaire, aujourd'hui, fit modestement le jeune homme. Il fallait ramener la voiture sans dommage, il n'y avait qu'à prendre son temps.

- Oui, il fallait ouvrir l'œil ! Eh bien ! pour vous récompenser d'y avoir réussi, je vous donne une gratification de cent francs, mon ami. Vous viendrez me voir demain matin.

Michelle éclata de rire.

- Pan ! Vous êtes content, John ? s'écria-t-elle avec ironie.

Et, sans lui laisser le temps de répondre, elle ajouta :

- Votre habileté de chauffeur se range-t-elle dans une catégorie spéciale, ou faut-il, ce soir, poser la question de confiance ?

Il eut un sourire amusé, puis, placidement :

- J'accepte avec plaisir la gratification de monsieur votre père, mademoiselle. Elle s'adresse au professionnel.

- Ah ! bon. Je vais essayer cette nuit de faire le distinguo.

- Oh ! ce n'est pas la peine... vous y passeriez, en vain, tout votre temps de sommeil.

Elle fit un pas vers lui, et les yeux subitement enflammés de colère :

- Parce que je suis trop bête, n'est-ce pas ? fit elle à mi-voix.

Il protesta avec vivacité :

- Oh ! parce que vous ne voulez pas me comprendre.

- C'est rudement spirituel de se poser en homme incompris.

Devant le regard étincelant qu'elle levait sur lui, il détourna la tête, préférant ne pas répondre.

- Vous êtes à bout d'arguments, il paraît !

Son rire ironique le fouetta péniblement.

- Que vous répondre ? Je suis à vos gages, mademoiselle ; je me suis permis de vous le rappeler déjà tantôt.

- Oh ! ne croyez pas que je l'oublie !

Et, s'écartant, faisant le tour de l'auto couverte de boue jusqu'au plafond de la carrosserie, elle cria tout haut, afin que chacun l'entendît :

- Dites donc, John, cette auto est dans un état épouvantable. Vous allez la laver tout de suite, avant d'aller manger.

- Mais, fillette, ce n'est pas tellement pressé, protesta M. Jourdan-Ferrières, du haut du perron qu'il venait de gravir.

- Ah ! permettez, père, je ne veux pas que ma voiture passe la nuit dans cet état ; John la lavera avant de s'éloigner. Au garage, ils ne le feraient que demain.

Sans acquiescer, John se tourna vers Mathieu Belland, le chauffeur de M. Jourdan-Ferrières.

- Dites donc, Mathieu, fit-il simplement, sans hausser la voix, mais également sans baisser le ton, cette randonnée sous l'orage m'a mis les nerfs à fleur de peau. Je suis fourbu. Je vous donne le billet que l'on vient de me promettre si vous acceptez de doucher cette voiture avant de la conduire au garage.

- C'est entendu, mon vieux, ne t'en fais pas. Tu as bien mérité du repos ce soir. Va boulotter, mon ami. Quand tu auras fini ton souper, l'ouvrage sera terminé ici, et tu n'auras plus qu'à aller te coucher.

Michelle, avec stupeur, avait entendu les deux hommes.

Sous la bonhomie apparente des mots, elle sentit le blâme que chacun d'eux lui adressait.

Elle eut, un instant, le violent désir d'intervenir et d'exiger que l'auto fût lavée par celui qui en avait la responsabilité, mais elle rencontra le regard impassible du jeune Russe, et, médusée, furieuse, elle s'éloigna, s'efforçant de paraître indifférente sous les gros globes qui dardaient à foison leurs lueurs électriques.

VIII

De bonne heure, le lendemain matin, Michelle descendit dans la cour.

John n'était pas encore arrivé, mais Mathieu Belland avait ramené les deux autos dont le vernis et les glaces brillaient comme un miroir.

- Mathieu, c'est vous qui avez nettoyé mon auto, hier soir ?

L'homme eut un regard sournois vers elle.

- Je ne pense pas avoir commis une faute en aidant un camarade fatigué.

- Vous avez bien fait, c'est entendu ; mais mon père ne veut pas que votre collègue soit privé de la prime qui lui a été promise.

- C'est difficile à concilier, dame !...

- Pas du tout. Mon père m'a chargée de vous remettre ce billet de cent francs que John vous a promis, mais quand ce dernier viendra s'acquitter vis-à-vis de vous, vous lui direz que le patron a réglé lui même cette question.

- Vraiment, mademoiselle, Monsieur est généreux, et je lui suis bien obligé.

Cette aubaine était tellement inattendue qu'il bredouillait en remerciant.

- Mon père est excellent, ne l'oubliez pas, Mathieu, dit Michelle, avec autorité. Vous servez un maître très juste qui veut que son personnel se plaise chez lui.

- Ah ! pour sûr que M. Jourdan-Ferrières est un bon maître, fit l'homme, avec conviction.

La gratification reçue lui remplissait l'âme d'indulgence.

- Eh bien ! je vais de ce pas rapporter vos paroles à mon père. Il faut que les maîtres et les serviteurs connaissent mutuellement leurs sentiments.

Elle s'éloigna, sereine, énigmatique, petit visage fermé sur des pensées intérieures qu'elle ne voulait pas laisser percer.

- Coucou ! mon papa ! Êtes-vous prêt à

recevoir mademoiselle votre fille ?

Par la porte du cabinet de travail de son père, Michelle passait sa tête mutine. L'ancien fabricant de conserves tendit ses bras vers elle :

- Viens, mon petit. Tu ne me gâtes plus souvent de tes visites. Il y a des mois que je ne connais plus tes vraies caresses.

- Père, je viens vous gronder, déclara-t-elle, quand, l'ayant embrassé, elle se fut câlinement assise sur ses genoux.

- Qu'est-ce qu'il y a ?

- Eh bien ! vous savez, pour John, hier soir, vous n'avez pas été chic.

- Comment cela ?

- Vous l'avez vexé !

- Par exemple ! C'est toi, au contraire, qui...

- Moi, ça ne compte pas ! De vous, c'est plus grave.

- Je ne me souviens pas.

- Rappelez-vous : vous lui avez offert cent francs.

- Eh bien ! tu devais faire la même chose, ce matin, avec Mathieu.

- Oui, mais ce dernier, ce n'est pas pareil. Je suppose que vous lui donniez cent francs, à Mathieu, et encore cent francs et toujours ainsi, jusqu'à ce soir, il accepterait sans jamais se lasser !

- Ça, j'en suis convaincu !

- Eh bien ! John, ce n'est pas pareil.

- Ah ! bah ! Il travaillerait pour rien, lui !

- Je ne dis pas ça, voyons. Seulement, avec lui, il y a la manière d'offrir.

- Tiens !

- Oui... et j'ai bien vu, hier soir, que vous l'avez vexé.

- Ce n'était pas mon intention.

- J'en suis persuadée, mais vous comprenez, mon papa, on n'offre pas ainsi cent francs à un chauffeur épatant qui vous ramène votre fille saine et sauve, après un cyclone épouvantable. Les journaux d'aujourd'hui parlent de nombreuses victimes.

- Évidemment, je me rends compte, ce n'était pas assez. J'aurais dû offrir le double.

- Oui... ou cent mille francs, ou un million ? Avec John, on ne sait jamais exactement ce qu'il faut lui donner.

- Non mais !... est-ce que tu es malade ?

Ahuri, le père écartait de lui son enfant pour mieux la regarder.

- Dame, papa. Songez un peu à la valeur marchande que je représente !

- Ta valeur marchande ?

- Hier soir, quand vous m'attendiez, rempli d'inquiétude, on vous aurait demandé de donner un million pour m'éviter un accident de voiture, que vous n'auriez même pas discuté le chiffre réclamé... alors, vous comprenez ?

- Je comprends surtout que tu te moques de moi depuis cinq minutes.

- Ah ! je vous affirme bien que je suis sérieuse ! Comment ! vous estimez que c'est payer trop cher la vie de votre fille de l'évaluer à un million ?

- Mais, ma pauvre chérie, je donnerais vingt millions, je donnerais toute ma fortune pour te sauver la vie, si un danger te menaçait.

« Comment pourrais-je me passer de ma Michelle adorée ? fit l'homme, en poursuivant son idée et subitement ému. C'est pour toi, mon enfant, que j'ai voulu être riche, et j'aimerais mieux perdre tout ce que je possède que d'être privé, pour toujours, de toi !

- Oui, c'est tout à fait ça ! fit Michelle, avec un sourire enchanté. Je connais quelqu'un qui m'estime exactement à la même valeur que vous... Seulement, lui, ajoute-t-elle avec un petit air désillusionné, ce n'est pas sa fortune qui est en jeu, c'est celle d'un autre !

- Ah !... Et qui est ce quelqu'un ?

Tout de suite, le père pensait à un mari possible, mais Michelle hocha la tête et répondit :

- Une personne que vous n'apprécierez pas à sa juste valeur. Un être désagréable au possible...

Mais il est très bien malgré ça. Il raisonne tout à fait comme vous, à mon sujet.

- Eh bien ! tant mieux, ça me fait plaisir, fit le père, que tout ce babil léger commençait à lasser. Et maintenant, chérie, tu vas me laisser tranquille. Je suis enchanté d'avoir bavardé un peu avec toi, je vais lire mon courrier à présent.

- Et John ?

- C'est entendu, je lui donnerai le double...

- Vraiment, vous ne croyez pas qu'un million ? proposa-t-elle en pouffant de rire, malgré son désir de garder le sérieux.

- La plaisanterie a assez duré.

- C'est dommage, elle m'amusait. Voici une heure que je suis gaie comme un pinson.

Entourant de ses deux bras le cou de son père, elle lui parla à l'oreille. Longuement, minutieusement, elle lui expliquait quelque chose.

L'homme s'effarait, voulait protester, mais la jeune fille, chaque fois, lui fermait les lèvres d'un baiser.

Enfin il se dégagea et retirant son binocle pour mieux regarder sa fille dont les grands yeux le suppliaient, il acquiesça dans un grognement :

- Allons, achève, puisque tu ne me laisseras pas tranquille tant que je n'aurai pas fait tes quatre volontés.

- Eh bien ! quand vous aurez dit beaucoup de mal de moi et louangé ses qualités comme elles le méritent, vous lui annoncerez pompeusement que, connaissant maintenant sa valeur, vous portez son traitement à quatre mille francs par mois.

- Combien dis-tu ?

- Quatre mille francs.

- C'est insensé.

- Alors, cinq mille, si vous préférez.

- Mais ce sont des gages qu'aucun chauffeur ne touche.

- Oh ! je vous demande pardon, papa. Tous les chauffeurs de mes amies ont d'importantes gratifications. Avec moi, John n'a rien. Je ne mets jamais mon auto à la disposition des autres, et John ne fait pas de petites commissions... très productives. Avec une patronne comme moi, qui n'aime ni les billets doux, ni les rendez-vous clandestins, John n'a pas un sou de pourboire.

- D'où il résulte que je dois lui donner des appointements de député.

- Oui, si je veux le garder. Ça rend jalouses toutes mes amies que j'aie un pareil gentleman à mon service. Molly est prête à lui offrir cent mille francs par an, pour me le soulever. Or, je veux qu'il reste ici. Ce serait humiliant qu'il nous quittât pour une raison de gages, comme si nous étions des petits bourgeois.

- C'est bon ! n'en parlons plus, ton chauffeur aura ses quatre mille francs.

- Père, vous avez accepté cinq !

M. Jourdan-Ferrières poussa un grognement.

- Je vais avoir l'air d'un imbécile d'offrir de pareils gages à un chauffeur.

- Oh ! pouvez-vous dire ! Vous aurez l'air d'un milliardaire américain payant largement son personnel, quand celui-ci le mérite.

- Tu es une enjôleuse ! Sauve-toi, maintenant que tu as obtenu ce que tu voulais ; j'ai à travailler.

- Et vous ne direz pas à John que l'idée est de moi ?

- Je ne dirai rien.

- C'est juré ?

- Mais oui, bon sang ! Est-ce que je peux aller raconter que ma fille a perdu le sens commun à propos d'un chauffeur que des camarades lui envient ?

Quand elle eut refermé sur elle la porte du cabinet de son père, Michelle s'arrêta, sa gaieté subitement tombée, comme un masque qu'elle aurait arraché de son visage.

Les mains croisées sur sa poitrine en un geste puéril qui lui était habituel lorsqu'elle était émue, elle murmura :

« Il le recevra tout de même, mon sale argent, le monsieur que je ne puis comprendre ! »

Et, dans ses yeux noirs qui regardaient sans voir, il y eut comme une lueur de triomphe qui étincela.

IX

John arriva véritablement en retard ce matin-là.

Mathieu, avec étonnement, le vit sauter d'un taxi dont il paya la course au conducteur.

- Mademoiselle ne m'a pas demandé ? s'informa-t-il tout de suite.

- Non. Elle est venue rôder par ici, mais elle ne s'est pas informée de toi.

- Tant mieux ! Et elle n'a pas reparlé du lavage de la voiture ?

- Si, pour me dire que j'avais très bien fait de le faire à ta place.

- Alors, c'est parfait !... Oh ! à propos, Mathieu, je vous dois cent francs que M. Jourdan-Ferrières m'a promis devant vous.

- Ne t'en fais pas mon vieux. La somme m'a été versée tout à l'heure, et il paraît que le père

Choucroute t'en réserve une semblable.

- Comment cela ?

- Eh bien ! oui. Le patron ne veut pas que tu sois privé de ton bénéfice, et il estime qu'un marché est un marché... Alors, tu comprends...

- Il est venu vous le dire ?

- Non ! C'est la môme Haricot qui m'a apporté le fafiot.

- Ah ! c'est mademoiselle...

Il ne dit plus rien, un pli barrant subitement son front pâle.

Il avait couru toute la matinée pour le service de Mlle Jourdan-Ferrières. Pourquoi, en son absence, éprouvait-elle le besoin de se mêler de ses affaires ?

« Évidemment, il fallait qu'elle me le rejette à la tête, son billet de cent francs. Si elle croit que, maintenant, j'irai le réclamer à son père ! »

En cet instant, il était véritablement furieux contre la jeune fille.

« Ce qu'elle peut être crampon, la môme

Haricot, comme ils l'appellent ! »

Mais un maître d'hôtel, gras, gourmé, bien imposant, vint prévenir « le chauffeur de Mademoiselle » que M. Jourdan-Ferrières le réclamait au bureau.

John se fit répéter l'invitation, croyant avoir mal compris.

- Le temps de me laver les mains, répondit-il sans empressement.

Il demeurait debout, la tête tournée vers l'homme qui s'éloignait, se demandant quelle humiliation il allait lui falloir encore subir, car son impression était désagréable.

« C'est pénible de servir chez les autres, pensa-t-il. Surtout quand on n'a pas l'habitude. Mais si quelque chose cloche, je file ! »

Et, plutôt avec mauvaise grâce, il gagna le cabinet de l'ancien fabricant de conserves.

En traversant la cour, ce fut plus fort que lui de lever les yeux dans la direction de l'appartement de Michelle.

« Elle me guette peut-être derrière une de ses

fenêtres », supposa-t-il.

Puis, se secouant :

« Allons, mon ami, tu ne vas pas attacher tant d'importance aux faits et gestes d'une gosse mal élevée. Tu n'as pas grand-chose à faire, tu es libre, pour quelques mois, c'est presque une sinécure ! »

On l'introduisit auprès de M. JourdanFerrières, sans le faire attendre.

Il était venu nu-tête, ayant horreur de tenir une casquette à la main et préférant la laisser sur son siège, quand il prévoyait qu'il devait rester découvert.

- J'ai à vous parler, mon ami, fit le millionnaire, qui, avant de continuer, examina le jeune homme.

Il le vit grand, élancé, bien pris dans son veston croisé.

John portait du linge empesé, une cravate nouée à la main, des souliers fins aux pieds. Il avait réellement du chic et n'était pas un chauffeur ordinaire.

« Ma fille a raison, pensa le maître. Ce garçon est superbe ! Ça fait bien au volant d'une auto, un gaillard bâti comme celui-là ! »

Dans son orgueil d'homme riche qui, pour lui et les siens, peut se payer tous les luxes, il ne lui vint pas à l'idée que l'homme était trop joli garçon pour accompagner une fille de vingt ans et que les jalousies des amies de Michelle pouvaient s'exercer dans tous les sens.

Si quelqu'un d'une autre époque, d'une autre mentalité surtout, lui en avait fait l'observation, il aurait, de bonne foi, répondu que tous les millions dont sa fille pouvait se parer la mettaient à l'abri de toutes les réflexions féminines comme de toutes les audaces masculines.

Non, sa pensée n'effleura même pas un tel sujet.

Il fut plutôt fier que sa fille fût assez riche pour se payer un chauffeur aussi aristocratique.

- J'ai réfléchi, je ne vous donnerai pas la gratification promise.

- Je n'en demandais pas, monsieur, fit John,

impassible, bien que cette entrée en matière lui fit prévoir le pire.

- Vous valez mieux que cette somme dérisoire, reprit le millionnaire. Vous êtes habile, vous avez du nerf et du sang-froid ; je suis heureux de pouvoir vous apprécier à votre valeur.

- Monsieur me comble !... balbutia le jeune Russe, éberlué.

- D'un autre côté, continua le maître, j'ai une fille... hum !... une charmante enfant... et, quoique je l'aie abominablement gâtée, elle a un cœur d'or et j'en suis fou !

John ne broncha pas, bien qu'il eût voulu pouvoir rire. Il se demandait où tous ces préambules allaient aboutir.

- Or, c'est à vous que je l'ai confiée, reprenait le millionnaire. C'est une terrible responsabilité. Vous vous rendez compte, John, de ce que j'exige de vous...

- Cela ne m'effraie pas, affirma le jeune homme, qui pensait qu'en bien des circonstances, avec Michelle, il n'en faisait qu'à sa tête.

- Oui, vous avez la manière, ma fille vous estime énormément.

Il s'arrêta un moment, cherchant ce qui lui restait à dire.

- Ah ! oui.

Il se gratta la tête. C'était décidément embêtant d'offrir une pareille mensualité à un garçon qui se contentait de dix-huit cents francs par mois.

Son hésitation n'échappa pas au chauffeur qui se demandait toujours ce que cela pouvait vouloir dire.

Mais M. Jourdan-Ferrières était comme sa fille, il ne tergiversait pas longtemps.

- Alors, voilà, John. Je vais vous intéresser à votre tâche : vous toucherez désormais cinq mille francs par mois...

- Monsieur a dit ? fit le jeune Russe, interloqué.

- Cinq mille, mon ami ! Vous valez ça... Vous êtes épatant. Je le répète, vous... enfin, êtes-vous content ?

- On le serait à moins, monsieur, et je me demande...

- Ne vous demandez rien ! C'est tout naturel que le mérite soit payé ce qu'il vaut...

- Je suis vraiment confus, monsieur, et je vous remercie...

- Je compte sur vous... ma fille, n'est-ce pas !... Votre responsabilité... Allez, mon ami, je suis content de pouvoir vous rendre justice !

Abasourdi, John s'éloigna.

Au moment où il atteignait la porte, M. Jourdan-Ferrières le rappela.

- Voyons, John, une bonne fois, convenez-en, ma fille est insupportable et vous donne beaucoup de besogne ?

Un sourire détendit le visage du Russe.

Mis ainsi en demeure de donner son avis, il ne sut que répondre :

- Mademoiselle est charmante.

- Elle a été très mal élevée et en abuse singulièrement.

- Alors, fit doucement le jeune homme, mettons qu'elle soit délicieusement mal élevée, on ne peut pas lui en vouloir longtemps.

La physionomie du père s'éclaira. Il vint au chauffeur et lui donna une tape amicale sur l'épaule.

- Allons, vous me faites plaisir, John. Je serais désolé que vous gardiez rancune à cette gamine... et hier soir... oui, réellement, hier soir, elle a abusé un peu.

Quand John se retrouva seul, dans le vestibule, il fit comme Michelle, une heure auparavant.

Il s'arrêta, essayant de s'y reconnaître.

« C'est fantastique, une chance pareille ! cinq mille francs par mois ! »

Et tout de suite, il soupçonna Michelle :

« C'est elle qui a obtenu ça de son père... en s'accusant, peut-être ? Elle a réussi, tout de même, à me le faire prendre son argent. »

Une indulgence détendit ses traits.

« Elle a trouvé le moyen de me le faire

accepter... et, cette fois, c'est mieux ! C'est presque bien... »

Il était à peine de retour au garage que Michelle apparut.

- Vous êtes venu tard, ce matin, John ?

- Je m'en excuse, mademoiselle. Je me suis occupé de ce dont vous m'avez chargé et j'ai été retenu plus que je ne le supposais.

- Vous avez du nouveau ?

- Pas encore, mais dans quarante-huit heures, j'aurai une solution.

- Très bien ! Tant mieux !

Elle se fit conduire à l'église Saint-Pierre-de-Chaillot, et n'y resta que deux minutes, le temps d'une très courte prière.

Puis, du même air réservé et distant qu'elle avait pris ce jour-là, dès le début, elle donna l'ordre de rentrer.

Il songea qu'il était payé maintenant cinq mille francs pour subir ces petits caprices.

- Sortez ! filez ! arrêtez ! attendez ! rentrez !

Le travail n'était pas terrible, malgré les grands airs que prenait sa jeune patronne.

Et comme son âme était à l'optimisme, il pensa avec indulgence à cette dernière.

« Il est difficile de se faire pardonner une grosse fortune ! Et comme tous les caractères ne sont pas forgés sur le même moule, il faut toute une psychologie pour y arriver. Ainsi, avec moi, elle a bien du mal, la pauvre gosse !

Il se rappela qu'elle lui avait dit qu'il avait mauvais caractère.

« C'est peut-être vrai ! On se juge mal soimême. Je la trouve insupportable et remplie d'orgueil... Je suis, sans doute, plus orgueilleux qu'elle-même. »

Lorsqu'il l'aida à descendre de l'auto, il lui dit, mi-sérieux, mi-railleur :

- Je vous remercie, mademoiselle. -

Me remercier ? De quoi ?

- De toutes les délicatesses de monsieur votre père.

- Ah ! bon ! Il a mis son projet à exécution.

- Grâce à vous, qui le lui avez généreusement suggéré.

Il risquait cette audacieuse supposition, à peu près sûr de ne pas se tromper.

Et Michelle, qui ne savait au juste comment son père s'était tiré de toutes ses recommandations, n'osa pas nier ouvertement.

- Mon père cherchait à vous récompenser, je l'ai conseillé...

- Je m'en doutais un peu, dit-il, en souriant sans arrière-pensée.

- Oui, mais attendez, il n'a pas voulu m'écouter ; je lui ai dit de vous offrir un million, ou vingt, ou cinquante ! Je ne sais pas, moi ! Vous m'aviez empêchée de me noyer dans la Bièvre et, grâce à votre sang-froid, la voiture avait évité tous les tessons de bouteilles de la route, cela valait bien une fortune, n'est-ce pas ?

- Vous raillez, je crois ! fit-il, déjà cabré sous le sarcasme.

- Oh ! non. J'avais bien retenu tous vos

arguments : la vie de la fille de mon père n'avait pas de valeur vénale... ou plutôt, c'était incalculable ! J'ai mis toute mon éloquence à lui expliquer l'affaire. Eh bien ! le croiriez-vous, il m'a ri au nez, il n'a pas compris !

- Je n'en doute pas.

Il avait du mal à tenir son sérieux. L'impertinence de la jeune fille ne lui échappait pas, mais l'idée qu'elle avait ressassé ses réflexions de l'avant-veille le mettait en joie.

- Et alors, reprit-elle, avec conviction, papa vous a donné un million ?

Une réplique baroque, qui n'avait pas de sens et qu'il ne fut pas maître de retenir, glissa sur ses lèvres :

- Non, comme dans les contes de fées, il m'a offert la main de votre sœur, mais je n'en ai pas voulu.

Michelle eut un sursaut.

- Je n'ai pas de sœur.

- Ah ! j'avais cru comprendre.

Elle le regarda, les yeux agrandis de stupeur, comprenant qu'il se moquait d'elle.

Une colère grondait en elle, mais elle le vit calme, souriant même et elle comprit qu'elle allait se couvrir de ridicule si elle se fâchait d'une plaisanterie médiocre peut-être, mais cependant en rapport avec la sienne.

- Vous avez été très intelligent de refuser, reprit-elle, s'efforçant de sourire.

- Votre approbation me flatte.

- Aujourd'hui, les reines n'épousent plus les bergers.

- C'est quelquefois heureux pour ces derniers. Les yeux noirs étincelèrent.

- Vous croyez votre réponse intelligente et polie, John ?

Il partit d'un grand éclat de rire.

- Non, elle est bête comme tout, surtout pour qui ignore mon dédain invincible pour le mariage.

La colère de Michelle tomba subitement. Son

intérêt éveillé par les paroles du chauffeur, elle demanda :

- N'êtes-vous pas marié, John ? - Nullement.

- Vous êtes réellement... complètement célibataire ?

- Et même célibataire impénitent !

- Je ne sais pas qui m'a affirmé que vous viviez avec une femme.

- C'est une erreur, affirma-t-il. Je vis et ai vécu absolument seul.

- Et pourtant, reprit la fille du millionnaire, on vous a vu avec une jeune femme, très belle et très distinguée...

Elle parlait au hasard, plaidant le faux pour connaître la vérité.

Un étonnement se peignit sur le visage du Russe. Il fit un effort de mémoire pour savoir à quelle jeune femme elle pouvait faire allusion.

Il répondit, après une seconde de réflexion :

- Je ne puis affirmer n'être jamais sorti avec

une femme. Ce dont je suis sûr c'est que je n'ai encore mêlé aucune femme à mes projets d'avenir.

- Le berger attend la reine qui lui fera signe ?

- Il faudrait qu'elle fût rudement jolie pour m'enchaîner... Je viens de vous dire mon besoin d'indépendance absolue.

- Bah ! une jolie femme... qui serait riche, risqua Michelle, sans comprendre quel démon la poussait à parler.

Il tressaillit. Pourquoi faisait-elle une telle supposition ?

- Je crois qu'il vaudrait mieux élever une pastourelle jusqu'à moi.

- Je vous souhaite beaucoup de bonheur et de bien-être avec votre fleur des champs.

Un instant, ils se regardèrent curieusement, en gens de bonne compagnie que le hasard a rapprochés et qui, venant d'émettre quelques idées générales, s'aperçoivent qu'ils sont aux antipodes l'un de l'autre.

Ce fut elle qui rompit la première le silence.

- Allons, voici l'heure du déjeuner, j'ai juste le temps de me préparer. Vous pouvez disposer de votre après-midi ; je ne sortirai pas aujourd'hui.

Et, comme si le petit démon qui la poussait à bavarder n'avait pas dit son dernier mot, elle ajouta coquettement :

- Ce soir, il y a grande réception à l'hôtel, mon père me présente un des plus beaux partis du monde.

Une ombre passa sur le visage du jeune Russe, éteignant le fugitif sourire.

- Une fortune colossale !... Je vous souhaite tout de même un peu de bonheur avec, mademoiselle Michelle, affirma-t-il doucement.

Et il y avait tant de sincérité dans ce simple souhait, que la jeune fille s'éloigna, une mélancolie obscurcissant, tout à coup, les objets autour d'elle au point d'amener une buée légère à ses cils.

- Le bonheur !

Elle serait fabuleusement riche. Est-ce que tant

d'argent ne lui permettrait pas de tout acheter ?

Mais l'impression qui lui étreignait l'âme ne se dissipa pas.

Oui, elle achèterait tout... tout ce que l'homme peut atteindre avec de l'argent... mais le bonheur ? Eh bien ! le bonheur...

En éclair, elle en eut la foudroyante révélation.

Le bonheur, elle ne l'achèterait jamais, parce que c'est la seule chose qui ne se paye pas !

Et dans la splendide demeure où la fille du millionnaire venait d'entrer, Michelle se sentit effroyablement pauvre... plus misérable que le plus humble des serviteurs, dont les rires joyeux éclataient parfois sous ces lambris dorés.

X

Michelle Jourdan-Ferrières avait demandé, la veille, à son chauffeur :

- John, est-ce que vous savez monter à cheval ?

- Oui, mademoiselle. - Un

peu, ou très bien ? -

Plutôt bien.

- Je m'en doutais. Molly Burke le soutenait aussi, hier !... Vous ne vous en doutez pas, John, vous avez une tête à savoir monter à cheval.

Il esquissa un sourire :

- J'aurais plutôt pensé que j'avais des jambes le permettant, fit-il un peu moqueur.

- Oui, enfin, je me comprends. Je veux dire que vous avez l'allure sportive.

Elle s'arrêta, puis reprit :

- Et cela vous ferait plaisir de m'accompagner au bois, le matin ? Nous voici au milieu de mars, il va commencer à faire délicieux, sous les arbres du bois de Boulogne !

- Si cela vous est agréable, mademoiselle, je suis à votre disposition, moi...

Il hésitait, se demandant ce que dirait M. Jourdan-Ferrières de ce nouveau programme.

- Il faudrait peut-être demander son avis à monsieur votre père, se permit-il de dire.

- Oh ! papa est toujours de mon avis. -

Ce serait tout de même préférable. -

Mais pourquoi ?

- M. Jourdan-Ferrières m'a engagé comme chauffeur. Il ne serait sans doute pas content que je sorte de mes attributions.

Il songeait que ce n'était pas précisément la place de Michelle de sortir aussi librement avec un chevalier servant de son âge.

Mais, elle, imperturbablement, riposta :

- Qu'est-ce que vous voulez que ça fasse à

mon père ? Pourvu que cela me plaise, il ne s'occupe pas d'autre chose !

« Après tout, pensa-t-il, ce n'est pas à moi d'apprendre à cette jeune fille la réserve inhérente à son sexe. Je n'ai pas à être plus royaliste que le roi. »

- Ainsi, John, c'est entendu. Vous irez, aujourd'hui, au gymnase où sont nos chevaux, vous en choisirez un à votre gré et vous direz au valet d'écurie qu'il les selle pour demain. À neuf heures, ici ; je veux faire une longue promenade. Vous serez exact n'est-ce pas ?

- Entendu, mademoiselle.

Et c'est ainsi que le jeune Russe se trouvait ce matin-là à l'hôtel de l'avenue Marceau, en tenue d'équitation, culotte courte boutonnée aux genoux, veston arrondi, bottes souples ; toujours impeccable quelle que fût la tenue qu'il portât.

Michelle, qui aimait cependant s'attarder au lit, fut d'une exactitude surprenante.

Elle montait en garçonne, selon la coutume importée d'Amérique, et, comme elle était grande, le costume masculinisé lui allait infiniment bien.

Elle avait les allures libres et le mépris du qu'en-dira-t-on, mais on ne pouvait lui méconnaître le mérite d'être infiniment distinguée et de savoir s'habiller avec un goût très sûr.

John, qui se tenait au bas du perron, les deux chevaux en main, ne put s'empêcher d'admirer l'élégance de la jeune fille.

Sous le feutre souple, avec ses grands yeux noirs, ses cheveux sombres un peu tirés derrière l'oreille, elle était réellement jolie, ce qui ne nuisait pas à sa fine silhouette.

Tout en boutonnant ses gants, elle examina son compagnon. Son œil sûr découvrit, tout de suite, la correction de la tenue.

Mais, justement, cette correction n'était pas de mise auprès d'elle. Du bout de sa cravache elle toucha le veston du jeune homme.

- Il faudra enlever ça ; le reste peut aller... demandez donc un gilet.

L'homme rougit imperceptiblement. -

Un gilet, comme un palefrenier ? - Il

me semble...

- Mais il vous semble mal, mademoiselle. Je suis chauffeur et je n'ai pas à porter la livrée de vos écuries.

Il parlait d'une voix un peu voilée qu'il s'efforçait de garder calme.

Elle ne voulut pas percevoir le frémissement de l'homme.

Au surplus, depuis quelques jours, après le mouvement d'abandon qui les avait un instant rapprochés, le lendemain de l'orage, ils se confinaient chacun dans sa sphère, elle dans sa morgue hautaine de grande dame et lui dans sa politesse irréprochable, frisant l'hostilité, de chauffeur de luxe.

Michelle était donc presque heureuse de trouver l'occasion de l'humilier un peu.

Comme si elle se méprenait sur le sens de sa protestation, elle fit avec dédain :

- Enfin, mettez n'importe quoi si notre livrée vous déplaît. Il y a des gilets ou des vestes de toutes les couleurs.

- Permettez, mademoiselle, vous ne paraissez pas avoir compris. Si vous acceptez ma présence à vos côtés, j'y serai dans une tenue correcte et non comme un domestique.

- Et si je ne veux pas de vous sous cet aspect ?

- Alors, je serai navré de vous causer du déplaisir, mais je resterai ici.

- C'est bien, fit-elle, glaciale. Aidez-moi à me mettre en selle.

Il tendit le genou, puis les deux mains croisées, et elle s'élança légèrement en cavalière consommée.

- Vous êtes prêt ? dit-elle sur le même ton en désignant de sa cravache l'autre cheval.

- Je vous accompagne tout de même ? demanda-t-il.

- Évidemment, puisque je ne puis faire autrement.

- On peut passer au gymnase, il y a toujours des valets d'écurie.

- Non. Comme valet vous me suffisez ! -

Très flatté.

Quand ils furent dans l'avenue, elle prit de l'avance.

- Marchez une bonne longueur derrière moi, précisa-t-elle.

Et la promenade commença.

Elle croyait l'avoir vexé, alors qu'en réalité il avait envie de rire de la colère de la jeune fille.

« Tout de même, pensait-il, elle se rend compte de l'incorrection. Elle a beau être miss Haricot, elle a de la branche ! »

Cette constatation lui faisait plaisir. Il avait horreur du laisser-aller de Michelle Jourdan-Ferrières, même quand il en était le bénéficiaire. La moindre familiarité le mettait de mauvaise humeur comme si elle eût été une faute de goût.

C'est donc avec satisfaction qu'il la suivait, aux diverses allures qu'elle s'amusait à prendre, s'efforçant de garder la distance désirée.

Ils allèrent par la Muette et Auteuil jusqu'à Saint-Cloud, Michelle toujours en avant, sans échanger un mot. Cette bouderie ne pouvait s'éterniser.

La jeune fille immobilisa son cheval tout d'un coup.

- Il ne fait pas chaud, j'ai les pieds glacés.

- Voulez-vous que nous gagnions un café quelconque dans la ville ?

- Oui.

- Le Pavillon bleu, si vous voulez ? - Il

va y avoir un monde fou.

- Je ne crois pas. À cette heure, il sera désert. -

Alors, guidez-moi.

Il ne profita pas de l'avantage que lui donnait cet ordre. Il demeura derrière elle, se contentant d'indiquer la route.

- C'est tout droit devant nous. Il faut traverser le pont. Nous y sommes aussitôt.

Ils s'arrêtèrent à l'entrée du parc.

John sauta de selle et aida Michelle à descendre.

Sans l'attendre, la fille du millionnaire se hâta vivement vers l'intérieur chauffé.

Au bout de dix minutes, comme il ne l'avait pas rejointe, elle vint voir de la terrasse ce qu'il faisait.

Les brides des animaux passées sous son bras, il avait allumé une cigarette et fumait tranquillement, les yeux perdus dans son habituelle rêverie qui l'emportait si loin de France.

Cette randonnée à cheval lui avait fait un réel plaisir. Elle évoquait pour lui les longues chevauchées sur le front russe, pendant la guerre ou, souvenir plus doux à son cœur, certaines chasses, jadis, dans les steppes sauvages de la Russie septentrionale ou dans les forêts millénaires de la Russie Blanche.

De la terrasse, sans qu'il la vît, Michelle le regarda longuement, pensivement... grands yeux énigmatiques ouverts sur quelque vision intérieure...

Elle dut avoir pitié de l'homme immobile sous la bise, car elle avait eu véritablement froid. Rentrant au café, elle appela un chasseur :

- Allez tenir les chevaux, dehors, et dites au cavalier de venir me rejoindre.

John la retrouva, attablée devant une grande tasse de chocolat, les pieds posés sur une brique chaude qu'on venait de lui apporter.

- Il faut prendre aussi quelque chose de chaud, John. Vous devez être gelé ; je croyais, en partant, la température plus douce.

- Le vent souffle aujourd'hui, mais il ne fait pas réellement froid. Je crois plutôt que votre costume est un peu léger.

- Ce sont les pieds qui sont glacés. Mais c'est ma faute, j'ai mis des bas de soie ! Demain, je ne recommencerai pas.

La grande salle était complètement déserte. Il s'assit cependant à l'autre bout d'une table voisine de la sienne.

Comme on lui apportait le café qu'il avait commandé, il donna un billet au garçon, indiquant d'un geste discret qu'il fallait compter le prix des deux consommations.

Elle le vit rendre la monnaie, comprit, mais ne bougea pas.

« Il gagne assez maintenant pour pouvoir assumer cette petite dépense, pensa-t-elle.

Mais ce qu'elle ne s'avouait pas, c'est qu'il lui aurait été profondément désagréable, même en la présence d'un seul garçon de service, de payer les consommations d'un jeune homme tourné comme l'était le Russe.

Ce fut le seul incident de la promenade.

Elle observa, pour rentrer, la même attitude hautaine. John conserva imperturbablement la distance qu'elle avait indiquée.

XI

Ils avaient fait une randonnée sur les bords de la Seine, une trentaine de kilomètres de Paris.

La campagne s'étendait autour d'eux coupée de maisonnettes. Sur une route éloignée, des autos filaient à tout allure ; à leurs pieds, la Seine coulait avec des frémissements silencieux.

Depuis une heure, debout devant la portière ouverte de l'auto, John mettait Mlle JourdanFerrières au courant de ses démarches.

Il avait trouvé une maison de retraite tenant à la fois de l'œuvre privée et de la pension de famille. Après bien des démarches, il avait obtenu que le protégé de Michelle y fût admis. Il y aurait sa chambre et un petit atelier ; tous les soins lui seraient donnés et cela ne coûterait à la jeune fille qu'une somme relativement modeste pour assurer au vieillard de Ménilmontant la sécurité morale et matérielle dont il avait besoin jusqu'à sa mort.

C'était mieux qu'un asile de vieillards ; l'homme serait libre de sortir à son gré, un salon était à la disposition des pensionnaires pour recevoir les visiteurs, enfin et surtout, le milieu était de bonne compagnie et n'avait rien de trop rigide.

Lorsqu'il eut terminé ces longues explications que Michelle approuvait sans réserve, le jeune Russe demanda à la jeune fille :

- Connaissez-vous le nom réel de votre protégé ?

- Celui qu'il porte n'est-il donc pas le sien ?

- Il se fait appeler Jean Bernier et a signé tous ses tableaux de ce nom-là. En vérité, son nom réel est Jean Bernier de Brémesnil.

Une rougeur empourpra le visage de Michelle. - Vous êtes sûr de ce nom ?

- J'ai tenu ses papiers d'état civil. Il est âgé de soixante-sept ans et appartient à une vieille famille de Normandie, dont quelques membres vivent encore. Il a reçu une bonne éducation, a passé par l'École des Beaux-Arts et a eu une petite notoriété comme peintre de portraits.

- Comment a-t-il pu tomber à ce point ? balbutia Michelle, qui paraissait agitée.

- Il prétend que c'est un chagrin d'amour qui l'a jeté dans la débauche, il y a vingt ans.

- Un chagrin d'amour ?

- Oui, il m'a expliqué qu'il s'était mis à faire la noce et à fréquenter les boîtes de nuit où l'on perd tous les jours un peu de son argent et beaucoup de sa dignité. Avec l'habitude du plaisir, le dégoût du travail est venu, et de chute en chute il a dégringolé dans la misère.

Elle demeura songeuse un moment, puis avec une timidité anxieuse elle demanda :

- Vous a-t-il dit le nom de cette femme ?

Il hésita légèrement et, devant le petit visage décomposé, affirma :

- Oh ! non ! Un homme bien élevé ne nomme jamais la femme qu'il a aimée.

Sur la figure de la jeune fille, un peu de rose

réapparut.

- Vous a-t-il parlé d'autre chose ?... de sa vie intime ?

- Beaucoup de détails oiseux... un tas de mauvais souvenirs !...

- Et... de la femme... il n'a pas eu de ses nouvelles ?

De nouveau, la voix de Michelle se faisait hésitante.

- Cette femme est morte quelque temps après l'avoir quitté...

- Pourquoi l'abandonna-t-elle ?... Il ne vous l'a pas dit ?

Le jeune Russe regarda pensivement la jeune fille avant de répondre.

Il ne savait pas mentir et il se demandait s'il avait le droit de lui dissimuler une partie de la vérité.

Alors, bravement, comme un chirurgien qui décide une opération, il expliqua :

- Il paraît qu'il y avait un enfant.

- Un enfant ?

- Oui, une petite fille ! La femme était mariée, l'enfant appartient légalement au mari, elle eut peur que ce dernier, apprenant la vérité, ne la chassât et gardât la fillette, afin de se venger de la trahison de l'épouse.

- Oh ! c'est pour cela, fit Michelle d'un ton indéfinissable.

- Oui... pour l'enfant !

La jeune fille se sentait soudainement très lasse. Une mélancolie était tombée sur elle.

Elle se rejeta toute songeuse dans le fond de la voiture ; mais, comme John demeurait debout auprès de la porte, elle fit effort pour lui dire d'un ton indifférent :

- C'est très intéressant tout ce que vous m'apprenez ! Je ne me doutais pas que mon protégé eût eu une vie aussi passionnée... Pour ce qui le concerne, j'approuve toutes vos initiatives, vous êtes réellement débrouillard.

Il se déroba à ses remerciements en regagnant sa place à l'avant de la voiture, et elle lui sut gré de sa discrétion.

Elle se disait qu'elle avait bien fait de se confier à lui.

Évidemment, elle était à sa merci. Mais pourquoi bavarderait-il puisqu'elle offrirait toujours de payer son silence ?

D'ailleurs, elle avait en lui une confiance instinctive, sans qu'elle s'expliquât bien pourquoi.

Chose singulière, elle n'avait pas encore eu la pensée, même passagère, de ce qu'il y avait de singulier dans ce mystère qui les unissait tous deux, lui, le chauffeur, et elle, la fille du patron.

Il était John, sans qu'elle se souciât de la vraie personnalité de l'homme qu'elle désignait sous ce nom choisi par elle.

Et de cet étranger dont la vie intime lui était un mystère, dont le caractère désintéressé lui demeurait énigmatique, dont les allures de grand seigneur étaient incompréhensibles, de ce chauffeur extraordinaire enfin, elle avait fait un confident en qui elle avait maintenant mis toute sa confiance.

Mieux que cela, elle était inconsciemment heureuse de ce secret gardé entre elle et le jeune Russe. Cela créait un lien bizarre... c'était quelque chose de très doux et de très reposant... un terrain d'entente où jamais ils ne se heurtaient, même au plus fort de leurs démêlés.

Et de cela, pourtant, elle se rendait compte, c'est que, seul, parmi tous ses amis, connaissances ou domestiques, John ne pliait pas devant elle. Il était le seul qui osât lui tenir tête et mettre à néant la plupart de ses caprices.

Or, quel que fût leur état d'esprit vis-à-vis l'un de l'autre, mécontentement ou colère, morgue hautaine de la jeune fille ou orgueil blessé de l'homme, il suffisait qu'ils fussent obligés d'évoquer le secret de Michelle, pour qu'immédiatement toute rancune disparût entre eux et qu'ils fussent d'accord sans arrière-pensée.

La jeune millionnaire s'émerveillait de cette entente qu'elle ne s'expliquait pas, mais dont elle bénéficiait.

Naïvement, elle soupçonnait John d'être moins désintéressé qu'il ne le disait, et croyant à la toute-puissance de son argent, elle se laissait griser par le dévouement silencieux du jeune homme qu'elle pourrait toujours récompenser.

Elle n'avait pas compris que le jeune Russe était trop chevaleresque pour vouloir tirer avantage de sa situation de confident et qu'il se faisait un scrupule de faire payer, même d'une parole trop vive, le service qu'il lui rendait.

Il eut cependant, un jour, vis-à-vis d'elle, une audace dont elle ne se rendit pas compte sur le moment, que lui-même peut-être ne s'expliqua pas après coup.

Après une de leurs chevauchées matinales, et comme il lui tenait encore la main, alors qu'il venait de l'aider à descendre de cheval, il osa, d'une pression des doigts, attirer son attention.

- Mademoiselle Michelle, vous ne m'avez pas dit si je devais vous féliciter ?

- Me féliciter ? Et pourquoi, grand Dieu ? - Pour votre fiancé.

- Où avez-vous appris que j'aie un fiancé, s'exclama-t-elle en riant franchement.

- Vous-même, ne m'avez-vous pas dit que, l'autre soir, monsieur votre père devait vous présenter un des plus beaux partis du monde ?

- Ah ! c'est de ce petit monsieur que vous voulez parler ?

Le pli dédaigneux de la lèvre fut toute une révélation pour le Russe et un éclair amusé brilla dans son regard.

- Ce grand parti, Seigneur, serait-il tout petit ? railla-t-il avec un sensible plaisir.

Le mot redoubla la gaieté de Michelle.

- Oui, justement ! Un petit gringalet, tout en buste et tout en nerfs. Moi qui n'aime que les hommes grands, j'ai eu tout de suite l'impression qu'il me suffirait de souffler sur celui-ci pour le désarçonner.

- Alors, rien de fait ?

- Oh ! absolument rien ! J'ai failli lui éclater de rire au nez, dès l'instant où je l'ai vu.

- Vous êtes terrible, mademoiselle, et ce pauvre jeune homme dut être fort déçu.

- La déception fut pour moi ; lui, il avait l'air enchanté de sa personne. Mais pensez donc, John, papa m'en avait dit tant de merveilles que je croyais réellement à quelque héros de roman ! Mon illustre paternel ne voit réellement que le chiffre de la fortune. Il n'en est pas encore revenu que j'aie refusé son favori !

Elle racontait tout ça, légèrement, heureuse de bavarder comme si elle avait eu devant elle un camarade au lieu et place d'un chauffeur.

Celui-ci, d'ailleurs, l'écoutait avec plaisir.

- Un mari de perdu, dix de retrouvés, dit un de vos vieux proverbes français. Le principal n'est-il pas que vous soyez toujours libre ?

- Libre ! fit-elle. Vous trouvez que c'est ça le principal ?

- Il me semble ! répondit-il un peu songeur. Ce doit être affreux de se sentir engagé pour toute la vie et de penser que jamais plus on n'aura la liberté d'aimer ailleurs.

Elle repartit à rire de plus belle.

- Oh ! John, comme vous raisonnez en adversaire du mariage ! Il me semble, à moi, que ce doit être délicieux d'être engagée à quelqu'un que l'on aime... pour toute la vie, être sûre de celui qui vivra à vos côtés ; c'est une impression qui doit être reposante et douce.

- Quand on aime, oui... mais puisque vous, vous n'aimiez pas.

- Si ce jeune homme m'avait plu, l'amour aurait pu venir.

- Non.

- Pourquoi dites-vous non si catégoriquement ?

- Parce qu'un mariage d'argent ne peut jamais se transformer en mariage d'amour.

- Et pourquoi ça, s'il vous plaît ?

Il souriait et, ses yeux un peu trop fixés, peutêtre, sur ceux de Michelle, il expliqua :

- Le petit dieu malin se joue de toutes les conventions, se moque de toutes les entraves et renverse tous les projets. Si vous aimez un jour, mademoiselle Michelle, je suis sûr que ce sera en dehors des fiancés présentés par vos parents... quelqu'un qui bouleversera probablement toutes vos idées sur le mariage... et quand vous vous en apercevrez, il sera trop tard...

- Vous jouez au prophète, John ! remarqua-t-elle, railleuse, éprouvant le besoin de cacher l'émotion qui l'avait saisie à cette évocation d'amour spontané et involontaire.

- Ce n'est pas bien malin de vous prédire ces choses puisque c'est généralement ainsi que tout se passe.

- Eh bien ! moi, fit-elle avec décision, je puis affirmer que je n'aimerai pas sans me rendre compte... Et encore moins un homme qui ne réaliserait pas l'idéal que je me suis fixé ! Vous ne savez pas combien je puis être maîtresse de ma volonté et de mes sentiments.

- Que le Ciel entende vos désirs et ne vous donne jamais la preuve que la volonté n'a rien à faire là-dedans ! fit-il gravement. Je devine que, pour vous, le coup de foudre sera une déchéance et l'amour de l'homme une mortification pour votre orgueil.

Avait-il mis involontairement un peu d'âpreté dans le ton ? Michelle rougit, subitement gênée de parler de ces choses avec lui, et d'un bond elle s'échappa vers le perron qu'elle franchit deux marches à la fois.

XII

Le printemps s'annonçait magnifique cette année-là. Déjà aux arbres de Paris la fine dentelle des feuilles apparaissait. Le bois de Boulogne s'auréolait de rayons et de verdure et Michelle, tous les matins, au trot ou au galop de sa jument, le parcourait sans jamais se lasser de cette chevauchée agréable.

Elle n'avait jamais reparlé à John de sa tenue d'équitation ; une entente tacite semblait avoir été signée entre eux. Elle acceptait son veston, mais elle demeurait distante, n'échangeant avec lui que les stricts mots nécessaires aux obstacles de la route.

Son caractère d'ailleurs s'était singulièrement modifié depuis quelque temps. Elle avait des sautes d'humeur qui la jetaient d'une gaieté exagérée dans une mélancolie maladive.

Et comme John se trouvait sans cesse en

contact avec elle, c'était souvent sur lui que retombait sa mauvaise humeur.

Il avait remarqué que toute marque de sympathie qu'elle lui accordait, parfois sans motif, était immédiatement suivie d'une sorte de rétractation pendant laquelle elle se montrait hautaine, mordante ou arrogante, comme si elle avait voulu compenser le bon mouvement qu'elle avait eu pour lui.

C'est ainsi qu'un matin le jeune Russe se fit un accroc à son veston.

La faute en incombait à Michelle, qui lui avait demandé de cueillir une gerbe de houx.

La branche était haute, un buisson d'épines empêchait d'en approcher. Il voulut néanmoins satisfaire la jeune fille qui insistait pour l'avoir, et l'accroc se fit, le plus facilement du monde.

John eut un mouvement de contrariété qui n'échappa pas à Michelle.

Elle faillit lui rire au nez, tant l'aventure la réjouissait.

Mentalement, elle calculait qu'un stoppage ne

pourrait pas être fait pour le lendemain matin et qu'il devrait endosser une autre tenue.

Quel ne fut pas l'étonnement de la fille du millionnaire quand, le jour suivant elle trouva John vêtu d'une jaquette beige foncé, jaquette d'équitation, évidemment, mais qui, mettant en valeur sa taille grande et bien prise, le transformait plus encore, en élégant gentleman. Jamais, il n'avait eu si peu l'air d'un employé à gages que ce jour-là.

Le regard dont elle l'enveloppa l'eût étonné s'il l'avait aperçu.

Admiration, orgueil, colère, tout passa en un éclair dans les yeux qui détaillaient le Slave.

Elle n'eut pas cependant un mot de désaveu. Elle se contenta, pour l'instant, d'être plus distante que jamais.

Elle partit en avant et, entrant au Bois par la porte de la Muette, elle enfila au galop une allée, puis une autre, sans s'inquiéter de la direction qu'elle prenait.

Elle fit tant et si bien qu'au bout d'un certain

temps elle arrêta son cheval en se demandant où elle était.

Il semble qu'au printemps toutes les allées du Bois se ressemblent. C'est le même vert tendre du feuillage, ce sont les mêmes pousses gonflées de sève et dardant vers le ciel leurs bourgeons de petites pointes rosés.

- Où sommes-nous ici ? fit-elle brièvement à John, qui avait arrêté son cheval à quelques mètres du sien.

Il eut un geste d'ignorance.

- Je vous ai dit que je voulais aller au PréCatelan.

- Mademoiselle est allée devant elle... je pensais que la route lui était connue.

- Vous auriez pu me guider. C'est maintenant que vous dites que je me suis trompée !

- J'ai cru que vous connaissiez un autre chemin... ces sentiers se ressemblent tous.

- Ne vous moquez pas de moi. Vous saviez où j'allais, vous m'avez laissée m'embrouiller par plaisir !

Le ton agressif dont elle usait déplut au chauffeur.

- Ah ! permettez, mademoiselle. Si c'est moi qui vous guide, je prends toute la responsabilité du chemin suivi ; mais si je dois me contenter de marcher à distance, en arrière, ce n'est pas la même chose !

- Naturellement ! Il y a longtemps que vous cherchiez l'occasion de me jeter à la tête cette observation.

- Je ne comprends pas ce que vous voulez dire, répondit-il en s'efforçant de garder son sang-froid sous le regard coléreux braqué sur lui.

- Mais moi, je sais ce que parler veut dire.

- Alors, expliquez-vous, je vous en prie.

- Vous voulez que je vous jette à la tête vos quatre vérités ?

- Je suis curieux de les entendre !

- Oh ! ne me bravez pas avec votre ironique politesse. Je dis que votre fatuité est ridicule. Vous avez pu croire qu'un costume bien fait augmenterait votre valeur ! Malgré votre veston ou votre jaquette, vous resterez en arrière, vous êtes payé pour ça !

- Je ne crois pas avoir jamais demandé une autre place, répliqua-t-il froidement,

- Non, mais vous acceptez qu'on croie que vous l'occupez, cette place !

Depuis une heure elle étouffait et c'était un soulagement pour elle de jeter ces mots à la face de celui qui la bravait chaque matin.

John n'était que son chauffeur, rien que son chauffeur ! Pourquoi subissait-elle l'obsession de le sentir marcher auprès d'elle sur un pied d'égalité ?

Le Slave était devenu fort pâle. Une tempête soudaine s'élevait sous son crâne. Elle avait formulé ses reproches avec tant d'hostilité qu'il ne savait plus faire la part de l'emportement et qu'il crut qu'elle n'avait cherché qu'un prétexte de le renvoyer... comme on jette à la porte un domestique qui a cessé de plaire.

Sans un mot, il regarda autour de lui, cherchant un moyen d'échapper à cette promenade horrifiante. Le Bois s'étendait autour d'eux. L'homme ne pouvait sciemment abandonner Michelle dans cette solitude.

- Je suis obligé de demeurer auprès de vous, aujourd'hui, fit-il enfin. Mais c'est la dernière fois que je vous accompagne.

- Oh ! si cela vous coûte tellement, vous pouvez vous en aller, je retrouverai bien ma route toute seule.

- Je suis obligé de demeurer auprès de vous, aujourd'hui, je suis à vos ordres.

- Et demain vous n'y serez plus ? fit-elle moins durement, car son irritation tombait d'un coup.

Il ne répondit pas, mais ses yeux rancuniers bravèrent ceux que Michelle pesait sur lui.

Comme après toutes les explosions de colère qui sont d'autant plus violentes que la cause en est plus futile, la fille de M. Jourdan-Ferrières demeurait abattue, les nerfs brisés et les larmes prêtes à jaillir.

Pourtant, elle se raidit, ne voulant pas se

donner en spectacle à cet homme qu'elle venait d'humilier.

- Croyez-vous qu'en suivant ce sentier nous arriverions à une allée où l'on pourrait se renseigner ? lui demanda-t-elle d'un ton qu'elle s'efforçait de rendre indifférent, mais où déjà la conciliation se faisait jour.

- On peut essayer.

Elle tourna la tête de son cheval dans la direction indiquée et se mit en route ;

Il lui laissa prendre quelques foulées d'avance ; puis, à plusieurs longueurs, cette fois, il la suivit.

Comme elle tournait légèrement la tête, elle vit la tactique de l'homme et s'en émut.

Plus qu'aucune parole de colère, cette distance qu'il mettait entre eux montrait son ressentiment.

Il était réellement fâché cette fois. Et il avait dit que c'était le dernier jour qu'il l'accompagnait...

De l'angoisse passa en son âme. C'était comme une secrète terreur de se retrouver seule.

Elle avait l'appréhension des lendemains qui allaient suivre, de ses habitudes bouleversées, du nouveau chauffeur qu'il lui faudrait prendre et, comme une houle soulevant la mer unie, un gros chagrin monta en elle.

Sur le bord de l'allée, elle s'arrêta, hésitante, si démoralisée subitement qu'elle n'éprouvait plus aucun désir d'aller ici ou là. Elle demeurait en selle, figée, sur sa grande jument baie, sans un mouvement qui indiquât ses désirs.

John dut la rejoindre et même la dépasser.

Il obtint facilement auprès d'un passant inconnu, l'indication du chemin à suivre pour parvenir au Pré-Catelan.

Comme il revenait vers la jeune fille, il remarqua la pâleur du petit visage tragiquement tendu dans une attitude de commande qui voulait être hautaine.

- Nous ne sommes pas loin du Pré-Catelan, mademoiselle. En suivant à gauche, cette allée, nous y serons dans quelques minutes.

- Je me sens lasse et il est déjà tard, répondit-elle. J'aimerais autant me reposer quelque part avant de rentrer à l'hôtel.

- De quel côté désirez-vous aller ? demanda-t-il de son ton si correct qui semblait la tenir à des lieues de lui.

- Un coin désert... n'importe où, pourvu qu'il soit isolé.

- Alors, par là, je crois.

Elle suivit la direction qu'il indiquait avec une passivité qui n'était pas dans ses habitudes.

Au bout de deux cents mètres, avisant un talus propice à un repos, elle retint son cheval, puis lâcha les brides.

Le jeune Russe vint l'aider à descendre, à s'installer sur le talus dont il battit l'herbe pour mieux l'aplatir.

Tout cela fut fait sans qu'un mouvement les rapprochât ou sans qu'ils eussent échangé un regard.

Et, quand elle fut assise, prenant les deux bêtes par leurs brides, il les conduisit à une vingtaine de mètres où il s'immobilisa avec elles.

Jamais encore il n'avait opéré un pareil mouvement de démarcation. Ordinairement, quand elle se reposait, il demeurait à proximité d'elle et ils causaient ensemble, sans familiarité, mais aussi sans faire de façons.

Elle le vit de loin flatter la tête de ses chevaux, vérifiant une boucle mal fermée, puis allumer une cigarette. À son immobilité, elle devina qu'il était à nouveau plongé dans une de ses nostalgiques rêveries dont il était coutumier, quand il demeurait seul.

Et elle eut l'impression d'une solitude s'appesantissant sur ses épaules et la laissant véritablement isolée.

La sensation en fut si nette qu'une larme coula sur sa joue.

Pour une bêtise, pour une question d'orgueil et de toilette, elle avait blessé le seul être qui se fût jamais, sans calcul, dévoué pour elle.

John n'était pas seulement un chauffeur, un serviteur zélé sur qui elle pouvait compter, elle s'apercevait maintenant qu'il était aussi celui dont le respect, les attentions, les prévenances, le dévouement lui étaient acquis.

Aucun de ceux qu'elle honorait de son amitié n'avait eu pour elle les mêmes soins, les mêmes égards que cet ami obscur et silencieux qui subissait toutes ses rebuffades et essuyait tous ses caprices.

Alors, une nouvelle larme roula sur la joue de Michelle, préparant la route humide à celles qui suivirent et aux lourds sanglots dont l'âme de la jeune fille débordait.

Combien de temps restèrent-ils ainsi éloignés l'un de l'autre ?

Toute sa vanité d'homme s'était hérissée sous les reproches injustifiés de Michelle, mais John était navré des proportions qu'avait prises leur querelle et il se reprochait, vivement, d'avoir aidé les choses à aller si loin.

Mis devant l'obligation de quitter Michelle et de renoncer aux promenades quotidiennes qu'il faisait à ses côtés, il éprouvait un réel serrement de cœur.

Il énumérait tous les avantages que comportait son emploi de chauffeur. La place était bonne, bien rétribuée et peu fatigante. Il avait la liberté des heures de repas et toutes ses soirées lui appartenaient. Au point de vue matériel, jamais il ne retrouverait un emploi aussi peu absorbant.

Par ailleurs, attaché exclusivement à la fille de M. Jourdan-Ferrières, il n'avait pas à souffrir de promiscuités inopportunes, ni des caprices de plusieurs maîtres.

Michelle était bien un peu hautaine et un peu autoritaire ; mais, la plupart du temps, elle s'adoucissait pour lui... Dans les autres cas, il s'en rendait compte, maintenant, c'est lui qui tenait tête... Finalement, ils finissaient toujours par tomber d'accord, leurs fâcheries ayant ce singulier avantage de les faire ensuite plus proches, comme la terre, au printemps paraît plus chaude après l'averse qui l'a détrempée.

Il en était là de ses réflexions, quand la jument de Michelle allongea le cou vers les feuilles tendres des buissons. Son compagnon, voulant prendre une part du régal, fit un effort pour se mettre au niveau et, dans ce mouvement en avant, John dut pirouetter sur lui-même et se tourner dans la direction de sa jeune patronne.

Pour lui dérober la vue de ses larmes, elle avait tourné la tête du côté opposé, mais, au mouvement des épaules que les sanglots soulevaient, il devina le drame.

Deux fois, le front barré d'un pli mauvais, il détourna ses yeux de la forme effondrée qui paraissait si pitoyable, là-bas. Et deux fois, son regard vint vers elle comme attiré par un aimant.

Il ne doutait pas de la cause de ces larmes. Il savait bien que c'était leur querelle qui faisait naître la peine de Michelle.

À la fin, quoi qu'il s'en défendît en lui-même, ce gros chagrin d'enfant éveilla son émotivité. Il ne pouvait pas demeurer plus longtemps insensible à ces larmes ; il était trop généreux pour assister impassible à un désespoir où il était mêlé.

Attachant les chevaux à un arbre, il vint lentement vers la jeune fille.

Debout, devant elle, il demeura silencieux, encore hostile dans son regard, mais déjà vaincu, puisqu'il était venu jusqu'à elle.

Depuis qu'elle le sentait là, Michelle se raidissait et s'efforçait de retenir ses pleurs. Elle n'osait pas lever les yeux vers lui, mais elle sentait que son regard était posé sur elle.

Il dut faire effort sur lui-même pour se pencher vers la jeune fille. Son orgueil se rcbcllait à l'idée de parler le premier. Pourtant, il finit par dire, et sa voix était rauque d'émotion :

- Mademoiselle Michelle, je m'excuse de ma véhémence de tout à l'heure. Vis-à-vis d'une femme, même injuste, un homme bien élevé doit toujours demeurer calme.

Cette excuse doublée de reproches était tout ce qu'il trouva à dire en un pareil moment.

Et cependant l'émotion étreignait le cœur de l'homme. Mais Michelle était trop heureuse qu'il fût là pour analyser les mots prononcés.

John venait et lui évitait l'humiliation du premier pas.

Elle répondit tout de suite, prête à avouer ses torts et à se les faire pardonner :

- Je n'avais pas l'intention d'être si agressive vis-à-vis de vous. Je regrette tout ce que j'ai pu dire et que je ne pensais pas.

- Ne vous excusez pas, répondit-il tristement. Dans votre colère, vous avez exprimé ce que vous pensiez obscurément.

- Oh ! ne le croyez pas, s'écria-t-elle, chaleureusement. J'avais à peine fini de parler que j'aurais voulu pouvoir rattraper mes paroles. Je m'en moquais bien alors, du costume que vous portiez, pourvu qu'il n'y eût rien de changé entre nous et que vous restiez toujours avec moi !

Ce fut seulement à ces paroles que le visage du Russe perdit de sa dureté.

L'enveloppant d'un regard indéfinissable, il dit :

- Il vaudrait beaucoup mieux que je parte, cependant.

- Oh ! non, ne dites pas cela ; j'en aurais un réel chagrin.

- Ce serait préférable pour tous les deux. -
Pourquoi, préférable ?

- Je crains que nous ne nous heurtions bien souvent encore !

- Nous n'avons pas à nous heurter, il me suffit de ménager votre susceptibilité et vous, John, gardez-moi votre dévouement : je ne saurais pas m'en passer et j'en ai besoin plus que vous ne le soupçonnez.

La voix féminine eut une altération en prononçant ces derniers mots, et une dernière larme vint rouler sur la joue pâle.

- Je vous suis tout dévoué, assura-t-il à voix basse, l'émotion faisant trembler ses lèvres.

- Je le sais et c'est parce que j'ai l'habitude de compter sur vous que l'idée seule de ne plus vous voir me cause un vrai désespoir. Oubliez tout ce que j'ai pu vous dire de méchant, et promettezmoi de ne pas m'en garder rancune.

En parlant, elle s'était levée et, dans un mouvement spontané de réparation, elle lui tendit la main.

John la prit et la garda quelques secondes dans la sienne.

Il y avait tant de pureté et tant de droiture dans les grands yeux francs qu'elle levait sur lui qu'aucune équivoque n'était possible : paroles, gestes ou chagrin n'étaient que l'impression d'un regret sincèrement exprimé.

Nulle coquetterie ne la servait en face d'un homme jeune qu'elle eût pu avoir l'instinct de vouloir troubler.

Il eût été un vieillard, son égal ou son supérieur, qu'elle n'eût pas eu une autre attitude de simple et digne repentir.

Elle savait reconnaître souverainement ses torts, la petite millionnaire, et le Russe, qui était difficile sur la correction féminine, convint en lui-même que, quand elle le voulait, elle savait être une véritable grande dame.

Sur la petite main qu'il tenait toujours, John posa religieusement ses lèvres.

C'est ainsi que se termina leur première grosse querelle.

Il n'en fut plus jamais question entre eux, mais cet incident ne devait pas sortir tout de suite de leur mémoire.

À dater de ce jour, Michelle fut plus souple et plus cordiale avec John : elle s'efforça réellement de ménager sa susceptibilité, mais celui-ci, s'il fut toujours aussi empressé et aussi serviable vis-à-vis de la jeune fille, sembla se complaire dans une sauvage réserve qui le maintint loin d'elle, souriant et correct, mais infiniment distant...

XIII

Il y avait foule au Pré-Catelan, ce matin-là.

Le printemps chantait dans les arbres, et tout l'élément mondain du Bois semblait s'être donné rendez-vous en cet endroit.

John sauta de cheval et aida Michelle à quitter sa selle.

Tout de suite, la fille de M. Jourdan-Ferrières fut entourée par un groupe de jeunes gens et de jeunes filles. Puis les premiers s'éclipsant au bout de quelques minutes, les autres se rapprochèrent.

- Ce qu'il est beau gosse, ton compagnon, Michelle, je ferais toutes les bêtises pour un homme comme ça, moi !

Cette réflexion d'une gamine de seize ans, déjà outrageusement fardée, fit rire le petit groupe.

- Moa, j'approuve Jacqueline ! fit Molly

Burke, une jeune Américaine aux allures excentriques. Ce cher garçon était très exciting, et si vous voulez me le donner, Michelle chérie, je ferai à vous un cadeau à votre gré.

La jeune millionnaire se tourna vers Molly et, d'un ton plus agressif que ne le comportait la circonstance :

- Vous donner quoi ? demanda-t-elle.

- John, votre chauffeur... il me plaît beaucoup !

- Mais je n'ai aucune raison de me séparer de lui !

- Si, pour faire plaisir à moa.

- Je suis très contente de ses services, Molly, je regrette vraiment.

- Il se plaît tant avec vous ?

Un doute nuançait la voix de l'Américaine. -

Mon père le paye royalement.

- Je lui offre le double.

- Je vous serais très obligée de garder pour vous vos propositions. On ne se vole pas, entre amies, un serviteur.

- Yes. En Amérique, c'était permis... très chic... à coups de dollars.

- En France, c'est de mauvais ton.

- Alors, je ne vole pas un chauffeur à vous, je l'épouse !

- Vous dites ?

Toutes s'étaient rapprochées, amusées par cette discussion que la situation de fortune des deux jeunes filles rendait plus palpitante encore.

Michelle, un peu hautaine, regardait Molly avec des yeux froids et railleurs pendant que la jeune Américaine, sans remarquer l'air frondeur de son interlocutrice, fixait d'un regard rêveur le jeune Russe qui tenait les brides des chevaux, à quinze pas d'elles, sans s'occuper des nombreux regards convergeant vers lui.

Michelle rejeta sa petite tête altière en arrière :

- Ce n'est qu'un chauffeur, remarqua-t-elle du bout des lèvres.

- Tous les hommes sont plus ou moins

chauffeurs, aujourd'hui.

- Oui, chacun à son auto... mais John conduit l'auto des autres.

- Très drôle ! fit Molly, gaiement, faire rouler l'argent des autres, c'est très adroit, très business... mais l'auto, ça diminue la gloire, vous dites, Michelle ?

- Vous ne pouvez comprendre, fit-elle avec humeur. John travaille chez les autres, quoi !

- Mais pour avoir de l'argent, il faut le prendre chez les autres, insista la jeune fille d'outre-Atlantique.

- Pas comme ça, pas en travaillant.

- Il faut le prendre sans travailler, alors ?

- Oh ! que vous êtes agaçante, Molly, quand vous ne voulez pas comprendre.

- Je faisais effort, vraiment, fit ingénument l'Américaine, dont l'œil brillait de malice.

- Un chauffeur, c'est un homme du peuple, quoi ! Avez-vous compris, cette fois ?

Molly partit d'un grand éclat de rire.

- Elle est tout à fait riante... amusante, cette Michelle ! John est du peuple ! Très véridique. Mais nous, d'où sommes-nous ? Vous êtes tombée de la lune, vous, Michelle ?

La fille de M. Jourdan-Ferrières était devenue toute rouge, elle sentait bien que Molly se moquait d'elle depuis le début de la conversation, mais elle ne pouvait pas se dérober devant tout le groupe féminin qui les écoutait.

- En France, il y a des classes dans la société, répondit-elle. Un chauffeur fait partie des travailleurs... du peuple, quoi !

- Jusqu'au jour où, millionnaire, lui aussi, il fera partie, comme votre père et comme le mien, de la finance internationale.

- Je ne crois pas que John devienne millionnaire, remarqua Michelle, avec ironie.

- Il peut ! Mon père a été camelot, ouvrier dans une mine, tueur de bœufs dans un abattoir, et je ne sais quoi encore ! Il est maintenant le roi du sucre, et sa signature vaut des millions de dollars... Voyons, Michelle chérie, j'ai entendu dire que votre père avait été apprenti charcutier... C'était réellement mieux, en France, que chauffeur ?

Michelle ne répondit pas. Elle était devenue écarlate, et une lueur de colère brillait dans ses yeux sombres.

- Oh ! très drôle ! très drôle ! se récria Molly. Vous avez rougi du charcutier. Moi, je suis plus fière de papa qui a su gagner des millions de dollars que je serais d'un père ayant trouvé sa fortune dans un berceau.

- Je vous souhaite donc d'épouser un homme à ses débuts.

- All right ! Je veux un mari qui me plaise, même si lui doit gagner sa vie et la mienne en vendant des petits pains à la porte des écoles.

- Chacun son goût !

- Naturellement ! Aussi, je n'ai pas conseillé à vous d'épouser John : j'ai dis, je veux lui pour mari.

Le petit groupe se reprit à rire de plus belle. - Et qu'en ferez-vous dans la vie ?

- Un mari dont, moi, passionnément, je serais fière... car pas besoin d'apprendre à lui pour être élégant, grand seigneur. Lui sait tout ça ! Et quand je serai avec un tel mari, toute les femmes me l'envieront.

- Dis donc, Molly ! s'écria l'une, ce que tu dis est assez probable. Regarde, on ne demande qu'à te le prendre, ton beau John.

Elle désignait trois jeunes filles qui, s'étant approchées du Russe, causaient avec lui.

- Je vois... Elles se mettent en frais pour lui !

- Oh ! celle-ci qui vient caresser la tête de ses chevaux.

- Très excitant ! Je constate et je chronomètre les chances du cher garçon ; depuis cinq minutes, il a doublé encore de valeur.

Et, se tournant vers Michelle, assombrie et silencieuse elle ajouta :

- Réellement, Michelle, vous trouvez que John a besoin d'une fortune pour plaire à une femme ?

- Vous êtes ridicule, Molly ! Parce que trois effrontées se jettent à la tête d'un bellâtre, vous vous pâmez d'émotion.

- Peste ! Vous voyez mal, chérie ! Le bellâtre cause gentiment, sans éclats de voix et sans grands gestes. Voyez, voyez !

Michelle, énervée, s'écria :

- Il y a des choses plus intéressantes à regarder que les faits et gestes d'un valet.

Molly Burke regarda celle qui venait de parler.

- Je remarque. Ici, l'argent fait perdre tout contrôle. Chez nous, un homme vaut un autre : tel est pauvre aujourd'hui qui sera riche demain... ou tête à queue, vous dites ?

- Vice versa.

- Yes !

- Et vos domestiques, comment les traitezvous ? interrogea sèchement Michelle.

- Selon leur valeur, mais pas selon leur poche. Jamais, nous méprisons comme vous. Oh ! je veux John pour moi ! Je plains trop lui, ici...

Michelle haussa les épaules et ne répondit pas.

Les réflexions de Molly lui étaient profondément désagréables, et elle s'apercevait que toutes ses paroles étaient mal commentées par la petite Américaine, et se retournaient contre elle. Elle était d'ailleurs persuadée qu'elle se montrait parfaite avec tous ses inférieurs, et elle en voulait sérieusement à Molly d'avoir soulevé une telle question.

Et tout ça par jalousie, parce que Michelle avait un chauffeur qui marquait bien et que l'autre lui enviait. Elle pouvait tout de même pas le cacher, ce John, que Molly voulait !

En un éclair, la fille de M. Jourdan-Ferrières songeait que celle-ci était assez riche pour le lui confier ! Question de dollars... dollars contre francs, la lutte serait inégale.

L'Américaine n'allait pas regarder au prix s'il s'agissait d'humilier une autre jeune fille.

Avec amertume, Michelle s'apercevait que sa fantaisie avait des bornes et que ses millions ne possédaient pas toujours un pouvoir illimité.

Depuis quelques minutes, ils avaient quitté le Pré-Catelan et ils galopaient sur la route du retour.

Le front dur, Michelle repassait en elle-même chaque parole échangée avec Molly, et le souvenir des sarcasmes de celle-ci la faisait sursauter sous une morsure de feu.

« Votre père n'a-t-il pas été garçon charcutier ? »

Une flamme, de nouveau, colora ses joues. Pourquoi lui jetait-on ça à la tête, pour la forcer à rougir des origines de son père ?

Son orgueil ne voulait pas comprendre la grande leçon d'humanité que la petite Américaine, dans son modernisme, lui avait donnée.

« Un chauffeur ! Elle parle d'épouser un chauffeur ! Comme si c'était possible. »

Cette seule supposition lui était odieuse.

Comme elle tournait la tête, prête à se venger sur John de l'admiration que lui portait Molly, elle le vit bien en selle, cavalier accompli, comme s'il n'avait jamais rien fait d'autre dans sa vie que de monter à cheval.

Les yeux malveillants, elle examina le jeune homme afin de découvrir la tare cachée, le défaut, dans la cuirasse de ce trop parfait gentleman.

Il était d'une beauté si vraie, avec ses traits purs, son profil droit, sa tête altière, son regard loyal, mais tranchant comme un glaive, qu'elle dut reconnaître avoir vu rarement un spécimen pareil.

Jamais, comme en ce jour, la beauté russe, à la fois sauvage, guerrière et raffinée par des siècles sans mélange, ne lui était pareillement apparue.

« Oui, il a tout ce qu'il faut pour plaire à une femme ! Et si Molly l'épousait, il serait riche... plus riche que moi ! »

Elle l'imagina en frac, traversant les salons. Ce serait un dieu devant lequel toutes les femmes se pâmeraient.

Une sécheresse brûla sa gorge.

Elle sentait subitement que le jeune Russe ne

détonnerait nulle part. Il avait tout ce qu'il faut pour être un homme du monde aussi accompli que n'importe lequel des garçons qu'elle côtoyait journellement dans son milieu.

Simple chauffeur, il restait un gentleman impeccable. Quand il serait devenu le mari de Molly, Michelle elle-même ne serait plus rien à côté de lui. Une simple millionnaire française dont les idées étroites n'auraient pas su percevoir le dieu...

Molly avait vu clair, qui proclamait bien haut son désir de choisir avant tout un mari qui lui plût. Avec sa fortune, elle pouvait prendre un fiancé sans le sou ; avec ses idées larges accepter un homme d'humble position ; avec son sens pratique d'Américaine, elle serait heureuse... aimée... enviée !

À tout prix, il fallait empêcher cela, non pas que Michelle eût conscience d'être jalouse, mais John était à elle, c'était son chauffeur, elle y était habituée... Molly n'avait pas à le lui souffler ! La fille de M. Jourdan-Ferrières se rendait compte qu'elle ne pourrait plus se passer, à ses côtés, de cet homme irréprochable, toujours poli, toujours aux petits soins.

Molly le lui enviait pour sa beauté, mais Michelle savait bien que ce qui lui plaisait à elle, en ce jeune Russe, ce n'était ni sa belle taille, ni son fin visage, ni ses traits réguliers, un peu altiers. Non, ce qui l'émouvait par-dessus tout, c'était l'incessante protection dont il la couvrait.

Montait-elle en voiture, à cheval ? Il lui tendait la main, l'installait, arrangeait ses jupes ou la couverture sur ses genoux. Sortait-elle ? Il veillait consciencieusement à son bien-être, le sac à main qu'elle oublie, le manteau qu'elle néglige, le chapeau qui est déplacé. Oui, même cela, il osait respectueusement le faire remarquer !

Et cette sollicitude continuelle, elle la sentait peser sur elle. Dans ses rencontres, dans ses allées et venues, dans ses parties de plaisir, il était là, prêt à lui porter secours, à veiller sur elle, à la défendre contre tous les dangers, comme contre toutes les impertinences.

C'était ce cavalier servant, cet ami silencieux et dévoué que Molly voulait lui enlever. De toute sa volonté, de toute son énergie, Michelle essaierait d'empêcher cela !

Elle voulut, tout de suite, sonder les intentions de John.

Retenant son cheval, elle attendit le jeune homme qui marchait derrière elle. Et quand il fut près d'elle :

- John, commença-t-elle, mon père m'a dit qu'il voulait vous attacher à lui par un contrat.

- Pour quoi faire, un contrat ?

- Mon père désire se garantir contre un changement de visages dans son personnel en même temps qu'il vous assurerait des avantages intéressants...

Comme il se taisait, elle insista :

- Ce serait un contrat très... très avantageux pour vous...

Une ombre voila le visage du Russe.

- Je préférerais, mademoiselle, que vous ne souleviez pas cette question avec moi.

- Pourquoi ? Elle me regarde. Je suis habituée

à vous, et il me serait extrêmement pénible que vous envisagiez, un jour, la possibilité de me quitter.

– Je ne pense pas à m'éloigner de vous, actuellement, mais je ne veux pas me lier par un contrat. Il est certain que plus tard... un plus tard auquel il ne faut pas encore penser, je devrai suivre ma voie.

– Votre voie ? Un chauffeur qui peut obtenir les appointements qu'il désire, peut-il espérer mieux en changeant de situation ?

– Là n'est pas la question. Je ne suis chauffeur que momentanément.

Un sourire un peu hautain fit frémir les lèvres de l'homme.

– En attendant mieux ? précisa-t-elle.

– Est-ce mieux qu'il faut dire ? Je ne crois pas retrouver jamais, pour si peu de besogne, de pareils émoluments.

– Alors ?

– Chacun doit suivre sa destinée ; la mienne n'est pas de rester chauffeur, quels que soient les avantages pécuniaires attachés à ce titre.

- Mais si quelqu'un vous offrait... beaucoup d'argent, une situation plus brillante, vous me quitteriez sans difficulté ?

Les yeux de John plongèrent dans ceux de Michelle.

- Qui voulez-vous qui me fasse de telles propositions ?

Elle rougit imperceptiblement, et leva ses grands yeux vers John. Devait-elle parler de Molly ? Était-ce plus adroit de laisser les choses aller ?

Michelle était une combative ; puisqu'elle était sûre que Molly agirait vis-à-vis de John, il fallait essayer de parer les coups en prévenant celui-ci.

- Je crois que Molly Burke essaiera de vous attacher à son service.

- Qui ça, Molly Burke ?

- Une de mes amies... une très blonde, aux cheveux fous... Ce matin, elle était avec moi au Pré-Catelan.

- Vous voulez parler d'une jeune Américaine qui a des yeux de myosotis et un sourire ravissant.

- Vous la connaissez ? fit Michelle, dont le visage s'altérait.

Ces mots yeux de myosotis et sourire ravissant lui semblaient d'ailleurs fortement entachés d'exagération.

- Elle m'a parlé à plusieurs reprises quand je vous attendais à la porte de vos amies.

- Ah ! elle a déjà essayé...

- Essayé quoi ?

- De vous soulever à moi ?

- Pourquoi supposez-vous cela ?

- Elle m'a dit, ce matin, qu'elle voulait vous prendre comme chauffeur, en Amérique.

- Elle vous a dit comme chauffeur ? fit-il en souriant, sans quitter Michelle des yeux.

- Elle dit tant de bêtises, balbutia la jeune fille, perdant pied devant la perspicacité du Russe, qui semblait au courant de tous les projets de Molly.

Comme elle se taisait, le jeune homme se pencha vers elle :

- Est-ce que ça vous peinerait réellement, si je vous quittais pour aller avec miss Molly Burke ?

- Oui, j'en aurais un vrai chagrin, avoua-t-elle avec gêne. Mais je sais que s'il lui plaît d'essayer, elle réussira à vous avoir parce que son père est plus riche que le mien.

Il eut un geste d'impatience.

- Ah ! c'est encore une question de gros sous qui vous dresse contre elle, fit-il avec une véritable irritation. Vous avez peur que je ne sois séduit par les offres de cette petite milliardaire, et vous voulez m'attacher par un contrat... C'est bien ça, n'est-ce pas, mademoiselle Jourdan-Ferrières ?

Michelle n'aimait pas qu'il l'appelât par son nom, car il mettait toujours une certaine âpreté à la nommer ainsi.

- Si je désire vous retenir, cela ne peut qu'être flatteur pour vous ! répondit-elle avec un peu de hauteur.

- Eh bien ! mademoiselle Michelle, j'essaierai de me contenter de cette satisfaction flatteuse que vous m'accordez. Tant que miss Molly n'aura que des arguments financiers à m'offrir, je puis d'avance vous assurer que je n'y prêterai pas l'oreille. Je ne suis pas vénal, et, le cas échéant, je suis sûr que votre père me paierait le prix nécessaire pour empêcher votre amie de m'enlever à vous. Je pense que cette assurance vous suffit ?

Michelle ne répondit pas. Elle savait bien que Molly offrirait aussi une situation... et peut-être autre chose.

Elle leva les yeux vers les siens et le regarda, indécise.

Elle avait l'intuition que si elle le voulait, elle seule aurait la possibilité de le retenir.

- Et si elle vous offrait mieux ? fit-elle enfin.

- C'est d'une situation que vous voulez parler ?

- Oui.

- Je n'en ai pas besoin. Quand je vous

quitterai, la mienne sera faite, et telle qu'elle sera, elle répond à mes aspirations.

- Alors... si elle vous offrait... mieux encore ?

À son tour, le jeune Russe plongea ses yeux dans ceux de Michelle.

Un instant, ils s'observèrent intensément. Ce fut Michelle qui, la première, détourna son regard.

- Alors, répondit-il, maîtrisant la joie obscure qui l'envahissait, alors si votre amie me proposait mieux encore, je penserais à ma pastourelle... et comme celle-ci ne sera pas Américaine et milliardaire, miss Molly, à mon grand regret, en serait pour ses frais.

Le sang réapparut sur le visage de Michelle.

Cette assurance que son amie n'aurait pas la satisfaction de lui prendre John, lui suffisait pour l'instant.

Elle sourit, radieuse, réconfortée, soulevée par une joie instinctive en disproportion avec l'affirmation du Russe.

- C'est entendu ! Je vous garde, John ! cria-t-elle victorieusement.

Elle ne s'apercevait pas du grand bonheur qui était en elle. C'était pour elle une satisfaction d'amour-propre. Elle pensait avec exaltation au triomphe qu'elle aurait sur Mol-ly. Elle ne se rendait même pas compte qu'elle était contente pour elle-même.

XIV

- Dieu ! que je m'ennuie et que le monde m'embête !

Toujours impeccable, John attendait debout, devant la portière ouverte, que Michelle lui donnât l'ordre de la conduire quelque part.

Elle était descendue de chez elle, extrêmement élégante, comme toujours, mais maintenant, allongée sur le fauteuil spacieux de la voiture, elle regardait le chauffeur avec lassitude.

- Où aller, mon pauvre John ? Si vous saviez combien toutes mes amies me rasent ! Tous les jours, les mêmes potins, les mêmes redites, les mêmes compliments acidulés ! C'est à mourir, une vie comme ça ! Conseillez-moi, que faire ?

- Les musées ? Les expositions ?

- Ah ! non ! la barbe !

- Un film ?

- C'est assommant !

- Un théâtre ?... les magasins ?... votre couturière ?

- Non, non et non !

- Alors ?

- Eh bien ! je ne sais pas ! Conduisez-moi quelque part, où vous voudrez !

- Mais encore ?

- Je voudrais du nouveau, de l'intérêt, de l'émotion.

Il sourit.

- Une promenade rue des Amandiers ? fit-il, amusé.

- Ah ! bien, non, alors ! Vous en avez des idées !

- Vous parlez d'émotions !

- Je vous en prie, cherchez-en d'autres.

Il demeura muet un instant, réfléchissant ; puis tirant son portefeuille de sa poche, il y prit un court billet, qu'il parcourut.

Ayant remis le tout en place, il proposa :

- Voulez-vous me donner votre après-midi ? - À vous ?

- Oui.

- Pour quoi faire ?

- Pour m'accompagner dans un milieu essentiellement russe.

- Avec vous ?

- Évidemment, seule, vous n'y seriez pas admise.

- Une assemblée de nihilistes, peut-être ? fitelle en riant.

- Vous en jugerez.

- Dites donc, il n'y a aucun danger à courir ? Je vous ai demandé des émotions, mais toute réflexion faite, je préfère ne pas en avoir.

- Rassurez-vous, le milieu est paisible, et ne vous causera qu'un sentiment de curiosité.

- Alors, je marche ! C'est du nouveau pour moi. En route !

- Je vais être obligé de passer par mon domicile : cinq minutes pour mettre un costume plus neutre que celui-ci.

Il était en blouse blanche, à parements vifs, et Michelle admit qu'il ne pouvait quitter la voiture en cette tenue.

- Soit, allez ! je vous attendrai dans l'auto.

Quelques minutes après, le chauffeur stoppait devant un assez bel immeuble de l'avenue des Ternes.

- Je reviens dans quelques instants.

Poliment, il lui tendait un journal.

- Si mademoiselle veut lire en attendant.

Elle prit la feuille qu'il lui tendait. C'était Le Temps.

- Peste ! Il aime les journaux sérieux, M. John !

Comme elle ne tenait pas à lire, elle se pencha hors de la voiture et examina la maison dans laquelle le Russe avait disparu.

- Monsieur ne se refuse rien ! J'ai des amies

qui sont plus mal logées... Il est vrai qu'il est peut-être là-haut, au perchoir des bonnes !

Cette question l'intriguant, elle descendit de voiture pour questionner le concierge. Ses yeux tombèrent sur l'ascenseur.

« Évidemment, c'est un avantage pour ses jambes ! Plus de doute, il gîte au septième ! »

- M. Isborsky ? demanda-t-elle au concierge.

- Au cinquième, la porte à droite. Il vient de monter.

- Je vais l'attendre, alors.

Bien que sa curiosité fût éveillée, elle n'osa pas le rejoindre là-haut.

De retour, dehors, elle leva la tête, compta les étages.

Un gros balcon de pierre courait le long du cinquième étage. En haut, il devait former une terrasse assez spacieuse.

« S'il n'habite pas sur la cour, il est assez bien logé. »

Jamais, elle ne s'était tant préoccupée de la vie

intime de son chauffeur.

Parce que Molly avait dit qu'il pouvait prétendre à toutes les situations, elle pensait souvent, maintenant, au jeune Russe, et se demandait ce qu'il faisait en dehors de ses heures de service.

« Papa m'a dit qu'il avait exigé la liberté des heures de repas et toutes ses soirées. Il doit être en ménage malgré tout ce qu'il m'a dit ! »

Elle songeait, tout à coup, que ce serait amusant d'annoncer ça à Molly...

Mais elle fut arrachée de ses pensées par le retour du jeune chauffeur.

Il avait revêtu une gabardine par-dessus un habit noir. Cravaté de blanc, chaussé de vernis et coiffé d'un feutre gris, puisqu'il devait conduire l'auto. Comme toujours, il était impeccable dans sa tenue quelle qu'elle fût.

L'œil exercé de la jeune fille le détailla avec surprise. C'était pour elle un émerveillement renouvelé chaque fois que John changeait de costume. Elle n'en revenait pas qu'il pût s'assimiler si aisément toutes les situations.

Pendant qu'il passait ses gants de cuir pour préserver ses mains, elle demanda :

- Les vôtres n'ont pas été surpris de vous voir venir, à cette heure ?

- Il n'y avait personne chez moi, mademoiselle.

- Votre femme ? Non... Réellement, personne ?

- Je croyais vous avoir dit que je n'étais pas marié. J'habite seul avec des compatriotes à qui je cède la moitié de mon appartement, ne me réservant que deux chambres.

- Qui donc fait votre ménage et votre cuisine ? -

Mes compagnons assurent mon service.

- Comme des serviteurs ?

- À peu près !

Elle restait confondue.

Son chauffeur jouait au maître de maison avec une domesticité.

Et, de nouveau, la pensée de Molly traversa son cerveau.

« Elle a raison : ce n'est qu'une question de gros sous qui le sépare d'elle ! Et même Molly serait inférieure à lui sous bien des rapports ! »

Elle songeait encore à ces choses que l'auto avait démarré depuis longtemps déjà.

Elle voyait son dos large, sa tête altière, tout en lui respirait une incomparable vigueur.

Pour la première fois, une question s'imposa à elle :

« Qu'est-ce que qu'il pouvait bien faire en Russie ? »

Elle se rendait compte que la supériorité du jeune Russe ne résidait pas entièrement dans son physique supérieur.

C'était certainement quelqu'un de bonne famille. Un mariage entre Molly et lui serait moins disproportionné qu'elle ne le croyait tout d'abord.

Sous l'effort de la pensée, elle ferma les yeux. Elle sentait un point de migraine là, sur le front, entre les deux yeux.

Comment savoir ce que le Russe avait fait autrefois ? Et puis, à quoi bon ! Elle n'avait pas à aider l'Américaine dans ses projets extravagants. Ce serait trop bête de la guider vers John ! Et, réellement, cette fille excentrique méritait-elle de trouver un mari épatant dans un pareil mariage !... Si seulement John avait été un imbécile ou un incapable. Mais elle était pratique, la nièce de l'oncle Sam ! Elle avait eu le coup d'œil juste !

Et Michelle se sentit exténuée de tout ce problème posé devant elle.

XV

Ils arrivèrent dans une cour dallée, autour de laquelle courait un perron d'une dizaine de marches, desservant des bâtiments de pur style Renaissance.

Enfoncée dans ses pensées, Michelle n'avait pas suivi l'itinéraire de la voiture, et quand celleci s'arrêta, elle regarda autour d'elle, saisie par l'ambiance aristocratique de cette splendide demeure.

Cinq ou six autos étaient rangées, dans la cour, auprès de la sienne.

John avait sauté de la voiture, enlevant vivement son léger pardessus, son chapeau et ses gants de cuir. Il apparaissait suprêmement élégant dans son habit bien coupé.

- Voulez-vous me faire l'honneur d'accepter mon bras, mademoiselle. Ici, vous devez être à peu près inconnue et je vous affirme qu'à mes côtés, et au milieu de mes compatriotes, vous ne serez pas amoindrie.

Il enfilait rapidement, tout en parlant, une paire de gants blancs.

Peu enthousiaste à l'idée de pénétrer dans cette maison inconnue, au bras de son chauffeur, Michelle remarqua ironiquement :

- C'est à une noce que nous allons ? Il

sourit.

- Peste ! railla-t-elle, un habit et des gants blancs. Vous êtes sûr que c'est le protocole, ici ?

- Pour moi, oui, c'est obligatoire, fit-il brièvement.

- Comme les garçons de service !

Elle désignait deux serviteurs en culotte courte, souliers à boucles, et naturellement gants blancs, qui se tenaient au haut du perron, pour introduire les visiteurs.

Une expression de regret flotta sur le visage du jeune Russe que les railleries de Michelle surprenaient.

Pourquoi avait-il amené cette fille de nouveau riche, cette bourgeoise d'après-guerre, dans ce milieu presque féodal, où, religieusement, chacun gardait, au fond du cœur, le regret nostalgique de l'étiquette et du cérémonial de cour ?

- Si vous voulez me suivre, fit-il froidement, sans insister pour lui donner le bras.

Ils gravirent, côte à côte, les marches du perron.

Un huissier s'avança.

- Qui dois-je annoncer, s'il vous plaît ?

John toucha le revers de son habit derrière lequel une petite étoile blanche était épinglée.

- N'annoncez pas.

L'homme s'inclina profondément pendant que John, en habitué du lieu, traversait le vestibule.

Au fond d'un salon d'attente, Michelle aperçut une autre salle, à l'entrée de laquelle un couple recevait.

Et comme John l'entraînait par une porte de

côté, elle observa, un peu narquoise, avec un désir obscur de se venger de l'audace qu'il avait eue de lui offrir le bras :

- Ah ! bon, l'entrée de service ! Évidemment, vous ne pouvez pas passer par là !

Il s'arrêta, ahuri, et une seconde, regarda la jeune fille, comme s'il la découvrait tout à coup.

Un souffle de colère passa sur la pâleur mate de sa face. Et, faisant demi-tour, il jeta :

- Annoncez Mlle Jourdan-Ferrières et Alexandre Isborsky.

Son verbe, hautain et fort, résonna dans le hall, profond comme une voix féodale poussant un cri de ralliement.

L'huissier s'était précipité, et Michelle, médusée, dut se jeter à la suite de son compagnon pour le rejoindre comme il atteignait l'autre porte.

Le couple qui recevait s'avança vers eux. -

Mon cher Alexandre...

- Enfin, Sacha, tu as pu être des nôtres.

Sur la main de la maîtresse de maison, John posa ses lèvres.

- Princesse.

À son compagnon, il pressait fortement la main.

- Ce n'est pas ma faute, Georges, si j'ai manqué tes dernières réunions : je n'étais pas libre.

- Je t'ai regretté !

Ces quelques mots échangés, le jeune Russe présenta sa compagne :

- Mademoiselle Jourdan-Ferrières... la princesse et le prince Youri Bodnitzki.

Cérémonieusement, sans élan, tous s'inclinèrent, le prince avec un regard interrogateur sur Michelle dont le nom patronymique ne lui disait rien, évidemment.

À mi-voix, en russe, John prononça quelques mots qui eurent le don de faire fondre immédiatement la glace.

- Enchanté de vous voir des nôtres, fit

gracieusement le prince à Michelle. Vous êtes charmante, et la princesse et moi vous remercions d'avoir bien voulu vous joindre à Sacha, aujourd'hui.

Des sourires de part et d'autre, de nouveaux saluts empressés cette fois, et Michelle, un peu interloquée s'éloigna avec John, à travers la foule brillante qui remplissait l'immense salon.

Dans cette cohue élégante où Michelle ne rencontrait aucun visage de connaissance, tout ce qu'il y avait à Paris de l'élite aristocratique de Russie s'était donné rendez-vous.

- Qu'est-ce que ce prince Bodnitzki ? demanda la jeune fille à son compagnon.

- Le propriétaire de cet hôtel. Il a épousé une riche Américaine et se montre très bon pour la colonie russe, moins chanceuse.

- La princesse a l'air très aimable.

- Elle est charmante, et son grand cœur fait oublier ses origines.

« Ah ! bah, pensa Michelle, C'est ici comme au faubourg Saint-Germain : ils n'ont pas le sou, mais pour un peu, ils reprocheraient à l'argent que leur apportent leurs femmes, d'avoir été gagné par des mains plébéiennes. »

À ce moment, une fillette de seize ans, belle et vive comme le sont les adolescentes en Russie, s'élança vers John.

Michelle remarqua la petite tête blonde aux cheveux séparés sur les côtés et coupés si court qu'elle avait l'air d'un petit garçon détaché d'un tableau de Botticelli.

- Oh ! Sacha ! que je suis heureuse de te voir ! J'ai tant de bonnes nouvelles à t'apprendre !

Elle lui avait presque sauté au cou. Ses deux mains, appuyées sur les revers de son habit, elle le fixait d'un regard chargé d'affectueuse tendresse.

Le jeune homme s'était arrêté devant l'enfant. Un bon sourire répondit à son élan, mais doucement il détacha de sa poitrine les deux petites mains qui s'agrippaient, et les baisant l'une après l'autre, il murmura :

- Tout à l'heure, Lénotchka, je te rejoindrai.

Ses yeux rivés sur ceux de la fillette qui souriait de toutes ses dents de petite fille joyeuse, il prononça deux mots en russe.

Elle le regarda, interdite, puis elle examina Michelle. Et, échangeant un coup d'œil complice avec son compatriote :

- À tout à l'heure, Alexandre Yourevitch, fitelle simplement.

Elle s'éclipsa, mutine et légère, petite silhouette charmante qui parut se fondre dans la foule.

Cette apparition avait rendu Michelle songeuse. Toute cette blondeur souriante lui évoquait Molly, mais elle soulevait aussi un coin de la vie privée de son compagnon. Cette familiarité, qui se révélait affectueuse et si soumise, désemparait un peu la fille de M. Jourdan-Ferrières.

Auprès de John, au milieu de cette foule qui était sienne et à qui elle était étrangère, la jeune fille se sentit subitement isolée.

Quelle idée avait-elle eue de suivre son

chauffeur en cet endroit ? Ici, il régnait, et elle n'était rien ! Chez elle, en auto, dans la rue même, Michelle dominait et commandait...

En ce moment, John ne paraissait pas s'apercevoir qu'elle était là, à ses côtés, et qu'il eût dû s'occuper d'elle.

Et, cependant, le jeune Russe pensait à elle, justement.

Puisque sa compagne était gênée de marcher près de lui, il allait la confier à un autre.

Il venait d'aviser un vieil homme décoré de la Légion d'honneur, en habit noir, au visage franc et doux que deux yeux bleus, un peu ingénus, éclairaient de bonhomie.

- Permettez-moi, mademoiselle Michelle, de vous présenter Son Excellence, le général Razine, qui fut le chef de la maison militaire de Nicolas II, notre tsar bien-aimé... Excellence, je suis heureux de vous présenter mes respects.

- Bonjour, Alexandre Yourevitch, j'ai une grande joie de te revoir.

- Tout le plaisir est pour moi, Excellence, et je

vais vous adresser une prière. Voici Mlle JourdanFerrières, qui est nouvelle venue dans notre société.

Le vieux militaire baisa la main de Michelle.

- Voulez-vous me faire le plaisir, Excellence, d'offrir votre bras à mademoiselle et de la piloter dans cette maison. Sa personne m'est très précieuse, et je serais heureux qu'elle gardât de cette réunion le meilleur souvenir.

- Très honoré, mon cher, fit le général, un peu étonné.

- Je suis obligé de présenter mes devoirs un peu à chacun, et je ne voudrais pas que ma compagne souffrît le moins du monde de mes inattentions...

Il acheva, en russe, ses explications.

C'était la quatrième fois, en quelques minutes, que John employait cette langue. Michelle le remarqua, mais elle n'eut pas le temps d'approfondir la question, son chauffeur se tournait vers elle, et, avec une politesse un peu froide, lui disait :

- Mademoiselle Michelle, Son Excellence le général Razine se met à votre disposition. Vous pouvez vous appuyer sans réserve sur son bras, le général est une des gloires de notre ancienne armée, et son nom, dans la colonie russe, est l'égal des plus grands.

Le regard un peu railleur de la jeune fille se posa une seconde sur John, dont elle devinait la susceptibilité en révolte.

- Je suis heureuse que le général veuille bien se consacrer à moi.

- Prenez mon bras, mademoiselle, je vais essayer de vous faire connaître notre vieille Russie à travers ceux qui ont été ses maîtres.

Michelle le suivit, mais pendant qu'il l'entraînait, à droite et à gauche, la présentant deci delà, lui faisant connaître les plus beaux noms comme aussi les anciens grands dignitaires, les yeux de la jeune fille cherchaient à apercevoir, dans la foule mouvante, une haute silhouette d'homme que chaque groupe paraissait accueillir agréablement.

Et ce fut plus fort qu'elle de demander à son vieux compagnon :

- Général, qu'est-ce qu'il était au juste, en Russie, Alexandre Isborsky ?

Le vieillard hocha la tête, un peu hésitant pour répondre :

- Il était jeune... trop jeune encore pour être quelqu'un.

- Mais ses parents ?

- Son père est mort lorsqu'il était encore jeune enfant. Sa mère vivait loin du monde... Elle ne s'est jamais remariée.

- Mais, enfin, quelle situation sociale occupait-il ?

- Aucune ! Il a servi dans l'armée Blanche, malgré son jeune âge.

- Enfin, sans la révolution, Sacha aurait occupé un poste en Russie. À quoi pouvait-il prétendre ?

- À beaucoup, je crois ! Notre tsar aimait les beaux hommes et celui dont nous parlons en est un spécimen accompli.

Les réponses du vieux soldat restaient dans le vague. Michelle comprit qu'elle ne tirerait rien d'une insistance incorrecte. Pourtant, elle remarqua, dépitée :

- Être beau garçon, c'est donc une référence en Russie, et Alexandre Isborsky se pouvait-il prétendre à rien en dehors des avantages que confèrent un visage agréable et un corps d'athlète ?

- C'est déjà quelque chose que d'être doué physiquement comme Isborsky.

- Évidemment, on peut faire un superbe écuyer de cirque ou un tambour-major de belle apparence. Mais j'espérais pour ce garçon qu'il valait mieux que ça !

L'ancien chef de la maison militaire leva les yeux vers la jeune fille et sourit de la promptitude de la riposte.

- Qui vous dit, mademoiselle, que votre compagnon ne vaille pas mieux ? Croyez-vous donc qu'on réserverait ici pareil accueil à un écuyer de cirque ou à un tambour-major ? Mais voici l'amiral Lerizoff, admirez sa verdeur, malgré son grand âge...

Le sujet de conversation ainsi écarté de John, Michelle dut s'intéresser aux multiples descriptions que lui faisait son compagnon.

Elle écoutait distraitement, toute à son obsession.

Tout à coup, elle aperçut celui qui la tracassait tant avec la blonde fillette qu'il avait nommée Lénotchka.

Ils étaient dans un coin, en grande conversation. L'enfant avait l'air radieuse, et son compagnon lui parlait avec un sourire étonnant de douceur.

Michelle sentit passer sur elle une irritante mélancolie. Elle ne connaissait de l'homme que le regard réservé et correct, semblable au ton irréprochable dont il ne se départait pas avec elle.

Sauf M. Jourdan-Ferrières, qui était affectueux avec sa fille, jamais celle-ci n'avait senti peser sur elle des yeux si affectueusement indulgents.

Une seconde, elle envia la blonde Lénotchka sur laquelle un homme se penchait si tendrement.

Quand la fillette eut quitté John, elle la désigna au vieux militaire.

- Quelle est donc cette jolie fillette au visage d'ange qui traverse, là-bas ?

- La petite Lena Dimitrievna, la fille de l'ancien chef d'aviation de Kiev.

- Elle est de l'aristocratie, celle-là ?

- Je vous crois. Sa mère, la baronne Colensky, était la fille du grand duc Georgij.

Michelle crut rêver : son chauffeur tutoyait la petite-fille d'un prince impérial !

- L'exil vous a tous rapprochés, remarqua-t-elle.

- Oui, malgré notre dispersion nous restons étroitement unis, et notre plus grand bonheur est de nous retrouver ensemble ! Mais voici l'heure du lunch, ajouta-t-il. Voulez-vous me permettre de vous présenter à la générale Razine et à mes deux filles ? Nous allons essayer de trouver une petite table, et nous ferons une délicieuse dînette, tous les cinq.

Elle accepta le projet avec grâce et fut présentée à une vieille dame sympathique et à deux jeunes filles timides qui levaient sur elle quatre pervenches d'un bleu étrangement exotique.

À un moment, son attention se porta sur John, qui, à trois ou quatre tables de la leur, installait une vieille dame à longues papillotes blanches.

Alexandra, l'aînée des filles du général, avait suivi le regard de Michelle. Elle remarqua avec élan :

- Il est irrésistible, ce Sacha ! Comment ne l'aimerait-on pas ? Il a pour la comtesse Bolkovsky, qui est âgée de quatre-vingt-quatre ans, autant de soins et d'attentions que s'il s'agissait d'une femme de vingt-cinq ans.

- Vous avez l'air de beaucoup le connaître ? questionna Michelle.

- Mes filles connaissent toute la colonie russe en exil, intervint le père... du moins celle qui se respecte et qu'on ne rencontre pas dans les boîtes de nuit de la place Pigalle.

- Est-il réellement vrai que des grandes dames russes se soient exhibées dans ces restaurants de nuit ?

- Il paraît ! fit le général brièvement. Personnellement, je n'y ai jamais mis les pieds.

John s'était assis en face de la vénérable dame qu'il venait d'installer à une table, et, empressé, il préparait le thé, les toasts, les petits fours, avec une aisance incomparable dans ses moindres gestes.

Michelle ne pouvait détacher son regard du groupe.

Un inexprimable étonnement la subjuguait : son chauffeur en tête à tête avec une authentique grande dame.

Sa raison vacillait et des suppositions étranges la harcelaient.

Autour d'eux s'agitaient une foule d'invités allant et venant à la recherche d'une table libre ou d'une place retenue. Personne ne paraissait s'étonner du tête à tête de John avec la vieille dame.

Et Michelle s'en voulut d'être la seule à en être choquée !

« Vraiment, s'avoua-t-elle, je suis méchante pour ce pauvre garçon. Je vois le mal dans ses moindres gestes ! »

Alexandra s'efforçait de la distraire.

Elle lui nommait les grandes dames, qui, autrefois, approchaient l'impératrice, elle lui exprimait le rôle qu'elles avaient eu à jouer à la cour et l'importance de leurs fonctions.

- Et cette vieille dame que vous nommez la comtesse Bolkovsky ?

- La comtesse Sophie Favlovna était la sœur du prince régnant de l'Oural ; c'était une des plus brillantes princesses sous le règne d'Alexandre III.

- Et dans cette foule de courtisans cette femme n'a trouvé qu'Alexandre Isborsky à s'asseoir en face d'elle ? s'écria Michelle, outrée de ce qui lui paraissait un laisser-aller équivoque.

Olga regarda le couple avec une sympathie

réelle.

- Je ne sais lequel accorde une faveur à l'autre, fit-elle doucement. La comtesse Sophie est très spirituelle et très recherchée, mais Sacha est un si délicieux compagnon !

Michelle allait répliquer, mais on se levait de table, et les groupes se hâtaient vers le salon voisin, comme si un mot d'ordre avait été donné.

- Le grand-duc Serge vient d'arriver. C'est en l'honneur de son passage à Paris qu'on donne cette fête.

- Il arrive après le lunch.

- Il avait téléphoné qu'il arriverait tard...

Et Olga, tout heureuse, entraînait Michelle vers la haie d'invités qui se fermait au milieu du principal salon.

- C'est le plus grand, celui qui est au milieu du groupe, expliqua Alexandra. Il est imposant comme tous les Romanoff.

Le général Razine venait de reprendre ses fonctions de chevalier servant auprès de Michelle, quand John réapparut.

- N'ai-je pas abusé, Excellence, de votre complaisance ?

- Oh ! mon ami, mademoiselle est charmante, et ce fut pour moi un plaisir. La jeune millionnaire sourit.

- J'ai fait la connaissance de la générale Razine et de ses deux filles. La maman est délicieusement indulgente et les fillettes sont charmantes,

John la remercia du regard de cette appréciation qui épanouissait d'aise le vieux militaire.

- Nous allons prendre congé de vous, Excellence. Son Altesse désire être présentée à M_{lle} Jourdan-Ferrières, et je crains de ne pas vous retrouver, ensuite, au moment du départ.

Ils échangèrent un amical adieu et Michelle se retrouva seule avec John.

Celui-ci semblait avoir oublié la mauvaise grâce que la jeune fille avait montrée au début de l'après-midi.

Il lui demanda la permission de joindre, avec

elle, le grand-duc,

Il n'osait plus lui offrir le bras ; cependant, comme ils arrivaient à un groupe compact, à l'autre extrémité de la salle, il lui tendit la main.

- Pardonnez-moi, mais je dois vous conduire jusqu'à Son Altesse.

Elle mit sa main dans celle qu'il tendait, n'osant pas critiquer le geste familier dans l'ignorance de l'étiquette habituelle qu'il connaissait mieux qu'elle, elle s'en rendait compte à présent.

Quand ils eurent franchi le groupe tassé des invités qui formaient cercle, Michelle s'aperçut qu'un espace demeurait vide, entre ceux-ci et un groupe d'hommes, au milieu desquels un personnage de grande taille, à cheveux gris, portait haut et droit sa tête altière, aux yeux dominateurs.

Elle franchit la distance qui la séparait de lui, sa main dans celle du jeune Russe, qui s'avançait tranquillement, sans émotion apparente.

Elle allait, un peu rougissante, sous le regard

perçant du grand-duc, qui la dévisageait, gênée aussi d'être le point de mire des personnes massées à l'entour.

Dans ce milieu héraldique, où la franchise de John la plongeait sans préparation, elle éprouvait la sensation étrange d'être neuve, naïve, ignorante, et c'était pour elle un réconfort de se dire qu'elle ne connaissait aucune des personnes présentes, que toutes l'ignoraient, et qu'elle n'en reverrait probablement aucune.

Plongée dans un trouble évident, malgré son aisance habituelle du monde, Michelle entendit la voix un peu voilée de Sacha, qui disait avec une subtilité incomparable dont elle perçut toutes les nuances :

- Altesse, permettez-moi de vous présenter M_{lle} Jourdan-Ferrières, qui a bien voulu me faire l'honneur de se joindre à moi, aujourd'hui.

- Mademoiselle est charmante et, en vous voyant avancer tous les deux, j'admirais la proportion magnifique de vos deux silhouettes. Vous êtes superbement appareillés.

Un murmure approbateur glissa sur les invités. Et le grand-duc continua, un sourire indéfinissable aux lèvres :

- Je voudrais être au temps d'Yvan le Terrible pour pouvoir vous exprimer le désir, Alexandre, de vous voir épouser mademoiselle. Il n'y aura jamais trop de beaux enfants, ici bas, les vôtres auraient été superbes.

Michelle sentit frémir la main de son compagnon dans la sienne, pendant qu'un sourire courtisan parcourait les premiers rangs de l'assistance.

Le grand-duc, amusé de la mine furieuse de Sacha, se pencha vers la jeune fille, complètement interdite, et lui baisa la main.

- Je crois avoir eu le plaisir de rencontrer déjà monsieur votre père, mademoiselle, reprit-il, avec plus de bienveillance encore. Voulez-vous lui dire qu'il a une fille ravissante et qu'elle possède les yeux les plus jolis du monde ?

Michelle, désemparée par le ton souverainement supérieur du grand-duc, ainsi que par ses réflexions inattendues la rapprochant de John, ne sut que balbutier :

- Altesse, je suis vraiment confuse... -

Mademoiselle, je suis ravi...

D'une pression de la main, John lui fit comprendre que l'audience était finie. Et comme elle demeurait figée, il s'inclina profondément, la contraignant par son geste à faire une révérence.

Michelle s'en tira avec raideur. Elle n'avait pas l'habitude de ce salut profond, passé de mode dans nos salons d'après-guerre.

Comme ils s'éloignaient, elle remarqua, toute troublée, que beaucoup de gens s'inclinaient sur leur passage ; des groupes silencieux, un sourire sympathique venait vers eux.

Ils ne s'arrêtèrent pas et ce n'est que sur le perron que John quitta la main de sa compagne.

Comme ils regagnaient la voiture, la jeune fille remarqua, sans acrimonie :

- Vous auriez dû me dire dans quel milieu vous m'entraîniez... j'aurais été moins désemparée. Je ne savais plus ce qu'il fallait faire.

Il répondit, rêveur, mais sincère :

- Vous avez été charmante. Le grand-duc ne vous l'aurait pas dit, s'il ne l'avait pas pensé, et chacun vous l'a fait comprendre, quand nous sommes sortis.

Elle ne répondit pas. Elle était encore toute troublée et n'analysait pas ses impressions.

Assise au fond de la voiture, elle le regarda passer sa gabardine et changer de gants.

Alors, elle se rappela la sentence hardie :

« Vous formez un couple splendide... Votre lignée serait incomparable... »

Du sang empourpra son visage, ses doigts se crispèrent sur ses genoux, mais aucune velléité de révolte ne lui vint... même, elle ne comprenait pas comment John avait osé lui faire une pareille figure.

Son âme de nouvelle riche était subjuguée par l'écrasante auréole entourant un prince de sang royal. La petite républicaine était éperdue d'orgueil, parce qu'un authentique grand-duc lui avait baisé la main.

Lasse, très lasse, incapable de réagir pour le moment, sur l'emprise que l'Altesse impériale avait mise sur elle, elle s'affaissa, les yeux clos, sur les coussins de la voiture, dans un besoin satisfait d'inconscience, d'oubli et de ravissement...

XVI

Pendant quelques jours, il y eut une sorte de trêve entre Michelle et son chauffeur.

Ils évitèrent toute parole inutile, aussi bien amicale qu'hostile.

De même, ils se gardaient bien d'évoquer la réception du prince Bodnitzki, comme si celle-ci leur eût laissé un mauvais souvenir.

Au lieu de les rapprocher, cet après-midi, passé en plein milieu russe, semblait les avoir tout à fait séparés.

Michelle s'efforçait de ne pas penser, de ne plus se souvenir, de bannir de sa mémoire tout ce qui pouvait se rapporter à John, à son pays, à ses amis.

Elle rêvait, son âme murée entre de hautes murailles pour ne pas voir en elle-même, ni autour d'elle. Il y avait, en son instinct, comme une crainte vertigineuse de souffrir, avec l'impression que si elle eût ouvert un œil sur la réalité, un gouffre sans limite l'eût attirée, où elle aurait roulé indéfiniment.

John devinait-il son état d'âme ? Il se faisait volontairement silencieux et distant.

Son visage, farouchement tendu vers quelque altière vision, il paraissait ne pas même s'apercevoir de la présence féminine à laquelle l'assujettissait son travail.

Il faisait, machinalement, tous les gestes indispensables à la conduite de l'auto. Ses mains, plus que son cerveau, paraissait guider le véhicule.

Il allait, s'arrêtait, repartait, accélérait, maniant le volant, les manettes, les pédales sans une hésitation, sans un geste superflu, statue mécanique dont la vie semblait absente.

Et cela dura plusieurs jours.

Un matin, Michelle dit à John :

- Nous filons sur Cherbourg. Examinez la carte et faites votre route. Il faut que nous soyons là-bas avant quatre heures.

Ils étaient partis...

Rien ne faisait prévoir, ce jour-là, qu'un petit drame s'élèverait entre eux, mettant leurs deux orgueils aux prises.

Michelle avait précisé.

- Nous déjeunerons à Lisieux.

Et quand John arrêta son auto, au milieu de la ville, entre deux hôtels de bonne apparence, rien ne vint avertir Michelle que, pour sa tranquillité morale, il valait mieux choisir l'un plutôt que l'autre.

Elle indiqua à John l'hostellerie moderne, tout simplement parce que l'endroit lui paraissait plus sélect.

Avant de pénétrer dans cet hôtel, elle le pria d'aller lui chercher quelques journaux.

Bientôt, il les lui apportait.

Michelle l'avait-elle vu venir ? Est-ce intentionnellement qu'elle attendait son retour pour choisir sa table au restaurant ?

Il devait se poser ces deux questions quelques minutes après.

Quand le jeune homme pénétra dans la salle, il entendit Michelle donner cet ordre :

- Vous dresserez mon couvert à cette table... là, au fond, près de la baie ouverte.

- Un seul couvert ?

- Oui, un seul.

Puis, aussitôt, elle demanda :

- Il y a une salle pour les gens de service, ici ?

- Oui, madame, une petite salle, auprès de la cuisine.

- Eh bien ! vous y servirez mon chauffeur. -
Bien, madame.

John, les journaux en main, s'était arrêté, interdit.

Ses yeux interrogateurs allèrent vers Michelle.

Était-ce bien de lui qu'elle venait de parler ? De lui qui l'avait introduite, quelques jours auparavant, dans son milieu ? De lui que M.

Jourdan-Ferrières avait autorisé à prendre ses repas en ville ?

Mais sa muette interrogation resta en suspens ; la jeune fille ne paraissait même pas l'avoir aperçu. Dans une glace, elle rectifiait l'auréole brune de ses cheveux autour du petit chapeau cloche, où sa minuscule tête semblait enfouie.

Sans dire un mot, John alla à la table qu'elle avait retenue comme sienne, et y déposa ses journaux. Puis, tranquillement, sans un regard de plus vers sa jeune patronne, il quitta la salle.

Rêveuse, Michelle vint prendre place devant son couvert.

- Il fallait bien en arriver là, après les paroles audacieuses du grand-duc, murmura-t-elle. Maintenant, chacun de nous aura recouvré son équilibre...

Mais elle ne devait pas être très convaincue de l'utilité de son geste, car, soucieuse, elle s'accouda, la tête dans les mains, sur la table.

- Il n'a pas osé protester, mais sûrement il va être fâché durant quelques jours. Si j'avais su, je ne serais pas allée à cette fête, toute cette histoire est embêtante !

Un mécontentement contre elle-même l'accablait.

« Quel besoin avais-je de l'humilier encore ? Il est tellement orgueilleux, que ça ne va pas être fini, cette histoire-là !

À ce moment, un serveur lui changeait son assiette.

- Mon chauffeur prend-il son repas ? - Je

vais voir, madame.

Deux minutes après, l'homme revenait :

- Aucun chauffeur n'a demandé à être servi, madame.

- Bien.

Elle remarqua, songeuse :

- Il est allé ailleurs ; c'est préférable !... C'était à prévoir.

Un instant, elle espéra qu'il n'avait pas entendu ses ordres au garçon. Mais, se rappelant le regard qu'il avait eu vers elle, il lui fut impossible de conserver cette illusion.

- Bah ! nous verrons bien !

Pour distraire sa pensée, elle regarda dans la rue. Ses yeux rêveurs suivirent la foule des travailleurs, qui s'empressaient vers leurs logis.

Et, tout a coup, elle sursauta. À l'hôtel, en face, sur une terrasse, au premier, un groupe de trois personnes prenaient leurs repas.

Les yeux agrandis de stupeur, Michelle reconnaissait M. Burke, Molly et John.

Ils mangeaient à la même table, causant gaiement : la jeune Américaine avait l'air très excitée ; son père paraissait content ; quand au chauffeur, un léger sourire aux lèvres, il semblait suivre attentivement la conversation de M. Burke.

Michelle avait changé de couleur : son amie et John étaient réunis !

Seule à sa table, la fille de M. JourdanFerrières se sentit soudain très malheureuse.

La gaieté des trois autres faisait ressortir son isolement. Molly et son père n'avaient pas eu peur de convier John à leur table !

Instinctivement, ils sentaient un homme bien élevé en ce jeune Russe, et ne se préoccupaient pas de sa situation sociale actuelle.

Si Michelle avait eu le même geste de générosité, elle eût eu John en face d'elle, en ce moment. Sa dignité en eût peut-être été atteinte, mais, en revanche, de quelle bonne et franche gaieté elle aurait joui durant ce repas ! Et même si son sexe et son jeune âge lui interdisaient un tel geste de familiarité, n'eût-elle pas pu tolérer la présence du jeune homme à une table éloignée de la sienne, mais dans cette même salle ?

Molly ne serait pas venue le chercher là !

C'est son orgueil, à elle, Michelle, qui avait contraint le jeune Russe à aller manger ailleurs ; c'est encore son orgueil qui avait aidé à rapprocher John de l'Américaine. Et de cela, la jeune fille s'en voulait plus que de tout.

Le rire de Molly traversait la rue et arrivait jusqu'à elle.

La fille de M. Jourdan-Ferrières songea que, de sa place, son amie devait l'apercevoir et ne riait peut-être aussi fort que parce qu'elle la voyait seule et désemparée.

Alors, elle prit un des journaux de John, l'ouvrit devant elle, et parut s'absorber dans sa lecture. Pourtant, à la dérobée, elle examinait l'autre restaurant.

Elle fit la remarque que John ne tourna pas une seule fois la tête de son côté. C'était tout à fait comme si elle n'avait pas existé pour lui.

Molly, en revanche, s'occupait beaucoup d'elle.

Alors, Michelle, énervée, s'empressa de terminer son repas.

- Vous me servirez le café au salon, ordonnat-elle au serveur.

Et, hâtivement, elle quitta la salle pour cette dernière pièce, où John la retrouva, une demi-heure après, un journal étalé sur ses genoux et sa tasse encore pleine d'un café depuis longtemps refroidi.

Il observa le petit visage rigide, les traits tirés, le regard fixe.

Un vague sourire erra sur ses lèvres, mais il ne troubla pas la rêverie de la jeune fille et se retira sur le seuil de l'hôtel.

Pourtant, au bout d'un moment, il retourna au salon et, cette fois, s'avança vers elle.

- Mademoiselle, fit-il remarquer discrètement, l'heure avance. Pardonnez-moi de vous le faire observer, mais vous avez manifesté le désir d'être à Cherbourg avant quatre heures et il va nous falloir faire de la vitesse.

- Je vous attendais, dit-elle brièvement.

- Je suis déjà venu ici, mais vous étiez si absorbée que je n'ai pas osé attirer votre attention.

Elle se leva, avala d'un trait son café. Et, reposant la tasse, elle demanda, d'une voix sans intonation :

- M. Burke et sa fille sont déjà repartis ?

- Oui, mademoiselle, pour Trouville.

- Vous êtes allé les rejoindre, en face ?

- Pardon, j'étais déjà installé quand ils sont

arrivés... Mlle Molly m'a aperçu et a dit à son père de m'inviter.

- Quelle chance ! Vous vous êtes amusé ? -

M. Burke a été parfait.

- Molly aussi est charmante, quand elle veut.
- Miss Molly est une jeune fille très originale... heureusement, elle est très naturelle et possède un cœur d'or.

Une flamme aiguë traversa les prunelles noires de la jeune millionnaire.

- Le cœur d'or de Molly, fit-elle à mi-voix, un pli ironique aux lèvres.

Et, tout haut :

- Je vois que vous appréciez beaucoup mon amie !

Les yeux gris du jeune homme se rivèrent un peu durs sur ceux de Michelle, qui évitait de le regarder.

- Si je la juge à mon point de vue personnel, miss Molly est une jeune fille charmante ; elle a toujours été très affable pour moi ! Jamais, malgré sa situation de fortune, elle n'a eu de morgue à mon égard.

Michelle ne broncha pas.

- Évidemment, reprit-elle, de sa même voix mesurée, chacun juge à son point de vue personnel : vis-à-vis de vous, Molly Burke est sans reproche !

Comme elle demeurait immobile, il mit doucement la main sur la sienne, qu'il emprisonna une seconde.

- Vous venez, mademoiselle Michelle ? Il ne faut plus traîner en route.

Pour prononcer son nom, sa voix avait parfois une si chaude intonation, qu'elle atteignait Michelle comme une véritable caresse.

- Je vous suis, répondit-elle, sans paraître avoir remarqué le ton ou le geste du jeune homme.

Elle se laissa installer dans la voiture, sans sortir de son apathie. Et John, qui avait dirigé vers elle l'angle de sa petite glace d'auto, la vit, le corps toujours rigide, le visage tendu et les yeux lointains, toute son attitude reflétant un obsédant souci.

Quand elle descendit, à Cherbourg, sur le quai où était amarré le grand transatlantique, les passagers, pour la plupart, avaient embarqué, et Michelle, une grosse botte de roses dans les bras, interrogea des yeux le pont du navire, inquiète de ne pas apercevoir son amie, Ellen Howes, qu'elle tenait à embrasser avant cette séparation définitive.

Soudain, une jeune fille s'élança vers elle, avec un cri de joie :

- Oh ! Michelle, c'était donc vrai, vous êtes venue !

- Je ne promets jamais rien sans tenir.

Bras dessus, bras dessous, elles se mirent à marcher de long en large, babillant avec volupté, heureuses de se retrouver encore une fois avant la longue séparation.

Et, tout à coup, la fille de M. Jourdan-Ferrières laissa percer son souci.

- Vous ne devineriez jamais avec qui mon

chauffeur a déjeuné, à Lisieux ?

- À Lisieux ? répéta Ellen.

- Oui.

- Avec vous, peut-être ? -
Non.

- Avec Molly, alors ?

- Oui.

- Qu'est-ce qu'elle faisait, à Lisieux ? -
Elle allait à Trouville.

- Seulc ?

- Non, avec M. Burke.

- Alors, le père et la fille ont invité John ? - Et
vous ?

- J'étais à un autre hôtel, en face. -
Seule, naturellement ?

- Toute seule.

- Et M. Burke et Molly ont préféré manger
avec John que d'aller vous rejoindre ?

- Il paraît...

- Charmant !

- Molly est repartie pour Trouville, sans même songer à venir me saluer.

- Tout à fait délicieux !

Ellen Howes réfléchit quelques secondes, puis, doucement, elle serra contre elle le bras de sa compagne.

- Je n'aime pas beaucoup faire des potins, fit-elle avec embarras. Pourtant, il me semble que c'est mon devoir de vous prévenir.

- Une nouvelle malpropreté ? demanda Michelle, sans illusion.

- Vous allez en juger. Hier, pendant que nous étions chez Geneviève Delorme, Molly Burke a parlé longtemps à votre chauffeur.

- À quel moment ?

- L'après-midi. Rappelez-vous, l'une de nous a fait remarquer l'absence de Molly. Eh bien ! elle était venue, mais, apercevant John à la porte, elle a préféré rester avec lui plutôt que de nous rejoindre.

- Il ne m'en a pas parlé. -

Évidemment !

- Est-ce elle qui l'a raconté ?

- Non. C'est Marinette Grizet. Elle est restée en bas, avec elle, et elle a entendu une partie de la conversation. Je dois vous aviser, Michelle, que Molly n'a pas été très tendre à votre égard.

Une rougeur envahit le visage de la jeune millionnaire.

- Qu'est-ce qu'elle a dit contrc moi ?

- Heu... des choses peu bienveillantes. Elle a rappelé, notamment, vos discussions avec elle, au sujet de John, et répété tous vos arguments... en les commentant à sa manière.

- Oh ! la chipie !

- Oui, ce n'est pas très amical !

- Et après cette mesquinerie ?

- Il paraît qu'elle a offert la forte somme à John pour qu'il vous quitte et aille avec elle. C'est alors que Marinette s'est éloignée. Elle ne voulait pas être mêlée à cette petite histoire.

- C'est Marinette qui vous a raconté cela ? insista Michelle.

- Après votre départ, elle l'a dit devant nous toutes. Et je ne crois pas qu'elle ait inventé quelque chose.

- Oh ! non. Tout est possible de Molly !... Alors, John connaît maintenant...

- Tout ce que vous avez dit sur lui, sur les chauffeurs, sur la valetaille ; tout le tremblement, quoi !

- Quelle rosserie ! Qu'est-ce qu'elle a pu comploter avec John, une fois Marinette partie ?

- Nous n'en savons rien... Je pense seulement qu'ils s'entendent très bien, puisqu'ils ont déjeuné ensemble aujourd'hui.

Michelle était devenue très pâle. D'un seul coup, elle avait envisagé toutes les conséquences du geste de Molly et elle ne doutait plus qu'il n'y eût un accord entre celle-ci, son père et John.

- Ce n'est plus qu'une affaire de quelques jours avant qu'il parte ; le temps de me prévenir, car il ne voudra pas me quitter sans m'avoir donné un délai suffisant pour lui trouver un remplaçant.

Cette seule perspective mit un sanglot dans sa gorge.

Ellen Howes la regarda longuement, puis, hochant la tête, elle dit, affectueusement :

- Je n'aurais pas dû vous en parler, ma petite Michelle. Je vous ai fait de la peine !

- Il vaut mieux que je sois prévenue, puisque, tôt ou tard, je l'aurais su.

Mais Ellen poursuivait son raisonnement intérieur.

- On se crée toujours trop d'illusions... l'homme va toujours du côté où il trouve son avantage ; que ce soit en affaires, en affection... et même en amour ! Son intérêt d'abord, et avant tout !

- Non ! protesta Michelle, généreusement, je ne crois pas que ce soit l'argent qui décide John à me quitter. Seulement, il est orgueilleux et si Molly a commenté mes réflexions...

Ellen Howes hocha la tête.

- Elles furent certainement rapportées dans l'intention de vous nuire... C'est d'autant plus mesquin que Molly sentait bien que vous ne les pensiez pas.

- Pardon, il me semble que je pensais tout ce que je disais.

- On dit ça, et puis quand on apprend que les paroles sont répétées, on a du chagrin.

- C'est vrai ! avoua la fille du millionnaire. Je n'ai jamais eu l'intention de faire de la peine à John.

Elle baissait la tête, affectée des proportions que pouvaient prendre ses réflexions.

Ellen l'embrassa affectueusement.

- Allons, mon petit Michon, ne vous faites pas de mauvais sang ! Si ce n'est qu'une question d'amour-propre, c'est l'affaire de quelques jours pour n'y plus penser... autrement, laissez aller les événements... En dehors de la question d'argent, vous ne comptez pas offrir à John tout ce que Molly est prête à lui donner ?

- Non... c'est évident !

- Elle veut l'épouser, dit-elle. Vous comprenez que ce garçon n'est pas assez fou pour repousser une pareille offre !

- Un chauffeur ! fit Michelle pensivement.

- Ça ne signifie rien, chez nous, quand l'homme a la valeur de John... Et puis, comme elle vous l'a dit, un jour, ce n'est pas vous qui êtes en cause, c'est elle !

- Oui, c'est elle !... elle et lui !

- Et comme vous ne pouvez pas offrir à John une compensation qui vaille ce mariage, Molly l'emportera toujours sur vous.

- Vous avez raison ! Cela n'empêche pas que Molly a des procédés...

- Que je blâme, mais que je comprends. Si elle est sincère en disant qu'il lui plaît, elle usera de tous les moyens pour le conquérir.

- Pas aux dépens d'une amie !

- Hum ! Cela est autre chose. Vous n'avez jamais aimé, vous, mon petit Michon, mais je crois que lorsqu'on est amoureux on piétine volontiers famille, amis et convenances.

- Alors, je ne le serai jamais !

Ellen la regarda à la dérobée.

- Je ne sais pas, Michelle, si je dois vous en féliciter ou vous souhaiter de ne jamais le regretter. Voyez-vous, il faut y avoir passé pour savoir ce que l'on fera. Avant ça, on ne peut faire que des suppositions.

- Oh ! je vous jure bien, Ellen...

- Chut !... Voici la cloche du départ. Elle tombe à pic pour vous empêcher de faire des serments que vous ne pourrez peut-être pas tenir plus tard. Ma petite Michelle, vous m'écrirez, vous me tiendrez au courant et n'oubliez pas que, moi, je suis sincèrement votre amie...

Et Ellen Howes, après plusieurs bons baisers à Michelle, rejoignit précipitamment ses parents, qui, du bateau, lui faisaient déjà des signes désespérés pour qu'elle vînt les rejoindre.

XVII

Longtemps, après le départ du transatlantique, Michelle resta à la même place, debout, au bord du quai.

Ses yeux noyés dans le vague des pensées sombres où son cerveau l'entraînait depuis des heures n'observaient rien autour d'elle. Les ouvriers du port, les curieux ou les marins, allaient et venaient à l'entour, surpris de l'immobilité gardée par cette jeune fille élégante, sans même qu'elle s'aperçût des regards qui convergeaient vers elle.

Son auto était rangée à une cinquantaine de mètres d'elle et, de loin, John pouvait l'apercevoir.

À un moment même, comme Michelle, machinalement, se penchait trop vers le bord, attirée peut-être par le scintillement de l'eau qui s'agitait à ses pieds, à quelques mètres d'elle, le jeune Russe s'inquiéta, subitement.

En quelques enjambées, il l'eut rejointe et, de côté, il l'examina.

Il vit le profil pur, un peu rigide, les yeux fixes, la carnation pâle... Il eut conscience d'un gros chagrin, qui se concentrait en lui-même.

Se rapprochant, il lui toucha le bras.

- Mademoiselle Michelle, il ne faut pas rester ici...

Elle avait sursauté à sa voix. En pensée, elle était si loin de Cherbourg !

- Venez, insista-t-il, la fin de la journée approche, il serait bon de songer au retour ou à la prochaine nuit.

- Au retour ? fit-elle en s'efforçant de ressaisir ses idées. Oh ! vous devez être fatigué !

- Nous pouvons gagner Caen, ce soir, si vous le désirez. En une seule étape, nous ferions CaenParis, demain.

Avec lassitude, elle passa sa main sur son front.

- Vous voulez coucher à Caen, ce soir ?

- Je vous le proposais, mais si vous préférez autre chose...

Elle soupira et secoua ses épaules, comme si elle voulait rejeter loin d'elle un fardeau trop lourd.

- Non. Allez garer l'auto, voulez-vous ? Vous retiendrez des chambres à l'hôtel des Amiraux.

- Je préférerais que vous veniez avec moi, mademoiselle Michelle.

- Pour quoi faire ?

- Il ne me plaît pas de vous laisser seule derrière moi.

Elle le regarda, étonnée.

- Quelle idée ! protesta-t-elle, instinctivement dressée contre cette volonté qui s'imposait à elle.

- Monsieur votre père vous a confiée à moi, expliqua-t-il, pour s'excuser. Aujourd'hui, vous ne me paraissez pas des plus vaillantes. Je serais inquiet si je ne vous sentais pas à proximité.

- Le départ de mon amie m'affecte beaucoup,

répondit-elle, en se raidissant.

- Justement. Vous êtes plutôt déprimée...

Elle ne protesta pas. Elle se sentait lasse et désemparée ; il lui était plus facile d'obéir que de commander. Et elle le laissa passer sa main sous son bras et la conduire vers la voiture.

Pourtant, ces soins attentifs de John ravivaient sa peine. Pourquoi s'occupait-il d'elle avec tant de sollicitude, puisqu'il s'entendait si bien avec Molly, contre elle ?

Cette pensée importune la fit se dégager avec vivacité de l'étreinte du jeune Russe.

Comme il l'examinait de côté, elle détourna la tête et allongea le pas, pour le précéder. Une pudeur lui ordonnait de dérober ses soucis à la perspicacité du jeune homme.

À l'hôtel, pendant que John garait la voiture, Michelle choisit les chambres que le garçon d'hôtel lui fit visiter.

Il y avait à peine deux minutes que celui-ci s'était éloigné, quand le chauffeur apportant son sac de nuit, vint la rejoindre.

- J'ai pris une chambre pour vous à côté de la mienne, expliqua-t-elle, brièvement. Depuis que, dans un palace, j'ai été réveillée, la nuit, par deux rats d'hôtel, je ne suis pas très brave, et si je ne vous sentais pas là, à côté de moi, prêt à accourir à mon moindre appel, je ne pourrais fermer l'œil de la nuit.

- Vous pourrez dormir, cette nuit, sans inquiétude. J'ai le sommeil extrêmement léger depuis mon service dans l'armée Blanche.

Il ajouta, après une seconde de réflexion :

- Si vous avez quelque chose de précieux, confiez-le-moi à garder. Il vaut mieux ne rien laisser dans votre chambre ; vous serez ainsi sans souci.

- J'y pensais, fit-elle simplement, en jetant un coup d'œil dans son sac à main. Ce soir, je vous confierai ce sac et mes bijoux.

Il ne répondit pas.

Un peu troublé, il songeait à la disposition de ces deux chambres communicantes, à cette porte ouverte, à ces objets de valeur qu'on lui confiait, et la gorge sèche, il se disait que, si elle eût été sa femme, il y aurait eu entre eux, dans un voyage de noces, la même intimité, en même temps que cette réserve anxieuse qu'il sentait monter en lui.

Michelle eut-elle soudain la même pensée ? Un peu troublée, elle retira machinalement son chapeau qu'elle jeta sur la table et, les jambes fauchées par une faiblesse dont elle ne se rendait pas compte, elle s'assit sur le bord du lit.

Pour dompter son trouble, John prit une cigarette dans un étui d'argent tiré de sa poche. Il allait l'allumer :

- Oh ! pardon ! fit-il, soudain, en s'apercevant de son incorrection.

Elle crut qu'il allait la quitter pour pouvoir fumer librement. Inconsciemment, elle désirait le retenir.

- Donnez-m'en une, et allumez la vôtre, fitelle, en tendant la main vers lui.

Il lui présenta son étui.

- Je n'avais jamais remarqué que vous fumiez, fit-il observer.

- C'est très rare. Aujourd'hui, j'ai un cafard fou et je ferais n'importe quoi pour m'étourdir.

Il dut se rapprocher d'elle pour lui offrir du feu.

Sa main, qui lui tendait l'allumette, heurta ses doigts fuselés aux bagues éblouissantes. Ce contact troublant parut donner de la hardiesse à l'homme.

- Pourquoi avez-vous le cafard, aujourd'hui ? osa-t-il demander.

- Le départ de mon amie, probablement, ditelle, gênée.

Elle détournait les yeux des siens, qui cherchaient à la pénétrer.

- Pour cela, seulement ? insista-t-il.

Elle haussa les épaules.

- Sait-on jamais ? balbutia-t-elle.

Elle était, soudain, bouleversée.

Parce qu'il osait toucher à sa peine, elle sentait subitement celle-ci s'accroître au point qu'elle aurait voulu pouvoir sangloter sous le gros chagrin amassé en elle, depuis des heures.

- Allons, mademoiselle Michelle, dites-moi pourquoi vous avez du chagrin... Il me semble que je saurai vous consoler de toutes les peines qu'on vous a faites...

Sa voix s'insinuait en elle avec une douceur persuasive qui faisait fondre sa résistance.

Elle voulut fuir la tentation de s'expliquer avec lui, sur les racontars de Molly... Elle le fit comme les timides qui foncent maladroitement sur l'obstacle qu'ils veulent éviter.

Pour ne pas parler de l'incident de la veille, elle évoqua l'offre qu'il lui avait faite, une demiheure auparavant. Et cette allusion déchaîna entre eux l'explication qu'il cherchait, mais qu'elle redoutait.

- Tout à l'heure, vous m'avez offert de gagner Caen pour y passer la nuit. Étiez-vous donc attendu, dans cette ville ?

- Attendu ? moi ! Par qui ? -

Par Molly.

Il demeura une seconde interloqué, et

s'exclama :

- Ah çà ! Qu'est-ce que vous croyez donc qu'il y a entre miss Burke et moi ?

- Une bonne entente... à mes dépens !

- Voyons, ce n'est pas sérieux !... Parce que j'ai déjeuné, tantôt, avec M. Burke et sa fille !

- Parce que cette rencontre est le résultat d'hier.

- Hier ?

Une minute, il envisagea la question sous le point de vue que Michelle lui donnait.

- Pardon ; je vous ai dit, à midi, que cette rencontre était inattendue, qu'elle n'était pas préméditée.

- Vous m'avez dit aussi que Molly était charmante, naturelle ; qu'elle avait un cœur d'or, que vis-à-vis de vous elle était parfaite...

- Et l'éloge de votre amie, sur ses lèvres, vous a paru dirigé contre vous ?

- Oui, si je le rapproche de ce fait que M. Burke est allé vous chercher. Il ne l'aurait pas fait, sans votre entente avec Molly, hier.

- Mon entente ! Si vous appelez ça une entente, vous êtes facile à contenter !

Il s'énervait de cette suspicion qu'elle faisait peser sur lui.

Comme elle demeurait hostile, le regardant avec deux yeux durs, il reprit plus doucement :

- Voyons, mademoiselle Michelle, expliquons-nous sincèrement. À midi, je le reconnais, j'étais furieux contre vous, qui m'aviez envoyé manger à la cuisine : je n'ai jamais été traité si cavalièrement ! Et cela m'a soulagé de vous jeter en face toutes les qualités plus ou moins réelles que je prêtais alors à miss Burke, pour le seul plaisir de les opposer à votre dureté à mon égard...

- Ça, je l'avais bien deviné, remarqua-t-elle, avec un dédain affecté.

- Alors, où voyez-vous une entente entre cette demoiselle et moi ?

- Hier, vous étiez d'accord, paraît-il.

- Hier !... Si miss Molly vous a rapporté nos

paroles, elle a dû vous dire ce que je lui avais répondu.

Le cœur de Michelle se mit à battre fortement dans sa poitrine.

- Que lui avez-vous répondu ? demanda-t-elle, s'efforçant de contenir son émotion.

Il dévisagea le petit visage dressé anxieusement vers lui et une flamme chaude détendit son regard autoritaire.

- Répondu à quoi ? Est-ce à ses racontars peu flatteurs pour mon amour-propre ? demanda-t-il doucement sans répondre à son interrogatoire.

Elle avait rougi.

- Elle a commenté mes paroles dans un sens méchant et vindicatif.

- Non... je crois qu'elle s'est contentée de les rapporter trop fidèlement.

- Oh ! John, balbutia-t-elle, éperdue. Je vous assure que je vous estime et que je tiens à vous, considérablement.

- Peut-être ! mais vous méprisez aussi

considérablement le chauffeur que je suis, répliqua-t-il avec un sourire un peu triste.

Comme elle se taisait, ne trouvant rien pour se justifier... « puisque Molly lui avait tout dit ! », il se pencha vers elle.

- N'est-il pas vrai, mademoiselle Michelle, que toute votre morgue ne vise qu'à humilier ce maudit chauffeur ?... Ce chauffeur obligé de travailler pour vivre, qu'on envoie manger à la cuisine, qu'on cingle parfois de mots cruels comme un valet, que l'on remet à sa place chaque fois que l'on peut...

- Oh ! taisez-vous, protesta-t-elle. Vous êtes sans pitié. Je n'ai jamais voulu vous faire de la peine.

Elle avait caché son visage dans ses mains, prête à pleurer, mais s'apercevant de sa faiblesse, elle se raidit, ne voulant pas qu'il pût tirer avantage de son émoi.

- Je n'ai qu'un attrait à vos yeux, reprit John de son ton indéfinissable, c'est que miss Burke me dispute à vous... Si cette jeune Américaine ne s'était pas mis en tête de me prendre à vous, il y a longtemps que Mlle Jourdan-Ferrières m'aurait expédié ailleurs.

- Vous croyez ? fit-elle, le défiant du regard sous cette avalanche de sarcasmes.

- Je suis si persuadé que j'ai songé... Oui, je crois avoir trouvé un moyen de contenter tout le monde, surtout vous !

- Méfiez-vous de votre imagination ! Depuis un moment, vous divaguez, railla-t-elle.

- C'est à voir...

- C'est tout vu !

Il se mit à rire.

- Tout d'abord ! fit-il, je reconnais piteusement que vous avez raison de mépriser le chauffeur. Je n'ai pas les qualités de l'emploi, je ne suis ni souple, ni intéressé ; avec vous, je n'en fais, le plus souvent, qu'à ma tête...

Elle sourit, désarmée, malgré elle.

- Vous le reconnaissez, heureusement.

- Oui, j'avoue ne pas être un chauffeur

ordinaire ! Je ne suis même pas amoureux de mon métier et votre auto connaît plus souvent les nettoyages du garagiste, ou les coups de torchon de Mathieu, que les miens.

Il réfléchit une seconde et partit d'un bel éclat de rire.

- Réellement, il faut toute l'indulgence de miss Burke à mon égard pour vous faire supporter patiemment un chauffeur de mon acabit.

- Tel quel, fit-elle habilement, je suis habituée à vous et désire vivement vous conserver.

Il ne parut pas avoir d'illusion sur le compliment.

- Parce que vous n'avez pas mieux que moi pour exciter l'envie de miss Burke, mais si je vous offrais beaucoup mieux...

- M'offrir quoi ?

- Un chauffeur... un vrai chauffeur de luxe que je connais parfaitement ! Il conduisait, à Saint-Pétersbourg, la voiture du grand-duc Serge, oncle du tsar, et je puis vous assurer qu'il était le plus bel homme de Russie. Avec cela, Yvan est un as du volant ; il adore son métier et il faut que sa livrée et sa voiture soient les plus belles entre les plus belles. Avec lui, vous ne passeriez pas inaperçue à Paris ; toutes vos amies vous l'envieraient, et je parie qu'avant quinze jours tout le monde connaîtrait votre auto. Voulez-vous que je vous fasse connaître Yvan ?

- Que ferais-je de lui ?

- Dame, il me remplacerait avantageusement et, avec lui, vous auriez, réellement, un serviteur parfait et soumis.

- Et à vous, naturellement, cela permettrait d'aller avec Molly.

Il ne put retenir un sourire devant la rapidité de la riposte.

- J'ai décliné, hier, les propositions de votre amie et je m'en tiens à mon refus, quoi que vous décidiez !

- Vous avez refusé les offres de Molly ? demanda-t-elle, ses yeux profonds sur les siens comme pour l'empêcher de falsifier la vérité.

- Puisque je vous l'affirme.

- Vous ne me leurrez pas ?

- Pourquoi le ferais-je ?

- Lui avez-vous parlé de cet Yvan ?

- Non. J'ai tenu d'abord à vous le proposer.

- Eh bien ! offrez-lui, jeta-t-elle avec transport. C'est tout à fait ce qu'il lui faut ; le plus beau chauffeur de toutes les Russies ! Voilà au moins de quoi l'exciter !

Elle parlait avec un dédain si visible, mais aussi si sincère que John eut du mal à tenir son sérieux.

- Je croyais que mon offre allait vous faire plaisir.

- Elle m'enthousiasme ! mais j'ai horreur des visages nouveaux et je suis habituée à vous.

- Vous sacrifiez une réelle satisfaction d'amour-propre à une étroite considération d'habitude.

- Je suis tout à fait routinière. Il

eut un sourire ambigu.

- C'est d'autant plus heureux pour moi, constata-t-il à mi-voix, que j'aurais été fort en peine de vous présenter Yvan, si vous aviez accepté de le voir.

- Pourquoi ? Il n'est pas en France ?

- Je viens de le créer de toutes pièces. Ce chauffeur fabuleux n'a existé que dans mon imagination.

- Dommage pour Molly !... Mais pourquoi cette invention ? interrogea-t-elle aussitôt avec surprise.

- Je voulais exactement savoir si vous ne teniez à moi que par amour-propre... comme on me l'avait affirmé !

- Eh bien ! si j'avais su !

Elle paraissait réellement confuse.

- Évidemment, vous auriez répondu autrement, fit-il un peu amusé. Mais, dussé-je vous paraître très fat, je préfère la réponse que vous m'avez donnée : cela me réconcilie un peu avec tous les beaux dédains que vous affichez, parfois, à mon endroit.

Elle était devenue toute rouge.

- Vous interprétez mes moindres paroles dans un sens si avantageux pour vous que je ne sais plus où j'en suis.

- Bah ! dit-il en riant, puisque vous êtes maintenant habituée à tous mes écarts, concédezmoi, ce soir, le droit d'être content de vous.

- Comment ça, être content de moi ?

- Oui, puisque j'ai réussi à chasser loin de vous ce gros cafard qui vous tracassait depuis des heures.

- Mais, je... j'ai toujours du chagrin du départ de ma pauvre amie...

Michelle s'efforçait de prendre un air apitoyé.

- Laissez-la voguer vers l'Amérique, répliqua le jeune Russe légèrement. Dans une heure, elle flirtera avec son voisin de table et vous aura complètement oubliée.

- Oh ! John ! Ellen Howes est ma meilleure amie ! protesta-t-elle.

Mais elle ne pouvait s'empêcher de rire de sa

réflexion.

- À la bonne heure ! Je préfère vous voir penser à elle avec cette bonne gaieté qu'avec votre air sombre de tantôt. Vous allez mieux manger, ce soir, qu'à midi.

Elle hésita, puis, timidement, proposa :

- Vous allez dîner avec moi, John.

Il la regarda, soudainement troublé.

- Ce serait bien tentant, fit-il ; mais il ne faut pas vous croire obligée de copier Mlle Molly.

- Alors, vous mangerez dans la salle, à une autre table...

- Non, mademoiselle. On sait que nous sommes arrivés ensemble, nos chambres se touchent : je dois vous éviter tout commentaire. J'irai manger en ville.

La figure de Michelle s'allongea.

- Je vais m'ennuyer alors, moi, toute seule, dans ce pays perdu.

- Je m'efforcerai de ne pas rentrer tard.

Michelle sursauta.

- Ne serez-vous pas libre ? Vous n'allez pas dîner seul ?

- Je dois rejoindre un ami d'enfance, que le hasard a mis, tantôt, sur ma route.

- Ah ! fit-elle, suffoquée, vous avez un rendez-vous ! Cet ami est une amie probablement !

- Non. Rappelez-vous, mademoiselle, sur le quai, pendant que vous étiez avec miss Howes, un homme est venu me parler. Il revenait de conduire des parents au bateau. C'est le baron Dolgovsky, un ami de Pajesky Cospous.

- Oui, je comprends, maintenant, pourquoi, avec tant de bonnes raisons, vous repoussiez mon invitation, tout à l'heure.

- Mademoiselle Michelle, je vous affirme que...

- Oh ! taisez-vous !

Elle était réellement vexée et regrettait son geste amical.

Encore une nouvelle humiliation à cause de ce diable d'homme !

Le jeune Russe, qui était navré de lui causer du déplaisir, proposa aussitôt :

- Je puis rester à vos ordres, si vous le désirez.

- Puisque vous dites être attendu ailleurs ?

- Un mot d'excuses à mon ami, et je suis à vos ordres.

- À mes ordres ! Oh ! que vous avez des mots odieux ! C'est par ordre que vous acceptez de dîner avec moi ?

Elle le regardait avec hostilité. De nouveau, une colère la dressait contre lui.

- Eh bien ! c'est entendu, allez-vous-en. Je ne vous retiens pas.

- Voyons, mademoiselle Michelle, ne vous fâchez pas ! Après votre attitude de midi, à Lisieux, je ne pouvais pas deviner que, ce soir, vous me seriez plus favorable et que vous me feriez le grand honneur de m'inviter à votre table. Si j'ai accepté trop légèrement l'invitation de mon ami, il m'est facile de m'excuser et...

- Qu'est-ce que vous allez chercher là ! Croyez-vous donc m'être indispensable ? Ce n'est pas de votre absence que je me plains, c'est de votre air avantageux, de vos excuses maladroites. Ma parole, on croirait que vous êtes persuadé que je ne puis me passer de vous !... Allez-vous-en, voyons !

Un peu interloqué de cette avalanche de reproches, le chauffeur la regarda, étonné.

Puis, prenant lentement ses gants dans sa poche :

- Je reviendrai à dix heures, promit-il, posément.

- Ne vous gênez pas pour moi. Rentrez à l'heure qu'il vous plaira. Je sortirai et ne sais moi-même quand je serai de retour.

En silence, il gagna la porte. Au moment de la franchir, il se retourna ;

- La nuit, à Cherbourg, il y a pas mal de matelots dans les rues, soyez prudente, mademoiselle Michelle.

Elle eut un petit air de défi.

- Je ferai ce qu'il me plaira. Au revoir, John, amusez-vous bien !

- Au revoir, mademoiselle !

Déjà, elle lui tournait le dos.

Songeur, il referma la porte sur lui. Il lui était pénible de s'éloigner en laissant Michelle mécontente. Mais ce dîner avec le baron Dolgovsky le tentait.

C'était tout le cher passé qu'ils allaient évoquer ensemble. Et cette rencontre avec cet ancien camarade d'école était si inattendue que ce serait folie de ne pas en profiter à cause d'un caprice de Michelle.

Secouant les épaules pour rejeter loin de lui ce souci, il se décida à partir.

Pendant ce temps, la fille de M. JourdanFerrières arpentait sa chambre nerveusement.

Elle était furieuse contre elle, qui ne savait pas dissimuler son mécontentement.

- Je suis complètement ridicule. À midi, je l'envoyais manger à la cuisine et j'estimais agir sagement. Ce soir, je l'invite bêtement à ma table et je me fâche parce qu'il est retenu ailleurs... C'est à se demander si j'ai tout mon bon sens ;

par moments, il me semble que je perds la tête !

Elle s'assit sur le bord du lit, en jouant machinalement avec les perles de son collier.

Et, tout à coup, elle se mit à rire.

- C'est Molly, avec toutes ses histoires, qui m'enlève mon sang-froid. Par exemple, si elle lui fait les yeux doux pour l'amadouer, moi, en revanche, je le rembarre comme il ne doit pas avoir l'habitude de l'être !

Et, en évoquant l'air abasourdi de John pendant qu'elle lui adressait des reproches, tout à l'heure, elle partit de rire de plus belle.

- Il n'osait plus s'éloigner ! Je suis sûre qu'il va très mal manger, en pensant que je compte sortir seule, cette nuit, dans une ville remplie de matelots.

Cette certitude que John allait être soucieux à cause d'elle, lui rendit toute sa bonne humeur.

Comme une bonne bouffée de chaleur au cœur, toutes les affirmations de John lui revinrent en même temps.

Il avait repoussé l'offre de Molly ; il ne

quittait pas sa place... Il tenait à elle autant qu'elle à lui : toutes les méchancetés de l'Américaine n'avaient servi à rien !...

Et tout l'être intime de Michelle vibra vers John dans un élan éperdu de joie et de gratitude...

XVIII

- Mademoiselle Michelle, la prochaine fois que vous me direz de vous conduire n'importe où, à la campagne, voulez-vous m'autoriser à prendre Pacy-sur-Eure comme but de votre excursion ?

- Pourquoi cette petite ville ?

- Parce qu'il y a là un très bon restaurant où vous pourrez manger confortablement, pendant que j'irai à quelques kilomètres plus loin embrasser une personne qui m'est très chère.

- Une parente ? fit Michelle étonnée, dressant l'oreille comme devant une menace de danger.

Il ne lui avait jamais parlé de sa famille et elle le croyait complètement isolé en France.

- Non pas une parente réellement. Ma niamia, ma nourrice, tout simplement.

- Et cette femme habite les environs de Pacy-sur-Eure ?

- Oui... Elle était dans le Nord, mais quelqu'un lui a trouvé une situation dans un pensionnat... elle donne des leçons d'allemand et de russe... J'ai reçu une longue lettre d'elle, il y a quelque temps déjà, cela me ferait plaisir d'aller la voir.

- Vous auriez pu ne pas attendre. Quand je fuis Paris, je vous laisse toujours libre de prendre la route qui vous plaît.

- C'est qu'il faudrait partir dans la matinée, si possible... pour que vous ne trouviez pas le temps trop long... En mangeant, vous ne vous apercevriez pas de mon absence.

Elle réfléchit quelques instants et la curiosité la poussant un peu, elle offrit :

- Pourquoi n'irions-nous pas manger chez votre nourrice ?... vous emporteriez des provisions ?

- Vous accepteriez de lui faire, ainsi qu'à moi, cet honneur ? demanda-t-il avec une surprise heureuse.

- Ce serait délicieux cette dînette improvisée.

- Oh ! je me charge du menu ! fit-il, enthousiasmé.

- Voulez-vous que nous y allions demain ? proposa-t-elle. Nous partirions vers les dix heures.

- Vraiment, demain, cela ne vous dérangera pas ?

- Nullement ! pourquoi attendre ? Vous auriez dû en parler plus tôt.

- Je ne voulais pas vous priver de vos sorties matinales au Bois.

- La belle affaire !

Elle s'arrêta, puis reprit aussitôt :

- Ah çà ! John ! Est-ce que je vous fais peur ? Je remarque que, jamais, vous ne manifestez un désir ou ne m'adresser une demande. Vous êtes toujours prêt à payer de votre personne, sans que j'aie trouvé l'occasion de vous faire plaisir.

Une rougeur monta aux joues du jeune Russe.

- C'est peut-être que j'ai été plus habitué à

donner qu'à demander, constata-t-il avec enjouement. Il est certain que c'est pour moi une joie de vous être agréable et qu'il ne m'est jamais venu à l'idée que je pouvais mettre votre bienveillance à contribution.

En cette minute, où elle était heureuse de lui faire plaisir, elle eût souhaité moins de subtile correction de sa part.

Elle avait souvent l'impression qu'avec elle il pesait toutes ses paroles comme s'il avait peur qu'un mot dépassât ses désirs ou révélât sa vraie pensée !

Au début de leurs relations, il était beaucoup moins réservé. Elle se rappelait avec quelle hautaine indépendance il avait osé, plusieurs fois, lui tenir tête. Maintenant, il se dérobait par un sourire ou par un silence... Elle constatait aussi qu'avec ses amies il était beaucoup plus libre.

Il était devenu habituel, en effet, dans le groupe des amies de Michelle, depuis son algarade avec Molly, de faire mille amabilités à John.

Elles excusaient, entre elles, leurs prévenances et leurs familiarités en disant gaiement que, puisque le chauffeur était destiné à devenir le gendre du roi du sucre, il valait mieux déjà le traiter en camarade.

Leur rouerie féminine s'égayait d'ailleurs de parler ainsi devant Michelle dont elles sentaient la muette indignation.

Or, aux avances aimables de ses amies, la fille de M. Jourdan-Ferrières constatait combien John répondait librement, de l'air souverainement supérieur d'un homme condescendant à jouer avec des fillettes mal élevées.

Molly Burke, plus intrépide que les autres, obtenait même parfois de galantes ripostes. Elle osait certaines libertés de gestes ou de langage vis-à-vis du chauffeur, lui offrant un bonbon, une cigarette, une consommation ; le chargeant même de menues commissions, ce qui faisait flamboyer d'indignation les yeux de Michelle.

Et le Russe, sans paraître s'émouvoir des audaces équivoques de l'Américaine, ni du mécontentement de sa jeune patronne, répondait en plaisantant, avec une familiarité et une liberté d'expressions qui eussent frisé l'impertinence si quelque chose d'incorrect eût été assimilable avec la hautaine allure de l'homme.

Elle se demandait pourquoi, vis-à-vis d'elle seule, il restait toujours cérémonieux.

Était-ce seulement parce qu'elle était la patronne ? Craignait-il de perdre une bonne place en étant moins réservé ? Ou bien, sous sa correction de bon aloi, la rancune de l'homme se souvenait-elle des mots cruels que Michelle avait prononcés, un matin, dans le Bois, contre lui ?

« - Malgré vos habits bien coupés, vous resterez toujours en arrière et ne me rejoindrez jamais. »

Cette supposition qu'il lui en voulait toujours, lui était odieuse.

Et, pourtant, de quoi se plaignait-elle ? Avec quelle douceur, dans la voix, ce matin encore, ne lui avait-il pas dit que sa joie, à lui, était de lui être agréable !

Quel obscur besoin son être subconscient

avait-il d'autres mots, d'autres attentions ?

Elle soupira.

Décidément, c'était maladif, chez elle, de souhaiter toujours autre chose, de ne jamais être contente de son sort, d'avoir la hantise instinctive de bonheurs inconnus, de rivages inaccessibles, de visions intangibles auxquels il était interdit à la jeune fille de M. Jourdan-Ferrières de rêver...

XIX

Ils étaient arrivés, avant midi, à la maison paysanne où la nourrice du Russe habitait.

Ils avaient dû, plusieurs fois, depuis Pacy-sur-Eure, s'informer de la route, car jamais ils n'eussent supposé une si humble chaumière, un peu à l'écart de la route, au fond d'un jardinet mal entretenu.

John avait sauté de son siège, le cœur un peu serré devant la misérable masure, et Michelle, qui l'interrogeait, vit le regard douloureux dont il embrassait le décor.

- Oui, ce doit être là !... Pauvre chère Natacha, la retrouver ici...

Il y avait une telle émotion chez le jeune homme que la fille du millionnaire s'avança vers lui et posa la main sur la sienne comme pour le réconforter de sa présence.

- Soyez courageux, John. Si elle est malheureuse, nous la tirerons de là.

- Vous êtes bonne ! fit-il, ému.

Et, après avoir pressé entre les siennes la petite main réconfortante, il la porta à ses lèvres avec une chaleur inaccoutumée.

La jeune fille ne venait-elle pas, spontanément, de s'unir à lui dans une charité qui le concernait seul ?

- Allons ! fit-il avec fermeté, nous voilà prévenus : ce doit être le dénuement absolu, làdedans.

- Voulez-vous que j'entre la première pour l'avertir de votre venue ?

- Je crois qu'il serait mieux que ce fût moi qui aille de l'avant pour vous dérober certaines misères.

- Non, fit-elle. Elles ne me font pas peur et me créent seulement des devoirs. Mais il faut peut-être éviter à cette femme une trop forte émotion.

- Alors, entrez la première, votre bonté amortira le choc.

Michelle marcha vers la porte. Arrivée là, elle frappa. Et comme une voix répondait de l'intérieur, elle tourna la clenche et entra.

La pièce où elle pénétra était presque dégarnie de meubles et ceux qui s'y trouvaient n'avaient aucune valeur, mais une grande propreté y régnait et, sur la cheminée, des fleurs, fraîchement coupées, entouraient une image de la Vierge.

Devant une table recouverte de toile cirée, une femme à cheveux gris était assise.

À la vue de l'arrivante, elle se leva. -

Vous désirez, madame ?

Michelle, qui s'attendait à trouver une paysanne, fut interdite de la voix harmonieuse et distinguée dont on l'interpellait.

Dans la pénombre, la forme féminine lui apparut très droite. Sous la modeste robe noire, l'allure et le maintien révélaient tout de suite une femme de bonne éducation.

Un peu désorientée, car elle craignait une erreur de personne et ne sachant pas exactement le nom de la nourrice de John, elle répondit :

- Pardonnez-moi de pénétrer ainsi chez vous... Vous êtes russe, madame ?

- Oui.

- Et vous vous appelez Natacha ?

- Oui, fit encore l'inconnue dont le visage s'inquiétait.

- Alors, c'est bien vous que je viens voir ! dit Michelle avec un sourire avenant.

Et, s'avançant :

- Je précède un ami... un de vos compatriotes qui vous est cher et dont la venue va vous faire plaisir.

- Un ami ! ils sont si rares aujourd'hui, les amis ! Qui donc peut penser encore à moi ?

La voix était basse, pleine de saveur étrangère.
- Cherchez bien, madame. C'est certainement un de ceux qu'il vous sera le plus agréable de rencontrer.

La femme ne répondit pas tout de suite. Elle regardait Michelle et réfléchissait.

- Vous êtes mademoiselle Jourdan-Ferrières,

fit-elle enfin avec un geste accueillant.

Michelle devint toute rouge.

- Oh ! vous me connaissez ! balbutia-t-elle avec surprise.

- Comment ne vous ai-je pas reconnue plus vite ? Il m'avait écrit que vous étiez jolie comme une icône : c'est tout à fait cela !

La jeune fille n'eut pas le temps de répondre ou de s'étonner.

- Il est ici, mon Sacha ! s'écriait la dame.

Et, avec un élan de bonheur éperdu, elle s'élançait vers la porte où John apparaissait, les bras tendus vers elle.

Mais Michelle, sidérée, vit la femme glisser à genoux, saisir les mains du jeune homme, les porter à son front incliné, puis les baiser avec dévotion, en répétant :

- Tu es venu, Sacha ! Mon enfant chéri, tu t'es dérangé pour voir ta vieille niamia.

Elle était si radieusement heureuse dans ce geste d'affectueuse humilité que la jeune millionnaire oubliait de s'étonner et qu'elle souriait, une flamme joyeuse dans le regard, comme si toute cette scène lui eût été familière et qu'elle en eût saisi toutes les nuances.

John avait relevé la femme et la pressait tendrement contre sa poitrine.

- Il y a longtemps que je désirais cette heure, Natacha Pétrovna. C'est une bonne chance que cet emploi de professeur t'ait rapprochée de moi.

Il y eut, entre eux, des phrases échangées en russe, puis John, avisant Michelle immobile au milieu de la pièce :

- Viens, dit-il, que je te présente à Mlle Jourdan-Ferrières à qui je dois le grand bonheur de pouvoir te voir aujourd'hui.

- Nous avons déjà fait connaissance, fit Michelle en tendant la main à la nourrice qui la prit avec une grâce pleine d'aisance.

La jeune fille se tourna vers John et, malicieusement, expliqua :

- Figurez-vous que cette dame me connaissait ; elle m'a reconnue sans m'avoir jamais vue !

Comme il posait sur elle un regard qui interrogeait, elle ajouta :

- Oui, elle a prononcé mon nom sans hésitation et comme s'il lui était familier.

Ce fut au tour du jeune Russe de devenir rouge.

- Je lui aurais probablement tracé de vous un portrait fort ressemblant, essaya-t-il d'expliquer.

- Oui, confirma-t-elle en riant. Un portrait de vil courtisan.

- Natacha Pétrovna est une indiscrète, mais qu'est-ce que j'ai bien pu lui dire pour mériter ce grave reproche ?

Il riait, bien qu'un peu inquiet devant le sourire des deux femmes.

Mais Michelle le regardait toujours, et dans les grands yeux levés sur lui il ne vit qu'indulgence et gaieté.

- Nous allons manger avec toi, Natacha, dit-il pour secouer l'émoi que faisait naître en lui cet insistant regard de femme. Il y a des provisions dans la voiture, je vais les chercher.

- Je vous accompagne, décida Michelle dont l'exubérance inaccoutumée éprouvait le même besoin de mouvement.

- Et moi, je prépare la nappe, fit la dame russe.

Mais elle ne bougea pas. Les mains jointes dans un geste d'admiration maternelle, elle le suivit du regard.

- Comme ils sont beaux, tous les deux ! murmura-t-elle. Dieu de Russie, exauce les vœux secrets de mon Sacha !

Ils revinrent, les bras chargés de victuailles.

John avait bien fait les choses. Il n'avait oublié ni les hors-d'œuvres épicés, chers aux palais russes, ni la boîte de caviar, ni le jambon et le saumon fumés, ni le filet de bœuf froid, truffé à la moelle, ni les vins généreux qu'on boit sans eau sur les bords de la Neva.

Une boîte était remplie de pâtisseries de toutes sortes ; une autre contenait les plus beaux fruits de la saison.

De son côté, Michelle avait fait préparer un énorme pâté de lapin et un poulet rôti. Les deux mets avaient été emballés dans une corbeille d'osier, au milieu d'un lit de roses.

Et quand il ouvrit le panier, John fut tout ému de l'intention délicate de Michelle.

Il y eut surabondance d'aliments sur la table paysanne qu'une nappe bien blanche égayait.

Et la dame russe, toute saisie de cette manne inattendue, s'écria, le visage exalté :

- Jamais, nous ne pourrons manger tout ça !

- Abondance de biens n'a jamais nui, riposta Michelle joyeusement.

Mais l'autre vint vers la table, le visage noyé de rêve, et ses doigts, en gestes éperdus, frôlèrent tous les mets, tous les plats, avec une volupté enfantine. Puis, empoignant les roses à pleines mains, elle les pressa, les yeux clos, contre sa poitrine.

- Il y aura dix ans, dit-elle d'une voix lointaine, que je n'ai pas vu un tel menu, chez moi... dix ans que je n'ai pas mangé un tel repas. Est-ce donc le passé qui ressuscite ?

Mais John vint à elle et la prit par les épaules avec une rudesse attendrie.

- Allons, Natacha Pétrovna, sois gaie devant le présent, puisqu'il nous réunit. Je te promets que nous en ferons encore, entre nous, de ces repas russes, que tu regrettes si fort.

Et, la faisant tournoyer doucement sur ellemême, pour l'amener devant lui, il ajouta, en tapotant sa joue :

- Voyons, ma niamia, tu ne sens donc pas que je suis heureux aujourd'hui ?

La vieille dame lui sourit tendrement.

- C'est juste, Alexandre Yourevitch. Je suis une vilaine radoteuse. Avec ces regrets-là, on s'affaiblit et on affaiblit les autres.

- Mets vite le couvert, fit-il pour clore l'incident. Je suis sûr que Mlle Michelle a une faim de loup.

La nourrice s'empressa de débarrasser la table encombrée.

- Je n'ai que cette table, fit-elle remarquer avec gêne. C'est un peu petit.

- Ce sera très bien, dit Michelle, supposant que c'était à cause d'elle qu'elle s'inquiétait.

Mais, par trois fois, la vieille dame changea de place les couverts, comme si elle n'arrivait pas à les mettre convenablement.

John, qui suivait des yeux ses mouvements, devina son muet embarras.

- C'est bien ainsi, fit-il au moment où elle s'apprêtait, une quatrième fois, à déplacer les assiettes. Je me mettrai ici... entre vous deux. Mlle Jourdan-Ferrières me fera l'honneur de se mettre à ma droite, et toi, ma vieille niamia, tu te mettras par là... du côté de mon cœur !

Ils mangèrent gaiement et de bon appétit, goûtant de tous les plats, de tous les vins.

Michelle était contente et s'intéressait à tout. Elle posait mille questions sur ce qu'elle mangeait, sur le service à la russe, sur les coutumes, sur les légendes.

Au dessert, le chauffeur leva son verre.

- À votre grand bonheur à toutes deux ! À vous, mademoiselle Michelle, j'ose souhaiter l'amour dans le mariage... À toi, Natacha, une place à mon foyer solitaire que tu peupleras de ta présence maternelle.

Seule, la dame répondit :

- Mais tu te marieras aussi, Sacha, et c'est ta femme qui ornera ta maison.

- Alors, à toi, je confierai mes enfants et leur mère en sera soulagée ; car, pour peu qu'ils me ressemblent, ils seront terribles !

Il but une gorgée et reprit :

- À votre grand bonheur, mesdames.

D'un coup, il vida son verre qu'il brisa aussitôt sur le carrelage de la maison.

Michelle avait sursauté, ne s'attendant pas au geste destructeur.

Il sourit et expliqua :

- Pour la chance, n'est-ce pas ?

Amusée, elle demanda :

- Réellement, ça porte chance ?

- Il faut le croire puisque, depuis des siècles, c'est l'usage chez nous.

- Oh ! s'écria-t-elle, ravie de cette nouveauté. Puis-je le faire aussi... ici, je suis presque en territoire russe ?

- Faites un vœu ! fit-il, content qu'elle adoptât si spontanément une coutume de son pays.

Les yeux de la jeune fille pétillèrent d'exaltation.

- Je crains que le mien ne manque de la réserve inhérente à une jeune fille... mais cela me fait tant envie de le formuler.

- Un souhait sincère est toujours bien venu ; exprimez-le sans crainte.

Elle leva son verre avec enthousiasme et, la voix claire, radieuse :

- Je bois à l'amour assez fort pour faire battre mon cœur qui n'a jamais battu !

Elle vida son verre d'un trait et le lança pardessus son épaule. En même temps que le sien, le verre de Natacha Pétrovna et celui que John avait repris s'écrasèrent sur le sol.

- Votre vœu sera exaucé, fit la nourrice, avec foi. Il n'y a eu qu'un bruit.

- Oui, c'est d'un heureux présage, approuva le jeune homme.

- Alors, tant mieux ! fit Michelle en battant des mains.

Ils se mirent à rire tous les trois comme de grands enfants naïfs qu'ils étaient en cette minute-là, où ils croyaient au destin bienveillant et aux légendes ingénues.

Ils firent traîner le café, s'attardant à table, dans un laisser-aller intime permettant les petites confidences, les évocations rapides, les mille racontars sur les compatriotes exilés de-ci de-là, et entrevus au hasard des rencontres.

À un moment, la vieille dame parla de broderies russes qu'elle avait accepté de faire. Ce travail s'ajoutait à ses émoluments de professeur et lui permettait un peu plus de bien-être.

Elle alla même chercher des broderies et les montra à Michelle qui admira la finesse de l'ouvrage et la patience de l'ouvrière.

- J'ai copié ces broderies sur une ancienne robe de cour que cette dame s'était procurée, autrefois, en Russie. Je dois aussi broder le fond du bonnet qui ira avec cette robe.

Pendant que Michelle examinait de près le travail, le chauffeur adressa quelques questions, en russe, à la nourrice qui répondit affirmativement.

Se tournant alors vers Michelle, il s'adressa à elle :

- Vous avez dit hier, mademoiselle, que je ne vous manifestais jamais aucun désir... Puis-je, aujourd'hui, user de ce privilège que vous m'avez accordé si généreusement ?

- Je vous écoute, acquiesça-t-elle simplement.
- Eh bien ! il y a, ici, un costume de cour russe ; voulez-vous vous en revêtir et me permettre de vous admirer sous cet aspect ?

- Oh ! mais c'est très amusant, cela ! Une jeune fille ne demande toujours qu'à essayer des toilettes.

Pendant qu'elle s'isolait avec Natacha dans la

pièce voisine, le jeune homme alla chercher dans la poche de sa blouse de chauffeur, pendue au mur, un petit appareil photographique qu'il arma tout prêt.

Un sourire errait sur ses lèvres.

Déjà, plusieurs fois, il avait voulu prendre une photo de Michelle.

Il s'était abstenu, n'osant pas lui demander la permission. Aujourd'hui, l'occasion était propice.

Michelle, elle-même, serait désireuse de conserver le portrait de son curieux déguisement.

En attendant le retour des deux femmes, il avait allumé une cigarette et, le coude sur la table, les jambes croisées, il suivait nonchalamment les volutes de fumée bleue, quand la porte du fond, enfin, se rouvrit.

Natacha Pétrovna reparut, très gaie.

- Son Altesse la tzarevna Michelle, annonça-t-elle pompeusement.

Et elle s'effaça pour laisser passer Michelle

qui entra souriante, mais un peu intimidée sous l'ample robe de drap d'or, la sarafane rouge étincelante de perles et le lourd kokochnik[1] brodé de pierreries, sous lequel sa petite tête brune ressortait, idéalement jolie.

Le Russe se leva d'un bond, ébloui devant la radieuse vision.

Une émotion délicieuse lui étreignait l'âme et, la respiration coupée, il demeura debout, extasié, rempli d'admiration.

Oubliant son impassibilité habituelle, il l'enveloppa d'un regard éperdu.

- Comme vous êtes jolie ! fit-il, inconsciemment.

Sa voix était basse, rauque, avec une intonation d'ardeur mal contenue.

La jeune fille, troublée tout à coup sous ce regard d'homme trop éloquent, baissa la tête, devenue rouge comme un coquelicot.

Elle parut se complaire à lisser avec sa main

[1] Kokochnik, bonnet brodé de perles et de pierreries porté par les tsarines et les femmes de la cour.

les plis alourdis de sa robe somptueuse. En réalité, elle n'osait plus relever les yeux, de peur de rencontrer ceux trop expressifs de Sacha.

Quelques mots prononcés en russe, par la perspicace Natacha, ramenèrent le jeune homme à la notion des choses.

Il regarda la nourrice, puis Michelle, un peu de sang afflua à son visage et, commandant à son trouble, chassant de son visage les signes extérieurs de son émoi, il reprit son impassibilité.

- Dieu, que vous êtes ravissante, mademoiselle ! fit-il d'un ton souverainement correct. Quand vous m'êtes apparue, à l'instant, les murs de cette maison se sont effacés pour moi et j'ai eu l'impression d'être reporté douze ans en arrière.

La voix grave avait dissipé le trouble féminin.

Michelle releva la tête, regarda son chauffeur, étonnée de le retrouver si courtois et se demandant si elle n'avait pas rêvé tout à l'heure.

- Cette robe est magnifique, fit-elle. Vos femmes russes ont de la chance de pouvoir s'habiller si brillamment.

- Les Parisiennes n'ont rien à envier à personne : elles sont jolies dans tous les costumes. Voulez-vous me permettre de vous immortaliser sous cet aspect ? demanda-t-il en montrant son appareil photographique.

- Oh ! vous avez apporté... La bonne idée !

Elle s'arrêta, réfléchit à peine, puis continua :

- Prenez-moi sous toutes les coutures, si vous voulez ; vous me donnerez les pellicules à développer.

Il resta une seconde interdit.

- J'aurais pu prendre moi-même ce soin, remarqua-t-il. Je vous aurais remis ensuite toutes les épreuves.

- Bah ! Cela m'amusera de le faire moi-même.

- C'est que je serais heureuse de posséder une photo de chaque pose en souvenir de ce jour où vous avez daigné descendre chez moi, dit Natacha.

- Je ne manquerai pas de vous en envoyer,

affirma la jeune fille.

- Et moi, mademoiselle, fit le jeune homme avec une timide diplomatie, il ne me restera rien, alors ?

- Vous ?

Elle le toisa d'un rapide coup d'œil.

- Les toilettes n'intéressent pas généralement les hommes, déclara-t-elle un peu brièvement.

- Pour une fois, cette question me passionne, riposta-t-il avec une souriante insistance.

Comme elle fronçait le sourcil, il expliqua :

- La vérité, c'est que ce costume évoque toute ma Russie, toute ma jeunesse, et vous le portez avec une telle grâce que...

Mais elle l'interrompit avec brusquerie :

- Vous photographierez le costume tout à l'heure, puisqu'il vous plaît tellement. Je ne puis tout de même pas vous donner un exemplaire d'une de mes photos !

Tout l'orgueil de Michelle se condensait dans ces paroles.

John ne répondit pas. Il armait l'appareil et braquait l'objectif vers Michelle.

- Voulez-vous prendre la pose, mademoiselle, fit-il avec un grand calme. Dans ce clair-obscur, je ne puis faire de l'instantané et je vais être obligé d'avoir recours au magnésium.

Natacha s'empressait, écartant les chaises, repoussant la table. À la dérobée, elle regardait Alexandre Isborsky et son visage impassible l'émouvait.

Comme il sentait peser sur lui le regard inquiet de sa nourrice, le jeune homme lui sourit affectueusement pour la rassurer.

Derrière Michelle, la vieille dame essaya de lui faire comprendre que les photos qu'on lui adresserait seraient pour lui.

Mais le sourire de John s'accentua, une raillerie retroussant sa lèvre supérieure. Et Natacha comprit que, sous son irréprochable correction, le Russe avait déjà trouvé le moyen de tourner la difficulté.

Elle évoqua l'enfant d'autrefois, séduisant et

cajoleur à la fois, mais si volontaire que rarement on arrivait à le faire céder.

Et elle regarda Michelle en songeant que, quelle que fût la volonté de la jeune fille, celle de l'homme dominerait toujours.

XX

Ils venaient de prendre quatre photos. Michelle s'était prêtée toute souriante, aux diverses attitudes désirées par le jeune Russe.

Comme il fermait son appareil, la jeune fille proposa :

- Pour le costume, John, si vous voulez, je puis me prêter à la pose. Il suffirait que je cache mon visage derrière un éventail, un écran ou un journal.

- Je vous remercie, mademoiselle, je n'ai plus de plaque.

- C'est regrettable ! fit-elle, un peu impressionnée par la vivacité de sa réponse.

- Oh ! ça se fait rien ! remarqua-t-il.

Ses yeux, en éclair, se posèrent, rancuniers, sur ceux de Michelle.

- J'ai pensé que miss Molly Burke serait peut-être contente d'essayer ce costume. Elle est plus petite que vous et n'a pas, évidemment, votre magnifique prestance, mais sa tête blonde, un peu enfantine, ne ferait pas trop mal sous le kokochnik.

- En effet, répondit-elle avec une indifférence affectée, Molly sera enchantée, et, à elle, on peut tout demander.

Elle continuait de sourire, mais Natacha qui la regardait devina l'effort.

- Aucune femme ne fera valoir ces vêtements mieux que Mlle Michelle, remarqua-t-elle avec le désir d'adoucir les paroles du jeune homme.

Mais personne ne lui répondit.

John réunissait les quatre châssis contenant les plaques. Il les tendit en paquet à Michelle.

- Alors, mademoiselle, selon votre désir, je vous les confie.

Elle prit les châssis, rangea le petit paquet dans son sac et, se tournant vers Natacha :

- Je vous enverrai deux épreuves de chaque pose, offrit-elle, cela vous suffira ?

- Oui, mademoiselle. Je vous remercie.

Un sourire de victoire détendit les traits de John.

Naturellement, sur ces deux épreuves annoncées, il y en avait une qui lui était destinée, mais il se garda bien d'exprimer tout haut sa pensée, et quand Michelle, après quelques instants, risqua un œil vers lui, elle le vit gravement occupé à ranger l'appareil photographique dans son étui.

À ce moment, la porte s'ouvrit avec fracas et une très vieille femme parut sur le seuil.

- Salut, vous tous, et soyez remerciés d'avance d'apaiser ma faim, aujourd'hui.

Ce ton cavalier les fit se tourner, tous, vers celle qui entrait dans la maison en repoussant la porte derrière elle.

C'était une petite vieille, toute tassée, toute ridée par l'âge. Des vêtements informes, des chaussures éculées, mal peignée, sale et édentée, tel était l'être misérable qui venait d'entrer.

Michelle, avec un peu de dégoût, s'était

reculée, se demandant quels liens pouvaient attacher la nouvelle venue à Natacha Pétrovna.

Elle n'eut pas le temps de résoudre la question. La vieille femme venait d'apercevoir la table encore dressée, et un rire démoniaque sortit de sa bouche hideuse :

- Ah ! ah ! On fait bombance ici, pendant que nos frères crèvent de faim, là-bas.

Et, glapissante, en un langage dur que Michelle ne comprenait pas, elle se mit à invectiver Natacha Pétrovna qui, demeurée debout, la regardait avec déplaisir.

Comme la mégère, devant le silence tourmenté de la nourrice, élevait le ton de plus en plus, la voix de John retentit soudain :

- Qui donc se permet de parler si fort en ma présence ?

La vieille femme tressaillit et, subitement muette, se tourna vers l'endroit d'où l'homme venait de l'interpeller.

En cet instant, seulement, elle le remarqua ainsi que sa compagne.

Le riche costume de Michelle la frappa tout de suite.

Étonnée, curieuse, elle avança vers la jeune fille et vint la regarder de près, son visage ratatiné dressé vers celui très pur de la millionnaire.

Instinctivement, celle-ci s'était rapprochée de John.

Et ce geste peureux qui la jetait vers lui était si naturel, si inconscient, que le réflexe s'en fit sentir, en écho, chez le jeune Russe. Il étendit le bras derrière elle, comme pour mieux donner asile à sa faiblesse et qu'elle pût se blottir contre lui, en cas de besoin.

La vieille femme dressa vers Michelle son doigt crochu :

- Elle n'est pas de chez nous, cette fille qui en porte l'habit... Russe d'occasion... pour le caprice d'un homme !

John sentit sa compagne se rapprocher de lui.

- Arrière, la femme ! Et respecte cette enfant.

L'œil de la vieille étincela et, comme si une vipère l'eût mordue au talon, elle se tourna, en furie, vers le jeune homme.

- Oh ! toi qui oses ordonner à Katia Gretzova...

Elle avait dressé ses deux poings vers lui, mais son geste demeura inachevé.

Ses yeux s'étaient rivés, hallucinés, sur le visage du Russe et une sorte de terreur superstitieuse se répandit sur toute sa personne.

- Tsarskoya krov[1], murmura-t-elle ; tsarskoya krov !

Elle recula toute tremblante. S'aidant de la table pour ne pas tomber, elle réussit à ployer les genoux et à s'agenouiller sur le sol dallé de la chaumière.

- Tsarskoya krov ! répéta-t-elle en cachant craintivement son visage sur son coude, entre son bras replié, comme si elle se fût attendue à recevoir un châtiment.

- Qui est cette femme ? demanda John, s'adressant à Natacha Pétrovna.

[1] Tsarskoya krov : sang du tsar.

- Katia Gretzova.

Lentement, le Russe répéta le nom fameux dans certains milieux, et qui ne lui était pas inconnu.

Tout à coup, il se souvint :

- Katia Gretzova, la Sorcière Rouge ! -

Oui, elle-même.

Et, pendant que la vieille femme s'abîmait dans son humilité, il expliqua à Michelle :

- La Sorcière Rouge bien connue à la cour de Russie ! Cette femme altaïque, c'est-à-dire de la Russie d'Asie, apparut un jour à Tsarskoié sans qu'on sût au juste d'où elle venait et qui l'avait introduite au Palais. Et plusieurs fois, elle a prédit à notre tsar les malheurs qui devaient fondre sur lui et sur la Russie. On cite d'elle des prédictions étranges, insoupçonnables, que nul esprit ne pouvait prévoir et qui se sont réalisées. Elle est bien vieille maintenant, et je ne l'aurais pas reconnue malgré son profil droit, ses yeux en amande et son teint olivâtre.

- Tu étais encore jeune, Alexandre

Yourevitch, quand tu l'as vue à Tsarskoié, remarqua la nourrice.

- Mais de quoi vit-elle ? s'informa Michelle dont la bonté s'éveillait devant la forme misérable écroulée à terre.

- Elle va de foyer russe en foyer russe, répondit Natacha, chacun lui donne un secours à sa mesure. Nul ne peut dire quelle route elle a suivie pour venir en France, ni quelle main la guide vers les Russes exilés. Elle arrive quand on ne l'attend pas, elle repart sans prévenir, libre, sauvage, indépendante, même dans l'exil et dans la misère.

- Oh ! interrogez-la, supplia la jeune millionnaire à John. Peut-être nous fera-t-elle quelque révélation intéressante.

Le chauffeur regarda la jeune curieuse.

- Il faut toujours craindre le mauvais quand on interroge l'avenir, fit-il, un peu hésitant. Pourtant, si vous n'avez pas peur...

- J'aimerais tant savoir.

Il lui désigna un siège.

- Asseyez-vous, dit-il.

Et prenant lui-même une chaise, il ordonna à la nourrice de préparer le repas de la vieille femme.

Puis, s'adressant à celle-ci :

- Relève-toi, Katia Gretzova, et sois la bienvenue au milieu de nous.

La femme découvrit son visage et, humblement, bien que sa voix fût hardie :

- Que Dieu te protège, je suis ta très humble servante.

- Il n'y a plus que des frères russes en France, remarqua le chauffeur avec douceur. Nous sommes tous égaux dans le malheur et dans l'exil. Lève-toi, Katia Gretzova.

Il l'aida lui-même à se mettre debout et, comme sa main avait touché celle de la pauvresse, celle-ci la saisit et y porta ses lèvres avec respect.

- Je te souhaite chance et prospérité... Que le Ciel enregistre mon souhait et te donne le bonheur auquel tu avais droit.

- Je te remercie, Katia Gretzova, mais toi qui sais tant de choses, n'as-tu rien à me dire sur ce lendemain obscur qui est fermé pour moi ?

- J'ai vu ta race sur ton front, mais ton nom n'est pas écrit sur ton visage. Nomme-toi que je sache d'où l'aiglon est sorti.

- Je suis Alexandre Isborsky, répondit-il. Ne me parle pas de mon passé, je le connais ! C'est l'avenir qui m'inquiète.

- Tu es Alexandre Yourevitch ? -

Oui.

- J'ai connu ton père ; que Dieu ait son âme. C'était un généreux homme, mais combien vif et bouillant ! Puisses-tu lui ressembler avec plus de modération... Allons, donne-moi ta main que je voie quel sort y est écrit.

John tendit sa main gauche, largement ouverte, et la vieille femme se pencha dessus.

Longuement, elle l'examina, son doigt suivit même le tracé des lignes bien marquées.

Puis elle se redressa et hocha la tête :

- Une femme est dans ta vie qui en occupe la première place. Par elle, tu souffriras... beaucoup !... Tu fuiras au loin, l'âme brisée... Mais ton astre brille d'un éclat particulier, le bonheur, la richesse seront ton lot et tes fils combleront tous tes désirs de père... J'ai dit.

Mais un détail inquiétait le jeune homme :

- Tu as parlé d'une femme qui me ferait souffrir ; est-ce d'elle aussi que me viendra le bonheur ?

- Il n'y a qu'une femme dans ta vie... mais qu'importe que ce soit elle ou une autre, puisque tu seras heureux... ce signe est certain et ne trompe jamais !

Du doigt, elle désignait deux lignes de la main se croisant nettement.

Il demeura, une seconde, rêveur, puis, semblant rejeter toute pensée importune :

- Merci de tes paroles, Katia Gretzova. Elles sont réconfortantes...

- Oh ! à moi ! interrompit Michelle qui était impatiente.

Elle tendit, à son tour, sa main à la vieille femme.

- L'hirondelle a soif d'inconnu, fit celle-ci avec emphase. Crois-tu, Alexandre Yourevitch, que ses ailes puissent soutenir son essor ?

- L'enfant est trop pure pour que le mal la touche. Rassure-la, Katia, sans la peiner...

- Non, fit Michelle en regardant John avec indignation. Je veux connaître la vérité et sans qu'on m'en cache une parcelle ! Dites-moi tout, madame, dites-moi tout !

La vieille se mit à rire indulgemment :

- Oui, ma colombe, oui, Katia vous dira tout. Au surplus, une âme forte peut conjurer le sort, quand elle est prévenue. Et vous êtes une vaillante petite fille française aux yeux de diamant.

Sur la main frémissante de Michelle, la femme se pencha curieusement.

Elle eut d'abord un étonnement et, d'une voix basse, en russe, observa quelque chose.

John, en la même langue, répondit

brusquement, comme s'il donnait un ordre.

- Que dit-elle ? fit Michelle que cet aparté inquiétait.

- Chut ! recommanda-t-il.

Mais il ajouta aussitôt :

- Dis tout à cet enfant et parle en français.

Cependant, la Sorcière Rouge demeura longuement penchée sur la petite main blanche.

Enfin, elle se redressa :

- Pas facile à lire, l'horoscope de l'hirondelle ! Sa ligne est troublée et son vol est agité... partout, les choses se contredisent !

De nouveau, elle se pencha sur la main grande ouverte. Et, en phrases hachées, elle annonça :

- Âme pure, mais orgueil dominateur... le sang est d'une race et l'esprit est d'une autre... Elle aime en niant l'amour... fille sans père, épouse sans mari... elle souffre et la cause réside en elle ! Elle est malade et c'est la mort dans un corps qui vit...

- La mort dans un corps qui vit ? interrompit

le jeune homme qui suivait attentivement les paroles de la femme.

- Oui, la vie et la mort, tout est double... tout existe et se contredit, affirma la vieille dont le doigt désignait le fond de la main de Michelle.

- Continue, fit-il, songeur.

- La guérison est une résurrection, reprit la voyante. Tout est clair à présent ! L'orgueil est piétiné. Elle va droit à sa vie, au bonheur !... dans le cœur d'un autre elle est heureuse, entièrement, absolument... J'ai dit.

Elle s'arrêta. Ses yeux d'hallucinée parurent redescendre sur terre et regardèrent Michelle avec douceur.

- Va, ma colombe, fit-elle. Il y a de beaux jours dans ta vie : tu es aimée d'un homme dont tu seras la reine. Ta ligne de chance est belle entre les plus belles. Sois heureuse, toi que le destin a marquée, et sois bonne aux humbles, toi qui seras riche et puissante...

- Oh ! joie, s'écria Michelle, radieuse. Je serai heureuse, je serai aimée, je serai riche, je serai puissante, tous les bonheurs, enfin !

- Il en faut moins que cela pour être vraiment heureuse, remarqua Natacha, un peu peureuse, devant cette trop éclatante vision d'avenir.

Bientôt, Michelle s'éloigna avec Natacha Pétrovna, dans la chambre voisine, pour y changer de robe. Le Russe et la vieille femme demeurèrent en tête à tête.

- Qu'est-ce que tu as réellement observé dans la main de ma compagne ? questionna le premier d'une voix discrète.

- J'ai dit la vérité.

- Dans notre langue, tu as parlé d'une analogie ?

- Le même signe vous unit. Sa main complète la tienne.

- Qu'entends-tu par là ?

- Que vos destinées se confondent. Vos routes sont identiques.

- Les suivrons-nous ensemble ou séparément ?

Il y avait tant de sauvage volonté dans la voix qui formulait cette question que la Sorcière Rouge cessa de manger pour mieux le regarder.

Elle admira les grands yeux francs, le beau profil, le front altier, la bouche volontaire. Et un sourire satisfait détendit sa bouche édentée.

Le bel échantillon d'homme spécifiquement russe !

Son âme de patriote en frémit de plaisir.

En un éclair, elle évoqua tous ces tsars et ces boïards nobles qui, durant des siècles, faisaient battre la campagne pour choisir parmi des milliers de jeunes filles, paysannes ou châtelaines, la plus belle, la plus jolie, destinée à partager leur couche et à procréer leur descendance.

Et elle se demanda, son examen du jeune Russe terminé, combien il avait fallu de générations, de flancs maternels sans défauts, de beautés féminines sélectionnées, pour créer un type d'homme si absolument parfait.

- Parle, femme, voyons ! Les suivrons-nous

ensemble ou séparément ces routes identiques que la destinée a prévues ?

La Sorcière Rouge pointa vers lui son index crochu et prophétisa :

- Tu es trop joli garçon pour qu'une femme que tu as remarquée suive un autre chemin que le tien. Les événements s'accompliront pour combler tes désirs, puisqu'il est écrit que tu dois réussir.

- Mais, elle ? insista-t-il. Elle, dont le destin complète le mien ?

La vieille sentit-elle qu'il fallait lui donner confiance en son étoile ? De son air de visionnaire, elle affirma :

- Elle est Elle et tu es Lui[1]. Ta race dominera la sienne et la courbera sous ta loi.

Comme il allait insister pour avoir d'autres précisions, elle l'arrêta d'un geste.

- Ne m'interroge plus ; je suis vieille et les ténèbres s'épaississent autour de moi. Pour t'obéir, me faudrait-il regarder sans voir et te

[1] Elle et Lui, l'éternel couple humain.

répondre sans savoir ?

- L'homme ne sait jamais se contenter d'un espoir ; il voudrait pouvoir s'épanouir dans une certitude, reconnut-il.

Et avec bienveillance :

- Achève ton repas, Katia Gretzova. Tes paroles m'ont fait du bien, même si tu as parlé pour me plaire. Je n'oublie pas que tu avais vu juste pour notre chère Russie... mais qui aurait osé croire alors que la vérité sortait de tes lèvres cruellement prophétiques ?...

- Malgré ton jeune âge, Alexandre Yourevitch, ta voix connaît les modulations de la sagesse... Sois aussi patient que tu es beau et hardi ; la réussite en amour couronnera tous tes efforts... J'ai dit !

La femme s'était dressée et le bras tendu vers le chauffeur, sa main parut, dans l'air, dessiner par trois fois une bénédiction.

Il inclina la tête, gravement, avec respect, comme si le geste de la misérable lui avait conféré une distinction.

- Merci, fit-il simplement.

Et il se leva pour suivre Michelle qui revenait, prête à partir.

XXI

La nuit qui suivit cette visite à Pacy-sur-Eure, la fille de M. Jourdan-Ferrières dormit mal.

Avec un peu d'exaltation, elle revivait tous les détails de cette journée fertile pour elle en émotions de toute nature. D'abord, l'arrivée à la masure, l'impression profonde qu'elle avait eue d'y venir en visite de charité. Son étonnement d'y trouver une femme, à la fois si simple et si distinguée... La joie de cette femme à la vue de John ; son cri éperdu de tendresse contrastant si fort avec le salut très humble dont elle l'avait accueilli.

La vieille sorcière, aussi, avait eu le même geste d'humilité...

Et Michelle s'imagina qu'en Russie les hommes devaient être, aux yeux des femmes, des sortes de demi-dieux, qu'elles servaient dévotement...

Puis la jeune fille évoqua le repas : cette table surchargée de victuailles et la joie puérile de la femme.

L'attitude de John, à cette minute, lui revint. Lui, si grave, si sérieux d'ordinaire, dont un sourire, à peine esquissé, était habituellement le seul signe apparent de gaieté qu'il donnât, il avait eu l'air épanoui, transfiguré, devant le plaisir de la nourrice.

À ce propos, il sembla à Michelle que cette joie du chauffeur était aussi naïve que celle de la femme... et que, même, tous les deux étaient un tantinet ridicules de se réjouir parce qu'une table était surabondamment servie.

La jeune millionnaire n'avait jamais connu la faim, ni les restrictions. Elle ne se rendait pas compte de tout ce qu'un menu délicat et abondant représentait et évoquait à ces exilés privés de tous leurs biens, de toutes leurs habitudes.

Une bonne table, des mets abondants, c'est tout le passé qui surgit ! La vie familiale, les dîners de fête, les réceptions, tous les visages se retrouvent, dans la mémoire, autour de la table...

Dans le travail journalier, dans les promenades, dans les conversations, on peut oublier le passé... C'est à table que tout se remémore : les absents, les places vides, le bien-être disparu.

Sans arriver à trouver le sommeil, le cerveau de Michelle continuait à dérouler sa pellicule de sensations enregistrées.

Elle revoyait l'entrée de la Sorcière Rouge, son attitude provocante et hargneuse, la façon dont cette horrible vieille était revenue la dévisager, l'intervention de John...

Pourquoi donc celui-ci avait-il usé d'un ton si autoritaire ?

L'étrange diseuse de bonne aventure ! Elle avait annoncé à John, des larmes, un voyage, puis le bonheur et la richesse. Malgré elle, Michelle pensa à Molly... Elle s'imagina le chauffeur fuyant la France par chagrin d'amour... Et Molly Burke le consolant, le faisant riche...

Il lui était désagréable de constater que les prédictions de la vieille femme s'adaptaient tout à fait aux désirs de Molly.

Celle-ci réussirait donc à le lui enlever, son chauffeur ?

Cette supposition lui déplaisait profondément, d'autant qu'en elle-même elle avait la vague intuition qu'elle jouerait un rôle dans le départ de John...

Elle rejetait cette pensée, ne voulant pas admettre que ce pût être elle qui, occupant la pensée du jeune homme, fût destinée à lui causer le chagrin d'amour annoncé.

Non ! une telle idée lui faisait l'effet d'un sacrilège !

Un chauffeur ! Un subalterne ! Un homme sans fortune qui oserait lever les yeux sur elle !...

Michelle Jourdan-Ferrières obligée de se défendre contre l'audacieux amour d'un inférieur !

Non ! non ! Cette abomination était impossible !

Et elle fuyait jusqu'au souvenir de l'ardent regard dont il l'avait enveloppée tantôt, lorsqu'elle était apparue dans cette toilette de cour.

Un frisson la secouait tout entière au rappel de ce regard d'homme, et son sang coulait plus vite dans ses veines, comme si, malgré les murs de sa chambre et ses paupières closes dans les ténèbres, les yeux du jeune homme avaient pu encore se poser sur les siens.

Et, maintenant, Michelle se répétait à ellemême toutes les prédictions de l'étrange bonne femme.

Toute seule avec elle-même, elle dut reconnaître que son caractère et certains côtés de sa vie avaient été devinés.

- Orgueil, sang, esprit, filiation ! Moi seule connais cela !...

Cette femme, pourtant, en avait parlé. -

Le reste est donc vrai, aussi ?

Cet amour annoncé, pourtant, n'existait pas. Et ce mari dont elle serait la femme sans qu'il soit un époux ! Et cette maladie qui serait une mort ! Et cette résurrection !...

Elle fit toutes les suppositions et dut renoncer

à comprendre.

Il était une chose, pourtant, qui réellement la réjouissait : elle serait passionnément aimée et son bonheur à elle se fondrait dans celui de l'homme qu'elle aimerait.

Une joie la souleva à cette perspective d'amour partagé : malgré sa fortune immense, elle pourrait être aimée pour elle-même !

Inconsciemment, l'image du Prince Charmant faisait partie de ses rêves de jeune fille et il lui était infiniment doux de penser que ce rêve-là serait une réalité.

Une seule crainte absurde, bien que mal définie, flottait au tréfonds de son âme comme un brouillard insaisissable : la pensée de John mêlé à sa vie sentimentale.

Elle ne pouvait évoquer le Prince Charmant sans que l'image de John lui apparût.

C'était absolument ridicule ! Elle ne voulait pas remarquer que sa pensée s'attardait souvent sur le jeune Russe ; chaque fois qu'elle admirait la beauté de l'homme, elle s'adressait d'amers reproches comme si elle avait commis une faute contre la pudeur ; et quand le souvenir de Molly Burke la mettait en rage, elle se persuadait que son dépit n'était causé que par son désir de conserver près d'elle un chauffeur irremplaçable ; enfin, quand, surveillant ses paroles, elle évitait de heurter sa susceptibilité, elle se félicitait de la bienveillance qu'elle montrait à un inférieur, sans s'apercevoir qu'elle abdiquait devant lui la plupart de ses prérogatives.

En cette nuit, où elle ne parvenait pas à trouver le sommeil, des scrupules, tout à coup, surgirent dans son cerveau.

Elle avait passé la journée avec le jeune Russe, chez quelqu'un qui le touchait de près ! Elle avait mangé à la même table, été mêlée, durant des heures, à sa vie intime, à ses affections.

Oubliant qu'elle était la fille d'un des plus grands hommes d'affaires de France, quelque chose comme une princesse de légende à côté d'un pauvre diable de chauffeur, elle avait descendu jusqu'à celui-ci pour partager ses joies et ses délassements. Et ce qu'elle ne pouvait pas comprendre, c'est que cette journée qui, maintenant, lui paraissait être un mauvais cauchemar, lui avait procuré, tout le temps qu'elle avait duré, un des plus purs plaisirs qu'elle eût ressentis depuis des années.

Il n'était pas jusqu'à ce costume qu'elle avait été si heureuse de revêtir, qu'elle ne se reprochât à cette minute-là. Elle se rappelait avoir dit à John qu'elle allait s'en vêtir pour lui faire plaisir. Alors, à la pensée qu'une pareille phrase eût été exprimée par ses lèvres, elle se sentait mourir de honte.

Dans la nuit noire, elle se cacha le visage comme pour se dérober, à elle-même, sa confusion. Et, nerveusement, de dégoût d'elle-même, de lassitude de vivre une existence si difficile à conduire droit, Michelle pleura jusqu'à ce que le sommeil, triomphant de toutes ces réminiscences nocturnes, vînt la terrasser jusqu'au matin où elle se réveilla assez tardivement.

À son réveil, elle retrouva quelques-unes de ses impressions de la nuit, bien qu'un peu atténuées. Mais son mécontentement contre ellemême persistait et, dans un grand besoin de réparation, pour se punir de son laisser-aller visà-vis d'un chauffeur, elle décida de se priver de son automobile ce jour-là.

- Landine, commanda-t-elle à sa femme de chambre, descendez dire à John que je ne sortirai pas avec la voiture aujourd'hui, et qu'il peut disposer de sa journée.

Comme cela, elle aurait vingt-quatre heures pour se composer une attitude. Après tant de familiarité, la veille, il lui aurait été difficile d'être très distante, ce matin-là. Ce délai qu'elle s'accordait lui créait des possibilités de retour en arrière.

- Demain, je reprendrai mon arrogance du début.

Elle s'approcha de la fenêtre pour pouvoir suivre, à travers le rideau, le jeu de physionomie du chauffeur.

Elle vit Landine l'approcher et lui parler.

La fille était coquette et s'acquittait en riant de

sa mission.

John l'écoutait, le visage sérieux comme à son habitude.

Un mouvement, dont il ne fut pas maître, lui fit lever les yeux vers la fenêtre où elle se tenait. Et Michelle fit un pas en arrière comme si, à travers la guipure écrue, l'œil du chauffeur avait surpris sa présence aux aguets.

Elle le vit retirer sa blouse blanche aux parements sombres et prendre son chapeau et ses gants, car il venait toujours à son travail dans une tenue correcte.

Lentement, comme à regret, il quittait la cour de l'hôtel.

Dans la rue, Michelle le vit hésiter ; puis, une dernière fois, il leva les yeux vers la fenêtre de sa chambre.

Il était visible que la décision de la jeune fille le désemparait. Il devait s'inquiéter et se demander ce que cela voulait dire. C'était la première fois qu'elle agissait ainsi et, la veille, elle n'avait fait aucune allusion à cette journée de liberté qu'elle lui octroyait.

Il s'éloigna enfin, de son pas élastique et mesuré.

Quand il eut disparu, la fille de M. JourdanFerrières poussa un soupir de soulagement. Elle avait résisté à l'envie de le rappeler qui la dominait depuis que Landine l'avait quitté.

Elle se félicita de sa force de caractère, mais, en même temps, sa chambre lui parut, tout à coup, privée de soleil.

Voyons, qu'est-ce qu'elle allait faire aujourd'hui ? Comment tuer le temps ? La vie était bien assommante, par moments.

Elle songea à ses amies, à Molly Burke...

Celles-ci ne faisaient pas tant de manières ; elles prenaient la vie comme elle vient, s'efforçant de cueillir toutes les joies du chemin... Sûrement, aucune n'aurait eu l'idée saugrenue de se punir pour une partie de plaisir trop fortement appréciée. Il n'y avait qu'elle, Michelle, pour avoir des scrupules aussi ridicules... À présent, son auto était remisée et son chauffeur absent jusqu'au lendemain.

Un poids tomba sur ses épaules et l'accabla. Elle se sentait triste à pleurer.

Elle fit plusieurs fois le tour de sa chambre, puis elle essaya de s'intéresser à la robe qu'elle allait mettre. Mais rien ne l'amusait et tout la fatiguait.

Accablée, elle se laissa choir dans un fauteuil et, la tête dans les mains, elle se laissa aller à une tristesse invincible.

À ce moment, la sonnerie du téléphone retentit. Landine n'était pas remontée. Elle se leva sans hâte et porta l'écouteur à son oreille avec une véritable lassitude.

- Allô !

Tout à coup, elle tressaillit et son visage se colora d'une chaude incarnation.

- Allô ! Oui, c'est moi... je vous écoute.

Elle n'était plus la même et ne se rendait même pas compte qu'elle était toute transfigurée. À l'autre bout du fil, la voix du Slave se faisait entendre !

Pour arriver jusqu'à elle, pour l'entendre et pouvoir lui parler, il n'avait trouvé que ce moyen.

Et gravement, il expliquait :

- Je vous prie, mademoiselle, de m'autoriser à signer aujourd'hui l'acte de donation concernant Louis Bernier, toutes les pièces sont prêtes, l'argent est versé. Il ne s'agit plus que d'une signature à donner. Puis-je profiter de cette journée de liberté pour en terminer avec cette affaire ?

- C'est une excellente idée ! Où devez-vous aller pour cette signature ?

- Chez le notaire.

- Dans quel quartier ? -

Montparnasse.

- À quelle heure ?

- J'irai cet après-midi.

- D'où me téléphonez-vous, en ce moment ? -

D'un café de l'avenue Wagram.

- Bon, écoutez... Je désire lire les actes avant la signature définitive.

- Mademoiselle a raison.

- Je vais vous accompagner cet après-midi. Venez me chercher...

- Allô... À quel endroit ? Voulez-vous que je me tienne à votre disposition avec une voiture...

- Non, pas de voiture, écoutez : vous allez déjeuner, puis à deux heures, soyez à l'Étoile... auprès du Soldat Inconnu.

- Entendu... À tout à l'heure, mademoiselle. - À tout à l'heure.

Elle raccrocha l'appareil.

- Chic ! Voici l'emploi de mon temps tout trouvé.

Elle rayonnait et déjà s'élançait vers sa coiffeuse.

- C'est un garçon épatant ! La bonne idée qu'il a eue de penser à Jean Bernier et de me téléphoner.

Elle ajouta, aussitôt, en elle-même avec une sincérité évidente :

- Il faut que je m'assure que cette donation ne

laisse rien à désirer... il serait trop tard, une fois les signature échangées. Véritablement, cette sortie avec John est un devoir que je ne pouvais pas éviter !

XXII

Aussitôt après le déjeuner, Michelle monta à sa chambre et, en hâte, revêtit une robe de ville. Elle en choisit une de soie noire dont les pans de la jupe et l'évasement des manches étaient doublés de rose. C'était discret et de bon ton.

- Tout à fait la robe désignée pour une visite à un officier ministériel.

La vérité, c'est que ce costume était le dernier venu, elle ne l'avait pas encore mis et, à l'essayage, elle avait constaté qu'il la parait délicieusement.

À deux heures moins dix, elle arrivait place de l'Étoile, ayant marché avec entrain. Elle n'avait pas l'habitude d'aller à pied et elle s'émerveillait de tous les regards qui convergeaient vers elle.

Pour arriver au pied de l'Arc de Triomphe, elle appuya un peu à gauche, ne voulant pas traverser la place sous le regard de John qui devait la guetter.

Elle le surprit, en effet, par derrière, mais ne le rejoignit pas tout de suite.

Arrêtée à quelques pas de lui, elle l'examina. C'était la première fois qu'elle le voyait en véritable tenue de ville et elle s'étonna de le trouver si élégant.

Il était en tailleur gris et chapeau mou de même teinte. Cravate, gants et chaussettes s'assortissaient si bien que Michelle demeura saisie devant l'élégance de ce simple chauffeur.

Où diable le jeune Russe pouvait-il avoir appris à s'habiller si bien et à porter la toilette avec tant de désinvolture ?

Une femme est toujours contente d'avoir un homme bien mis à ses côtés. La jeune millionnaire éprouva la même satisfaction. Mais, en elle-même, une gêne se fit jour.

John était trop bien mis !

De même qu'à cheval, le matin, au Bois, il paraissait être son égal, elle sentit que, vis-à-vis d'elle, ce jour-là, il n'aurait pas l'air d'être à ses gages.

Elle avait beau être élégante et vêtue d'une robe signée d'un maître couturier, John, dans son costume gris, pouvait marcher de pair avec elle : il était un véritable gentleman.

Elle remarqua que le regard des passants s'attardait sur lui. Il était un trop beau spécimen d'homme pour passer inaperçu et sa grande distinction faisait supposer quelque personnalité célèbre.

Debout, au pied du Soldat Inconnu, le jeune Russe paraissait cependant étranger à ce qui l'entourait.

Cette pierre, couverte de fleurs, semblait le fasciner et faire naître en lui des pensées sérieuses. Le pli de ses lèvres était grave et son teint pâle rendait son visage douloureux.

Parfois, il levait les yeux dans la direction de l'avenue Marceau. Puis, quand il avait constaté qu'aucune silhouette familière n'apparaissait, il retombait dans sa rêverie.

Espiègle, Michelle se demanda s'il serait amusant, pour elle, de le laisser poser là, longtemps. Combien de temps attendrait-il ainsi, posément, avant de s'impatienter ?

C'était tentant de lui jouer ce tour, mais une femme, qui avait déjà parcouru deux fois le terreplein, revenait vers John.

Elle allait lentement, le dépassant, revenant...

La fille de M. Jourdan-Ferrières sentit que, si elle n'intervenait pas, cette inconnue équivoque, mais gentille et assez élégante, allait, sous un prétexte quelconque, aborder le trop joli garçon.

Cette pensée décida la jeune fille à s'avancer vers le Russe.

- Je vous regarde depuis cinq minutes, John ; vous avez l'air de voyager dans la lune.

Il avait tressailli à la voix de Michelle, mais, déjà, son chapeau à la main, il s'excusait :

- Pardonnez-moi, mademoiselle. Je ne vous ai pas vue venir.

- À quoi pensiez-vous donc si gravement ?

Une fugitive lueur de tristesse voila les yeux bleus du jeune homme.

- À mes camarades de l'Armée Blanche, tombés là-bas, sans sépulture, murmura-t-il, une altération dans la voix.

Elle se mit à rire pour cacher l'émotion que la gravité du jeune homme faisait naître en elle.

- Eh bien ! vous avez des idées folichonnes, vous, quand vous attendez une femme ! répliquat-elle, railleuse.

- Oh ! fit-il, se reprochant déjà son manque de galanterie. Je n'oubliais pas votre arrivée. Je vous guettais d'ici... Par où êtes-vous donc venue ?

- Par là...

Elle désignait l'avenue du bois de Boulogne.

- Et moi, je surveillais l'avenue Marceau.

- Je m'en doutais, pensa-t-elle, contente d'avoir déjoué son attente.

- Comment allons-nous aller à Montparnasse ? reprit-elle tout haut.

- Un taxi ? proposa-t-il.

- Non, pas de voiture.

Elle songeait qu'elle ne pourrait décemment le faire asseoir à côté du chauffeur. Et comme elle voulait éviter toute occasion de familiarité, une voiture devait être écartée.

- Le métro, tenez, décida-t-elle. Marchez devant et prenez les tickets. Je vous suis.

- Voulez-vous me permettre de vous aider à traverser ? Il y a beaucoup de voitures.

- Je ne suis pas une enfant qu'il faille guider. Je sais marcher seule... Allez devant.

Son ton était sans réplique et John s'éloigna vers une descente de métro, sans se retourner pour voir si elle suivait.

Il y avait foule, à cette heure et les voitures étaient bondées, même celles de première classe.

Ils durent voyager debout et comme l'affluence était grande, elle s'appuya sur lui pour conserver son équilibre.

Dans cette foule anonyme, ils demeurèrent un temps assez long, pressés l'un contre l'autre. Et, bien qu'elle s'efforçât de ne pas rester face à face avec lui, la poitrine de Michelle reposait contre celle du jeune homme et elle sentait son souffle court se jouer dans les frisons de son front.

À ce contact prolongé qu'elle ne pouvait éviter, la jeune fille se sentait profondément troublée. Il lui semblait que son sang coulait plus vite dans ses artères et que son être s'alanguissait contre celui de son compagnon.

Elle surprit plusieurs fois les yeux de celui-ci rivés sur les siens et, quand son regard rencontrait celui du jeune Russe, c'était en elle un frisson délicieux faisant fléchir ses membres et amollissant sa volonté de paraître indifférente.

Quand ils se retrouvèrent à la surface, en face la gare Montparnasse, Michelle était toute rouge et son compagnon un peu pâle.

Le grand air rendit tout de suite son sang-froid à la fille de M. Jourdan-Ferrières.

- Je me sers rarement du métro ; heureusement, car on est très mal là-dedans !

- Il y a toujours beaucoup de monde.

- Oui, et il y fait une chaleur étouffante ! Je

suis toute rouge, maintenant.

Il la regarda, les yeux encore troublés.

- Vous êtes jolie ainsi. Tout ce noir vous va bien.

Le compliment la flatta, mais il provenait de John et elle aurait voulu savoir spirituellement remettre le chauffeur trop galant à sa place.

Maintenant qu'elle avait retrouvé, dans la rue, tout son empire sur elle-même, elle s'en voulait de l'émoi ressenti dans le métro.

Qu'est-ce que cela voulait dire, de pareilles sensations au contact d'un homme de condition inférieure ? De quelle boue ses sens étaient-ils donc formés ?

N'y avait-il pas de sa faute, à lui, dans ce vertige singulier ? Maintenant qu'elle en était délivrée, elle s'accusait et ne le ménageait pas davantage. Il lui parut qu'à un moment la main de John s'était posée sur sa taille. Profitant de la poussée des voyageurs, il avait dû la presser plus encore contre lui. Dans tous les cas, c'étaient bien ses yeux à lui qui avaient osé s'enfoncer si hardiment dans les siens. Quelle orgueilleuse audace dominait donc cet homme en apparence si correct, si impeccable ?

Elle songeait à tout cela, en marchant docilement auprès du Slave également silencieux.

Pour traverser une place, il y eut encombrement de voitures de toutes sortes. L'endroit était plutôt dangereux pour les piétons.

John, sans réfléchir, dans un geste naturel à un homme bien élevé vis-à-vis d'un être plus faible, mit sa main sous le coude de Michelle et, tenant celle-ci contre lui, il prit l'initiative de la guider au milieu des voitures.

Elle se laissa faire, mais, à peine avait-elle atteint le trottoir opposé, qu'elle repoussa sa main avec vivacité.

Ce geste de protection lui paraissait choquant de familiarité. Comment, en pleine rue, devant tous, osait-il se le permettre vis-à-vis d'elle ?

- C'est encore loin, votre notaire ? demanda-t-elle, dominée par un énervement intérieur.

- Non, pas très loin... à cinq minutes d'ici.

- Heureusement ! Je n'ai pas envie de me promener longtemps ainsi avec vous !

Le mot cruel était lâché. Il la soulageait, véritablement.

Mais John s'était arrêté, interdit. Elle perçut, sans le regarder, le coup d'œil aigu dont il la dévisagea. Et, devenu subitement glacial, il regarda l'autre bout de la rue.

- Veuillez marcher devant, mademoiselle. Quand vous serez là-bas, je vous indiquerai le chemin à suivre. C'est à cinquante mètres du prochain carrefour.

Elle haussa les épaules, mécontente de lui et d'elle.

- Vous êtes ridicule de susceptibilité, déclara-t-elle. J'ai dit que je vous accompagnais chez ce tabellion de malheur, nous y allons donc ensemble. Ce que je ne veux pas c'est traîner en votre compagnie dans des rues aussi populeuses.

- Je n'y suis pas pour mon plaisir, pas plus qu'il y a quelques mois, je n'allais par goût dans la rue des Amandiers.

La brutale riposte du jeune Russe vexa Michelle qui ne répondit pas.

« Autrefois, il ne m'aurait pas parlé sur ce tonlà, songea-t-elle amèrement. C'est ma faute, je l'ai traité avec trop de condescendance : maintenant, il se croit tout permis. »

Et, tout à fait de mauvaise foi, elle lui en voulut de gâcher, par sa déplorable susceptibilité, un après-midi qu'elle avait espéré si beau.

Ils ne furent pas longtemps dans l'étude du notaire.

John avait présenté la jeune fille à cc dernier comme étant la secrétaire du donateur. Celui-ci, dérobant sa personnalité derrière le jeune Russe, envoyait sa secrétaire assister à la signature du contrat, pour bien s'assurer que toutes ses volontés y étaient mentionnées.

La déférence un peu glaciale que John, rancunier, montrait à la jeune fille, la réserve altière de celle-ci, tout contribua à rendre vraisemblable l'explication du Russe quant à la présence de Michelle à cette signature de contrat et aux renseignements qu'elle réclamait.

Une demi-heure après, ils se retrouvèrent sur le trottoir de la rue de la Gaieté.

- Je suis content que cette affaire soit entièrement terminée, fit alors le Slave. Maintenant, quoi qu'il arrive, quand je serai parti, vous serez tranquille au sujet de ce Jean Bernier.

La seule allusion au départ possible du chauffeur rendait Michelle mélancolique.

- Songez-vous à me quitter bientôt, John ? demanda-t-elle, la gorge un peu serrée.

- Chaque jour rapproche cette éventualité, répondit-il, le regard lointain, vers un avenir déjà défini en sa pensée.

Il ne vit pas le voile de tristesse qui assombrissait le fin visage féminin, car il remarqua avec amertume :

- Je ne suis d'ailleurs resté que trop longtemps auprès de vous... Il y a des mois que, pour mon bonheur et ma tranquillité, j'aurais dû vous fuir.

Ces mots cruels montaient, malgré lui, de son cœur contracté à ses lèvres inconscientes.

Il parut à la jeune millionnaire qu'un grand trou venait de s'ouvrir sous ses pas et que la rue n'était qu'un abîme béant où son vertige allait sombrer.

L'aveu de l'homme la surprenait moins qu'il ne la déconcertait.

- Continuez, vous m'amusez ! eut-elle la force de railler.

Mais sa voix était si altérée qu'elle eût préféré avoir gardé le silence.

Un charme obscur, malgré son émoi, était en elle et elle attendait qu'il parlât encore.

Son instinct devinait d'autres mots, reproches ou aveux, prêts à naître sur les lèvres du Slave, et bien qu'elle eût voulu les entendre, ces mots, elle se raidissait dans une volonté farouche de paraître indifférente à tout ce qu'il pourrait dire.

Son attente fut déçue, John garda le silence.

Il regrettait déjà l'aveu involontaire qui lui avait échappé et il évita de prononcer une parole de plus.

Il sentait que parler davantage eût été

dangereux : les mots précisant une situation, pour eux, déjà trop anormale, ou précipitant des événements qu'il ne voulait pas voir encore s'accomplir.

Ce ne fut qu'au bout d'un moment, et quand il sentit pouvoir changer de conversation sans heurter le fil de leurs pensées, qu'il demanda de son ton hautainement courtois qui horripilait tant Michelle :

- Où voulez-vous allez, maintenant, mademoiselle ?

- Je ne sais ! N'importe où ! Toute seule.

Regardant à la dérobée la jeune fille, il la vit si blême dans sa tenue rigide, que sa morgue fondit comme un petit tas de neige exposé devant un grand feu.

Il se pencha vers elle et, doucement, la pria :
- Voulez-vous me faire l'honneur d'accepter une tasse de thé, dans un petit établissement russe, fréquenté exclusivement par des étudiants de mon pays ? C'est un coin paisible où personne de vos connaissances n'a jamais songé à mettre les pieds.

- Non ! jeta-t-elle, sans même réfléchir et dans un désir orgueilleux de l'humilier par son refus. Appelez une voiture et donnez l'adresse de l'hôtel. Je rentre.

- Comme il vous plaira.

Deux minutes après, il l'installait sur les coussins d'un taxi.

- À demain matin, John.

Il s'inclina sur la petite main qu'il tenait dans la sienne et, comme elle était gantée, il la retourna et osa un baiser dans l'échancrure du gant, là où la peau apparaissait toute rose.

Elle pâlit au contact de ces lèvres brûlantes. Et ce fut plus fort qu'elle, ses doigts se raidirent sur ceux de John pour le retenir.

- Où est cette maison de thé russe dont vous me parliez ? fit-elle d'une voix rauque que l'émotion faisait trembler.

- En plein quartier Latin, à deux pas de la Sorbonne.

- Eh bien ! j'accepte votre invitation. Allons-y.

- Merci ! fit-il en pressant avec force la petite main qu'il avait retenue dans la sienne.

Il donna l'adresse au chauffeur, puis hésita, attendant un encouragement de Michelle pour prendre place à côté d'elle.

Comme elle ne bougeait pas, il se décida à monter à l'intérieur de la voiture, mais il abaissa un strapontin et s'assit en face de la place inoccupée.

Elle lui sut gré de cette réserve.

« Comme il sait se tirer, quand il veut, de toutes les difficultés ! pensa-t-elle, avec reconnaissance. »

La vérité aurait dû lui faire reconnaître que, toujours, le jeune Russe savait correctement sortir d'embarras. Depuis six mois qu'il était à son service, jamais elle n'avait pu relever contre lui la moindre incorrection, ni la plus légère inconséquence.

Mais elle ne calculait pas si juste. Parce que c'était à cause de lui qu'elle connaissait ces luttes d'orgueil et ces sautes d'humeur, elle les lui attribuait toutes.

- Il est tellement susceptible et orgueilleux, pensait-elle souvent, que je suis obligée, avec lui, de faire sans cesse de nouvelles concessions !

XXIII

L'établissement qui les accueillit était plutôt petit. On y pénétrait par la cuisine qui ouvrait de plain-pied sur la rue. Au-delà de cette cuisine qu'il fallait traverser, à l'entrée comme à la sortie, deux pièces assez grandes servaient de salles pour la clientèle, peu nombreuse à cette heure.

John expliqua à Michelle qu'aux heures des repas cette maison de thé se transformait en restaurant, où les clients, d'origine russe, retrouvaient des mets nationaux chers à leurs palais d'exilés.

Au premier et au second étage, il y avait d'autres salles et cabinets particuliers où certains habitués aimaient à se retrouver, en cercles assez fermés, ou en petites réunions amicales. Le tout était strictement correct, chaque client tenant essentiellement à la bonne tenue des familiers de l'établissement.

Michelle s'amusa de la nouveauté du lieu. C'était curieux pour ses yeux parisiens ; enfin, le thé était bon et coquettement servi sur des tables fleuries. Les murs étaient encombrés de dessins un peu naïfs ou d'étoffes curieusement brodées d'or et d'argent. Le plafond était garni de grosses boules électriques disposées dans des lampes à huile. On parlait un langage un peu rude qu'elle ne comprenait pas, mais que son compagnon lui traduisait sur sa demande.

Il lui désignait aussi des consommateurs, dont, aux seuls caractères physiques, il devinait les origines.

- Voici des Cosaques de l'Oural, au teint chaud... des petites Russiennes aux lourdes nattes blondes... Voici encore des Caucasiens, plus loin, d'authentiques tziganes aux corps nerveux, aux visages fins, aux yeux indolents...

Il allait continuer son énumération, mais elle l'interrompit :

- De quelle race êtes-vous, vous, John ?

- De pure race slave.

- Et où habitiez-vous en Russie ?

- Quand mes parents étaient à Pétersbourg, nous habitions la rue Znamensk[1], mais, depuis qu'elle avait perdu mon père, ma mère se plaisait surtout à la campagne.

- Qu'est-ce qu'il faisait, votre père ? - Il

était officier !

- Et vous ?

- J'étais encore à Pajeski Cospous[2] quand la guerre a éclaté.

- C'est-à-dire étudiant ? -

Oui, si vous voulez. Elle se

mit à rire.

- Comment, si je veux ? Vous êtes si bref dans vos réponses quand il s'agit de vous que je suis obligée d'en deviner la moitié. Or, je suppose que Pajeski Cospous est une université quelconque.

Ce fut le tour de John de sourire.

[1] Rue aristocratique de Saint-Pétersbourg. [2] Pajeski Cospous : École des Pages.

- Non, il s'agit d'une école militaire.

- Vous seriez aussi devenu officier, si la révolution n'avait pas démoli l'empire des tsars ?

- C'est invraisemblable.

- Mais depuis douze ans, qu'est-ce que vous avez fait ?

J'ai suivi l'armée Blanche avec Kornilov d'abord, avec Wrangel ensuite. J'ai connu l'armée volontaire de Gallipoli, puis la démoralisante dislocation et l'exil à travers la Serbie, la Bulgarie, l'Algérie où je ne fis que passer pour venir enfin me fixer à Paris, il y a six ans.

- Et depuis six ans, vous avez toujours été chauffeur ?

- Moi ? fit-il dans un cri d'orgueil. Il

faillit ajouter :

« Est-ce que j'ai réellement l'air d'un chauffeur ? »

Mais il se retint en pensant à tant des siens, aussi bien élevés et de caractère aussi noble que lui-même, et qui, bravement, pour ne devoir leur subsistance qu'à eux-mêmes, conduisaient un taxi dans Paris.

Il baissa la tête sous le regard observateur de Michelle, qui enregistrait tous ses changements de physionomie, et plus doucement, il expliqua :

- Non, quelques bijoux conservés au prix de bien des difficultés, m'ont permis de vivre pendant quelque temps. Puis, un camarade de l'armée Blanche m'a pris avec lui dans une entreprise qu'il dirige. Ces dernières années, j'ai beaucoup étudié... Enfin, votre père m'a offert cette place qui me permet d'attendre une situation plus en rapport avec mes goûts, que m'a promise un ami, en Angleterre.

- En Angleterre ? fit Michelle, dont les cils battirent sur une pensée secrète.

- Oui... aux environs de Londres.

- Quelle situation ? demanda-t-elle.

Il comprenait que cette curiosité était préméditée. Il s'était toujours étonné qu'elle ne l'eût jamais interrogé sur ses antécédents et ses projets d'avenir. Maintenant qu'il était devant elle, et qu'elle exigeait des précisions, il aurait voulu se dérober ou esquiver ses demandes trop précises.

Mais Michelle, le bras sur la table, la tête reposant sur sa main fermée et tournée vers lui, le tenait sous le feu de son regard.

- Quelle situation ? insista-t-elle devant son hésitation. Pourquoi ne répondez-vous pas ?

- Parce que la promesse qu'on m'a faite peut rencontrer des obstacles et, malgré la bonne volonté de mon ami, ne pas être tenue. Je n'aime pas vendre trop tôt la peau de l'ours.

- C'est généralement sage ; j'aimerais savoir pourtant quels sont vos espoirs pour l'avenir ?

Le ton de Michelle était ferme. Puisqu'il osait vis-à-vis d'elle certaines libertés, elle tenait à ce qu'il précisât nettement sa situation dans la vie civile. L'espèce de mystère dans lequel il s'était volontairement enfermé depuis son arrivée chez elle, ne convenait plus à la jeune fille.

Tout cela, John le comprit en quelques

secondes.

- Le prince Beloslavsky a fondé un hôpital dans les environs de Londres, répondit-il brièvement. On m'a promis de m'en confier la direction.

- Directeur d'une maison de santé, murmura-t-elle, rêveuse.

Et, après un instant de réflexion :

- Ce serait un emploi véritablement bien rétribué ? questionna-t-elle.

- Il paraît.

- Et vous vous sentez les aptitudes voulues ?

- Je parle l'anglais aussi bien que le français... Pour le reste, je n'ai jamais cessé d'étudier depuis que je suis en France.

- Oui, convint-elle ; vous pourriez occuper un emploi d'administrateur. Mais cela vous forcerait à quitter la France.

- Ce sera un de mes grands regrets, mais je n'ai pas à choisir : la fortune me manque pour m'établir en France.

- Que pourriez-vous faire, ici, si cette question pécuniaire n'existait pas pour vous ?

Il fronça le sourcil avec humeur.

- Il est inutile d'envisager cela ; jamais mes moyens ne me permettront de réaliser de tels projets... ou ce serait dans un avenir si éloigné que je serais trop vieux déjà pour recommencer mon existence.

- Mais encore ? insista-t-elle. Si la fortune vous souriait ?

Il la regarda et leurs yeux se prirent dans une muette explication où généreusement la jeune fille offrait son concours.

- Non, mademoiselle Michelle,   fit-il énergiquement, je me refuse à envisager l'avenir sous la vision problématique d'une fortune me tombant du ciel sans que je l'aie gagnée honorablement.

Elle songea soudain à Molly.

- La femme que vous épouserez peut vous apporter ce qui vous manque ?

Il tressaillit, l'examina, mais elle avait au coin

des lèvres un petit pli de mépris qui lui fit éviter l'embûche et lui ôta toutes ses illusions s'il en avait forgé quelques-unes.

Il répondit, le front rembruni, mais d'un ton sans réplique :

- Je ne me sens pas capable d'épouser une femme avec ce but intéressé en tête. Avant d'offrir mon nom à celle que je choisirai, je m'assurerai d'abord que mon gain me permet de lui faire une vie honorable et sans privations.

- Alors, remarqua-t-elle avec un sourire railleur, il y a bien des chances pour que vous ne vous mariiez pas tout de suite.

- C'est fort probable et c'est pourquoi j'ai promis à Natacha qu'elle viendrait tenir ma maison.

Michelle demeura quelques secondes désarçonnée, comme si elle avait attendu, sans en avoir conscience, quelque plus réconfortante réponse.

- À propos de Natacha Pétrovna, reprit-elle au bout d'un moment, pourquoi avez-vous dit, hier, que vous lui confierez vos enfants parce que s'ils vous ressemblaient, ils seraient terribles ? Vous n'avez pas l'air, pourtant, d'avoir été bien difficile à élever, vous, John !

Il sourit, car la question lui faisait plaisir tant elle prouvait combien la jeune fille portait attention à ce qu'il disait.

- Au contraire de ce que vous croyez, reconnut-il, j'ai l'impression d'avoir été un garçonnet très turbulent. J'aimais les jeux bruyants et violents : la chasse, les sports, les chevaux ! J'avais un caractère batailleur, volontaire, et mes caprices ne connaissaient guère de frein.

- Est-ce possible ! s'exclama-t-elle, amusée de cette description peu avantageuse. Vous avez l'air pourtant si raisonnable et si calme.

- Le malheur mûrit, fit-il sourdement. J'ai passé par de telles épreuves...

Une seconde, il se remémora tous les massacres auxquels il avait assisté, puis sa fuite éperdue dans la neige, sans presque de quoi manger, quand, traqué dans la steppe par les Rouges, il essayait de joindre la petite armée du général Kornilov.

Mais il secoua ces souvenirs douloureux et à Michelle qui attendait la suite de ses confidences, il avoua :

- Toutes les bêtises, je les ai faites. Nous étions une bande de jeunes fous pour qui la noce était la vraie raison de vivre et c'était à qui, de nous tous, ferait la plus grosse sottise.

- Mais quel âge aviez-vous donc ? demanda-t-elle, tant il lui paraissait anormal qu'il eût vécu une telle existence.

- Seize à dix-huit ans, fit-il en riant. Nous n'étions que des gamins, mais nous voulions faire plus que ne faisaient les hommes.

Il baissait la tête sous le regard scandalisé qu'elle dardait sur lui, mais il avait plutôt envie de rire, rempli d'indulgence, au souvenir de toutes les jolies filles qu'il avait tenues dans ses bras.

Comme elle se taisait, il releva le nez et la

regarda d'un air hypocritement contrit.

- Je vous ai choquée. Vous m'aviez pris pour un petit saint ?

- Il est certain que je n'ai jamais pensé à vous sous cet aspect-là.

- J'étais jeune, c'était le bon temps. Tant d'épreuves m'ont atteint qui ont racheté toutes ces folies.

- Et maintenant ?

- Maintenant ? répéta-t-il, interrogatif.

- Oui, le jeu, la boisson, les femmes ?

- Le jeu ? répondit-il. L'argent que je gagne est trop précieux pour que je le dissipe aussi bêtement. L'alcool ? M'avez-vous jamais vu en état d'ébriété ou seulement un peu ému ? Reste l'autre question...

- Eh bien ?

Il hésita, ne voulant pas la choquer ni mentir. Mais il avait au cœur un sentiment si pur qu'il pouvait en parler.

- La Sorcière Rouge vous a dit qu'il n'y avait

qu'une femme dans ma vie... Elle a vu juste !

Sous une pensée confuse, le cœur de Michelle battit dans sa poitrine.

- Mais les autres ? risqua-t-elle, en rougissant. Pour le plaisir ?

- Celles-là ne comptent pas pour un homme !... Une seule occupe ma pensée, et, exclusivement, elle en tient toute la place.

- Et celle-ci... interrogea-t-elle, timidement, avec hésitation, car elle avait l'intuition que c'était dangereux d'évoquer avec John un tel sujet.

- Celle-ci est digne de tous mes respects, de tout mon attachement, répondit-il simplement, comme s'il ne voulait pas remarquer qu'elle effleurait une question intime, ne concernant que lui.

Mais, pendant qu'il parlait, ses yeux demeurèrent fixés sur sa tasse de thé dont il tournait lentement, avec une cuillère, le bouillant breuvage. Et ce ne fût qu'après un moment qu'il releva la tête et osa regarder Michelle.

- Vous êtes contente de mes réponses ? interrogea-t-il tranquillement. Ai-je satisfait à toutes vos questions ?

Elle haussa les épaules avec un léger soupir.

- Sans doute vous m'avez répondu... mais j'ai l'impression de vous connaître encore moins qu'avant.

- Parce que je vous ai révélé que j'avais été un mauvais sujet, autrefois ? supposa-t-il avec un bon sourire qui cherchait à la rassurer.

- Non, parce que je ne sais rien de vos pensées, de votre vie intime, de tout ce qui a été votre existence jusqu'à ce jour.

- Il n'y a rien pourtant que je veuille vous cacher, puisque le seul côté scabreux de mon passé, je vous l'ai tout de suite raconté.

- Et pourtant, vous ne m'avez pas fait connaître votre véritable nom, attaqua-t-elle subitement.

- Je n'ai pas d'autre nom que celui sous lequel je me suis présenté chez vous, affirma-t-il, étonné.

- Votre nourrice vous en donnait un autre.

- Sacha est le diminutif d'Alexandre.

- Non. Ce n'est pas cela. La Sorcière Rouge aussi vous a donné un autre nom.

Il la regarda, sincèrement surpris. Et, tout à coup, croyant comprendre :

- Elles m'ont nommé Alexandre Yourevitch, se rappela-t-il.

- Oui, justement.

- Ce nom veut dire, Alexandre, fils de Georges. C'est l'habitude, en Russie, de rappeler toujours le prénom du père.

Elle le fixa dans les yeux, pour voir s'il ne la trompait pas.

Au fond d'elle-même, et sans pouvoir définir exactement pourquoi, elle le soupçonnait de dissimulation, elle avait la prescience qu'il avait éludé toutes ses questions. Sa vraie personnalité lui demeurait cachée. Et ses yeux levés vers lui auraient voulu percevoir la vérité qu'il ne lui livrait pas suffisamment.

Mais le regard qu'il appuyait sur le sien pour la pénétrer de sa bonne foi fut une lumière trop vive qui fit ciller ses paupières.

Quel fluide magnétique jaillissait donc des prunelles de l'homme pour mettre en ses veines un tel frisson ? Sous la flamme chaude qu'elle sentait encore peser sur elle, elle essaya de s'intéresser aux buveurs dispersés autour des tables. Mais elle ne distinguait rien... rien que deux grands yeux bleus qui s'infusaient en elle pour annihiler sa volonté...

Soudain, elle perçut qu'il lui prenait la main, qu'il la portait à ses lèvres, et qu'il la couvrait de baisers fous.

- Dites-moi, mademoiselle Michelle, que je n'ai pas diminué dans votre estime, maintenant que vous me connaissez mieux ?

Elle fixa la tête virile aux cheveux d'un beau blond cendré, inclinée sur sa main qu'il continuait de baiser ardemment, et elle l'enveloppa d'un regard empli d'une infinie douceur.

Pourtant, elle se raidit contre l'émotion qui faisait trembler tous ses membres.

La fille de M. Jourdan-Ferrières ne pouvait pas s'émouvoir au contact hardi d'un chauffeur !

Et, la lèvre hautaine, malgré son frémissement, elle dit avec un petit rire railleur, en lui retirant négligemment sa main :

- De quoi vous en voudrais-je ? J'ai écouté vos confidences comme j'aurais lu un livre curieux, qui amuse un moment et qu'on jette dans un coin lorsqu'on a fini de lire... J'ai déjà oublié toutes les bêtises que vous m'avez débitées depuis une heure !

Après une fugitive expression de surprise, le visage de l'homme se stylisa dans une irréprochable correction.

D'un geste un peu nerveux pourtant, il appela le serveur et lui demanda, en russe, le prix des consommations. Et ayant jeté deux billets sur la table, il se leva.

- Toujours à vos ordres, mademoiselle. Doisje vous faire avancer une voiture ?

Désarçonnée, car c'était lui qui mettait fin à l'entrevue et paraissait lui donner congé, Michelle se leva à son tour.

- Oui, je vais rentrer. Je n'ai perdu que trop de temps à vous écouter...

Mais il était déjà occupé à donner des ordres à un chasseur, et, deux minutes plus tard, après un grand salut obséquieux, il refermait sur elle la portière d'un taxi.

XXIV

Après ces deux jours vécus trop intimement, l'un près de l'autre, John dut supporter de nouveau l'hostilité de Michelle.

Selon son habitude, chaque fois qu'elle s'était montrée trop familière avec lui, elle fit peser sur le jeune homme le poids de son orgueilleux dédain.

Elle ne lui parlait que brièvement pour donner des ordres ; elle évitait de le regarder, affectant même de ne pas le voir quand son service de chauffeur l'obligeait à être en contact avec elle.

Le jeune Russe, un jour, pensa :

« L'affaire Jean Bernier est terminée, elle n'a plus à se gêner avec moi. »

Et cette supposition d'un tel calcul, chez la jeune millionnaire, lui fut odieuse et l'affecta plus qu'il n'aurait voulu le laisser paraître.

Depuis quelques semaines, prenant peut-être ses désirs pour la réalité, il avait glissé insensiblement sur la pente des espoirs fous et des illusions possibles. Le sourire de Michelle était si radieux, ses regards si doucement appuyés sur les siens, ses mains si frémissantes sous ses lèvres, qu'oubliant sa situation trop modeste, il avait cru que son amour insensé avait trouvé écho dans le cœur de Michelle.

Et voilà que, soudain, la fille de M. JourdanFerrières se cantonnait dans une situation distante et glaciale que rien ne faisait prévoir après les journées si doucement intimes qui les avaient rapprochés.

S'il avait été moins épris, il se serait aperçu de tout ce qu'il y avait de factice dans ce dédain exagéré de Michelle, et son expérience d'homme à bonnes fortunes lui eût fait deviner l'affectation et la pose dans cet orgueil si subitement né.

Si elle avait été réellement indifférente, la jeune fille n'aurait pas eu besoin de se draper dans une telle orgueilleuse réserve : l'exagération même de son attitude aurait dû lui ouvrir les yeux.

Mais John, qui, depuis des mois, concentrait farouchement ses sentiments en lui-même n'arrivait plus à dominer l'élan qui le portait vers Michelle.

Il était là, dressé en apparence dans sa correction d'homme bien élevé, mais irrésistiblement tendu, en réalité, à enregistrer les moindres faits et gestes de la jeune fille, si bien que la plus légère inflexion de voix de celle-ci le faisait passer instantanément de la joie à la tristesse, selon l'influence ressentie.

Cet après-midi-là, il avait attendu assez longtemps à la porte d'une belle maison de rapport où, jusqu'ici, il n'avait jamais conduit sa jeune patronne. Et ses pensées n'étaient guère roses, le petit visage de Michelle s'obstinant à demeurer indubitablement fermé à son égard.

On devine donc la stupeur qu'il dut ressentir en voyant la jeune millionnaire sortir de l'immeuble où elle était demeurée si longtemps, en compagnie d'un jeune homme brun de vingtsix à vingt-sept ans.

John demeura un instant hébété par cette apparition inattendue.

Ils passèrent auprès de lui sans même remarquer sa présence. Tout à ce qu'ils se disaient, ils se mirent à arpenter le trottoir sur une centaine de mètres.

Michelle paraissait adresser de vifs reproches à son compagnon, pendant que celui-ci avait l'air de se défendre avec indignation.

John, devenu très pâle, regardait le couple aller et venir.

Il lui avait suffi d'un regard pour constater que le nouveau venu était joli garçon. Assez grand, d'une taille bien prise, vêtu avec recherche, il avait tout ce qu'il fallait pour plaire à une femme, et le jeune Russe, s'exagérant les charmes de l'inconnu, ne doutait pas qu'il plût à Michelle.

Une détresse sans limite l'avait assailli. Maintenant, il s'expliquait l'attitude hostile de la jeune fille, ces derniers jours. Il avait tout supposé, hormis le rival heureux...

Il ne lui vint pas à l'idée qu'il pût se tromper.

Son instinctive jalousie découvrait, immédiatement, des preuves convaincantes.

Ainsi, par deux fois, l'inconnu avait essayé de passer son bras sous celui de la fille de M. Jourdan-Ferrières, et par deux fois, celle-ci, probablement toujours mécontente, l'avait repoussé.

Mais quels arguments lui avait-il servis ? Par quels mots ardents s'était-il fait pardonner ? John ne pouvait que faire des suppositions. À la troisième tentative de l'homme brun, Michelle ne se déroba plus, et ils continuèrent d'arpenter le trottoir, le bras de l'homme passé sous celui de la jeune fille, tous les deux, maintenant, complètement d'accord et unis.

Ce spectacle fut si pénible à John qu'il se dressa de son siège dans un besoin éperdu de fuir, d'échapper au sarcasme de cette intimité qui raillait sa détresse d'amoureux dédaigné...

- Bonjour, John ! J'étais heureuse de vous voir, aujourd'hui.

- Bonjour, miss Molly, fît-il d'une voix

méconnaissable en la regardant sans la voir, tant sa pensée était ailleurs.

- Oh ! John, quoi vous avez ? Vous si pâle, si tragique.

Il passa la main sur son front, essayant de se ressaisir, de ne donner à personne le spectacle de son désarroi...

- Cette chaleur m'accable, réussit-il à articuler d'une voix plus humaine, je suis un homme du Nord, et cette température ne me réussit pas.

- Il faut réagir... trop de soleil, ici ! Michelle aurait dû faire arrêter à l'ombre. Tenez, vous voulez, je pense ? Pendant qu'elle est avec son amoureux, vous offrir, à moi, une boisson glacée.

Cette demande, qui l'obligeait à quitter son siège de chauffeur, était une bénédiction. Il avait besoin d'agir, de s'éloigner pour ne plus subir l'obsession de ce couple si bien assorti.

Il se leva, déboutonnant sa blouse de chauffeur, pour la quitter, avant de suivre Molly. Mais Michelle qui, jusqu'ici, n'avait pas paru faire attention à John, remarqua, tout de suite, la jeune Américaine auprès de lui.

Elle vint immédiatement à celle-ci.

- Voyons, Molly, qu'est-ce que vous faites encore ?

- Ah ! non, très chère ! Continuez votre flirt et laissez faire moi !

- Molly, je vous prie de laisser mon chauffeur tranquille.

- Oh ! chérie ! combien vous êtes ridicule de protester si fort. Vous avez un amoureux... très délicieux, vraiment ! Et vous voulez empêcher John d'offrir à moi la boisson glacée dont j'ai besoin... Je ne bois pas de l'amour sur le trottoir, moi !

- Vous divaguez, je crois, Molly ! fit sèchement Michelle, qui se tourna vers le jeune Russe.

Et les yeux durs, elle lui demanda :

- Que signifie ? Pourquoi retirez-vous votre blouse ?

Mais Molly, généreusement, intervint et

empêcha John de répondre.

- J'ai dit à lui de venir et il vient. Michelle chérie, retournez causer passionnément avec Henri, et laissez-moi poursuivre avec John. J'ai suite dans les idées, et ne change pas d'un jour à l'autre, moi !

Molly avait une telle façon de prononcer ce moi, que Michelle sursautait chaque fois qu'elle l'entendait, comme si ce mot avait été injurieux pour elle.

Trois jeunes filles venaient, à leur tour, de sortir de l'immeuble et avaient rejoint le groupe.

- Qu'est-ce qu'il y a donc ? s'informaient-elles. Pourquoi Michelle paraît-elle si mécontente ?

- Toujours la même chose, répliqua Molly. Elle défend à John de venir boire avec moi !

- La querelle continue, alors !

- Yes, toujours ! Je veux... elle ne veut pas ! Ça peut durer longtemps et pas amusant du tout quand on a soif !

- Molly Burke a soif, Michelle !

- Prêtez-lui John, Michelle !

Et de nouveau, les quatre jeunes filles éclatèrent de rire.

John, qui avait sauté de son siège, voulut les entraîner dans un café.

Mais Michelle lui barra la route.

- Restez ici, John, je ne veux pas.

À ce moment, l'inconnu prit le bras de la fille de M. Jourdan-Ferrières et chercha à l'entraîner.

- Venez, Michelle, et laissez ces jeunes filles offrir un verre à votre chauffeur. Qu'est-ce que cela peut vous faire ?

- Écoutez la voix de l'amour, Michelle chérie ! Henri vous appelle ; laissez-nous John !

Mais la jeune millionnaire, un peu rouge de dépit, dégagea son bras de la main de l'homme.

- Pardon, Henri, mais il est l'heure que je rentre, Molly ne verra, je crois, aucun inconvénient à ce que je me serve de ma voiture et de mon chauffeur.

Elle se tourna vers ce dernier, immobile et le

visage si décomposé, qu'elle eut l'intuition que quelque chose de grave, dépassant sa querelle avec Molly, bouleversait le jeune Russe.

- À la maison, John, voulez-vous, ordonna-t-elle avec une certaine douceur.

Avait-il entendu ?

Elle attendit en vain son acquiescement habituel. Le regard fixe, il paraissait plongé dans une léthargie.

Elle prit congé en bloc des quatre jeunes filles.

- Au revoir, mesdemoiselles. À demain, chez Denise Monchon. J'espère que la soif de Molly sera apaisée.

Au jeune homme brun, elle tendit la main qu'il baisa.

- Comptez sur moi, Henri. À bientôt.

- Comment vous remercier, Michelle ? Je suis, ce soir, le plus heureux des hommes.

Sortant de son apathie, John avait repris sa place sur son siège et, si troublé, qu'il avait omis de remettre sa blouse.

Molly s'élança vers la fille de M. JourdanFerrières, avant que celle-ci refermât sur elle la portière de l'auto.

- Je vous préviens, Michelle, que nous enlevons votre ami Henri. À défaut de John, c'est lui qui accompagne nous quatre au café !

Michelle se mit à rire.

- Régalez-les, Henri. Quelles assoiffées ! Je ne sais combien elles ont absorbé de tasses de thé et de verres de limonades !

- Dans un bar, avec un homme, c'est meilleur, chantonna Molly.

- Soyez sérieux, Henri ! recommanda Michelle au jeune homme, resté debout auprès de la voiture.

- Je vous le promets...

Un grand coup de volant, que donna John, fit faire un tel bond à la voiture que Michelle, rejetée violemment sur les coussins, ne put entendre la fin des paroles d'Henri Rousselin.

« Monsieur est de mauvaise humeur, pensa-t-elle, assez mécontente du procédé. J'ai empêché son flirt avec Molly. »

Cependant, la voiture filait à une allure inusitée dont la jeune fille s'étonna, d'autant plus qu'aux carrefours il y avait des agents pour veiller à la circulation, et que John donnait de grands coups de freins chaque fois qu'il lui fallait prendre la file.

La jeune millionnaire, lassée d'être pareillement secouée au fond de son auto, prit le parti de commander à John de modérer l'allure.

Comme il ne se tournait pas vers elle, pour indiquer qu'il avait compris, elle ajouta cette menace :

- Je vous préviens, John, que si vous continuez de conduire aussi nerveusement je vais vous laisser rentrer seul et prendre un taxi.

Elle croyait cette menace péremptoire, mais le jeune Russe se contenta de hausser les épaules et, bifurquant, prenant des routes moins fréquentées, sans souci d'allonger le chemin, il fila à la même allure désordonnée jusqu'à l'avenue Marceau.

Quand elle put descendre dans la cour de son

hôtel, elle vint immédiatement trouver le chauffeur.

- Me direz-vous ce qui vous a pris de conduire aussi mal ce soir ? Je suis toute meurtrie de votre excentrique randonnée.

Elle aurait pu continuer longtemps ainsi : il n'avait même pas l'air de l'entendre.

Elle s'aperçut seulement de sa tenue civile. Et devant son visage ravagé, elle eut l'intuition de la vérité.

Alors elle se mit à rire, et, mettant sa main sur la sienne qui tenait encore le volant elle dit doucement :

- Ne trouvez-vous pas que Molly est rosse ? Elle a voulu voir si ça me toucherait qu'Henri Rousselin aille avec elle. Je crois, comme disent les gavroches, qu'elle est tombée sur un bec de gaz ! Tant pis pour ce pauvre Henri s'il perd son temps avec elle : c'est une autre que moi qui en souffrira.

Elle avait fortement appuyé sur cette dernière phrase comme pour bien l'en convaincre.

John tourna vers elle des yeux remplis de brume, et longuement la dévisagea.

Elle avait un sourire malicieux au coin des lèvres, et paraissait très occupée à jouer du bout des doigts avec les grosses piqûres de ses gants d'homme.

Après un instant de silence, elle reprit de sa même voix, doucement indifférente :

- C'est comme cette manie qu'a Molly de ne pouvoir voir deux personnages, de sexe différent, parler ensemble, sans crier qu'elles sont amoureuses l'une de l'autre. Moi, ça ne me touche pas, je suis habituée à ses exagérations !... Quelquefois, pourtant, c'est désagréable, si Henri n'était pas épris ailleurs, il aurait pu se croire obligé de me faire la cour... Vous ne trouvez pas, John, que Molly est sérieusement embêtante par moments ?

Le jeune Russe était incapable de répondre. Dans son être contracté depuis une heure, les paroles de Michelle mettaient un apaisement bienfaisant.

Il considérait la jeune fille avec une tendresse grave et, maintenant que l'angoisse dont il avait été tenaillé s'était dissipée sous le baume magique qu'elle versait en lui adroitement, il se demandait comment il avait pu s'affoler pareillement.

Comme il se taisait toujours, elle leva les yeux vers lui et, avec un timide sourire, elle reprit :

- Ça n'a pas d'importance, évidemment, ce que Molly raconte sur moi : personne ne m'aime assez pour souffrir de son bavardage ! Mais des oreilles intéressées pourraient recueillir ses sottes plaisanteries et se figurer des choses...

- Oui, dit-il enfin, un mot peut faire beaucoup de mal.

- Justement. Voyez-vous, John, si vous aimez quelqu'un, comme vous disiez l'autre jour, il ne faut pas permettre à votre raison de croire jamais quelque chose de ce que les gens racontent...

- Le malheur, répondit-il rêveusement, c'est que la raison ne dit jamais son mot quand le cœur s'alarme.

- Vous croyez ! fit-elle d'un air comiquement désolé. Alors, j'ai perdu mon temps avec vous ! Et moi qui étais si contente de vous faire, ce soir, un cours de morale !

Comme il allait parler, elle dit vivement : -

Je me sauve ! À demain, John !

Et, subitement, plongeant avec hardiesse son regard dans le sien, elle ajouta :

- Ne faites pas trop de mauvais songes, cette nuit, en rêvant à la dame de vos pensées !

Elle le quitta d'un élan et franchit en courant le perron.

Dans sa chambre, seulement, elle s'arrêta.

Et, jetant gaminement son chapeau sur son lit, elle s'écria avec exaltation :

- Jaloux ! Il a été jaloux !

Ses deux mains se réunirent sur sa poitrine dans un geste de ravissement.

- Dieu, que c'est délicieux ! Il a été jaloux !

Elle vint à la fenêtre, et à travers le rideau, elle regarda l'homme qu'elle venait de quitter.

Il retirait sa casquette, ses gants de cuir.

Puis il alla au vestiaire et revint bientôt dans la cour, ayant changé de veston, et pris un chapeau, d'autres gants.

- Elles me l'envient toutes, et c'est moi iqui l'ai !... Quel dommage qu'un si joli garçon ne soit qu'un pauvre chauffeur.

Un gros soupir vint expirer sur ses lèvres.

- Oui,   c'est   dommage,   répéta-t-elle pensivement. Un homme comme lui aurait pu me plaire s'il avait été riche...

Mais, secouant sa jolie tête brune aux cheveux largement   ondulés,   elle   se   sermonna sérieusement :

- Allons, Michelle, pas de blagues ! Il ne s'agit pas de divaguer ! C'est certainement délicieux de voir un homme jaloux à cause de vous ; mais ce serait beaucoup moins rigolo si M_{lle} Jourdan-Ferrières se laissait aller à aimer un chauffeur.

Et, subitement hautaine, sa lèvre dédaigneuse retroussée, sa tête altière rejetée en arrière comme s'il avait pu la voir, elle jeta un regard d'orgueilleux défi vers le jeune Russe qui venait de s'éloigner, risquant un coup d'œil rapide dans la direction de ses fenêtres.

Elle se retint de remuer le rideau qui eût décelé sa présence, mais subitement songeuse, elle resta là, le front appuyé contre la guipure, les yeux perdus dans une rêverie qui s'éternisa longtemps après que l'homme se fut éloigné...

XXV

John passa la bonne nuit que Michelle lui avait souhaitée. Il ne rêva peut-être pas à la jeune fille, mais il évoquait celle-ci auprès de son siège, et racontant mutinement ses griefs contre Molly. Il tressaillait d'allégresse sous la chaude pensée qu'ayant deviné sa peine, elle avait voulu le rassurer.

Cette attention intime de Michelle ouvrait pour lui des horizons radieux qu'il lui était difficile de toujours repousser.

Et quand, le lendemain matin, il fit stopper sa Rolls-Royce devant l'entrée du parc Monceau, comme Michelle le lui avait indiqué, il ne s'attendait pas à la pénible surprise qu'il allait éprouver.

En effet, à peine la voiture s'était-elle rangée, le long du trottoir du boulevard de Courcelles, qu'une voix masculine qu'il reconnut tout de suite, s'écria :

- Vous êtes adorable, Michelle ! J'osais à peine espérer cette venue.

- Mais quand je promets, mon petit Henri, je tiens toujours. Et vous avez tant insisté, hier !

Frappé de stupeur, John vit l'inconnu passer son bras sous celui de la jeune fille et chercher à l'entraîner vers le parc désert à cette heure matinale.

Michelle montra la belle allée qui traverse en largeur le grand et pittoresque jardin, et ils se mirent à l'arpenter, lentement, tout en parlant avec animation.

Il parut à John, un instant, que son crâne allait éclater sous le martèlement d'une douleur physique intolérable.

Il avait soudain l'hallucinante certitude que Michelle, la veille, s'était moquée de lui. Il avait cru à la loyauté de ses grands yeux caressants qui le regardaient en face, à la naïveté de son sourire espiègle qui l'ensorcelait de son sortilège enchanté.

Alors, dans l'âme du Slave, une colère passa en houle dévastatrice.

Cet homme ne devait pas avoir l'habitude d'être le jouet des coquetteries féminines. Il était spécifiquement fait pour dominer en amour et non pour subir des caprices et des affronts.

Et le rendez-vous de Michelle avec l'autre, là, sous ses yeux, après que la veille elle avait fait naître en lui tant d'espoirs, était un outrage volontaire contre lequel tout son être se rebellait.

Une femme avait deviné ses sentiments et elle se jouait de lui, le raillant, le bafouant parce que pauvre et subalterne !

Le bel amoureux pour Michelle JourdanFerrières, qu'un chauffeur sans le sou, sans foyer, sans patrie !

Sous la morsure d'une telle pensée, tout chavira en lui de ce qui était son éducation, son élégance morale, et il lui sembla qu'une âme de brute venait de naître à leurs places.

Ses doigts se crispèrent si fort sur la paume de sa main que ses gants craquèrent en longues échancrures. Il eut l'impression que sa force formidable pouvait suffire à les écraser, lui et elle, s'il s'avisait jamais de les rejoindre et de venger son amour-propre blessé.

Une fois encore il regarda le couple rapproché. L'homme était dans son rôle de séducteur, et peut-être d'amoureux sincère, mais elle, la coquette, la menteuse, dont les yeux semblaient encore, de loin, lui sourire ?

Il la toisa durement... si durement que scs prunelles d'acier, malgré la distance, figèrent son sourire sur ses lèvres...

Et devenu soudain d'un calme étrange, sa colère domptée par la décision qu'il venait de prendre, il embraya le moteur et démarra posément, en vitesse régulière, comme si l'allure de la voiture était en rapport direct avec l'impassibilité de la main qui la dirigeait.

Quelques minutes après, il stoppait dans la cour de l'hôtel de l'avenue Marceau. Il laissa là la voiture : un autre que lui, désormais, prendrait soin de la rentrer.

Et vivement, en gestes hâtifs et nerveux, car maintenant Michelle ne le voyait plus, et il avait hâte d'être loin, il réunit les objets et vêtements lui appartenant, les mit dans une petite valise de toile et porta le tout chez le portier.

- Je ferai prendre ce sac dans la soirée, précisa-t-il. Veuillez le garder jusque-là.

Il sortit enfin, sans un regard, sans un regret apparent pour cette maison accueillante où il était venu, chaque matin, si heureux durant quelques mois.

À présent il allait vers une autre destinée. Le sort qui faisait de lui un errant, n'était pas encore fatigué de le promener en d'autres lieux.

D'un pas ferme, il franchit la grille sans avoir pris congé de personne.

Sur le seuil, il s'arrêta et alluma une cigarette sans remarquer un taxi qui stoppait au bord du trottoir.

Déjà il s'éloignait. Mais il avait à peine fait quelques mètres qu'une voix résonnait derrière lui :

- Où allez-vous, John ?

La seconde d'hésitation qui le cloua instinctivement au sol suffit à Michelle pour le rejoindre.

Il était devenu très pâle, et malgré son empire sur lui-même, la présence de la jeune fille faisait vaciller sa fermeté.

Un peu hallucinée, Michelle le dévisagea.

Elle ne savait encore s'il fallait le gronder sévèrement ou lui adresser de sévères reproches pour avoir déserté son poste, là-bas.

Mais, devant cet homme dont le visage énergique était marqué de folie, il n'y eut plus en elle qu'un sentiment d'infinie pitié.

- Mon dieu ! fit-elle, avec une bonté douloureuse où elle mettait toute son âme, qu'est ce que vous avez eu ? Qu'est-ce que vous avez cru ?

« Et d'abord, où allez-vous ainsi ? »

- Chez moi, dit-il froidement en jetant avec correction sa cigarette pour lui parler.

- Alors, fit-elle éperdue, si j'étais arrivée deux minutes plus tard, vous eussiez été parti ?

Il ne répondit pas. Il pensait que sa présence ne l'empêcherait pas de s'éloigner.

Elle dut avoir la même idée, mais sa clairvoyance la mit en garde contre un attendrissement où elle eût prononcé des mots irréfléchis... des mots irréparables !

Changeant de ton, sans lui laisser le temps de penser, elle feignit de croire qu'il avait été malade.

- Si vous étiez souffrant, John, ou si cette chaleur vous gêne, il fallait me le dire. J'aurais pris un taxi pour me rendre au rendez-vous de mon cousin, et je ne vous aurais pas obligé à sortir, avec moi, aujourd'hui.

Il demeurait rigide et glacé, se demandant quels mensonges elle allait encore lui servir.

Et pourtant, en son cerveau fatigué, une idée s'infusait :

Elle avait dû, tout de suite, quitter l'autre pour le rejoindre !

Entre le moment où lui-même était arrivé et celui où elle était descendue de voiture, il y avait eu juste le temps nécessaire pour héler un taxi et courir derrière lui, sa Rolls-Royce allant infiniment plus vite que les automobiles de place.

Mais Michelle continuait, malgré l'hostilité de son regard :

- Réellement, aujourd'hui, ce rendez-vous était une nécessité, presque une charité, envers mon cousin...

Elle s'arrêta, cherchant un encouragement dans ses yeux, mais il évitait de la regarder et demeurait, en apparence, complètement indifférent.

La jeune millionnaire était, heureusement, stimulée par l'imminence d'un départ irréparable.

Elle songeait aussi que leur présence dans la rue ne facilitait pas sa tâche. Ils devaient se parler à distance, dressés dans des apparences de correction mondaine, et sans que le son de leur voix ou le moindre de leurs gestes permît de deviner le drame qui était entre eux. Enfin, si

John avait voulu s'éloigner, il lui aurait suffi de toucher son chapeau pour la saluer et de partir sans qu'elle trouvât, en elle ou dans les lieux, la possibilité de le retenir. Michelle continua donc de parler puisque ses paroles étaient la seule arme dont elle pût se servir.

- Figurez-vous, expliqua-t-elle, que mon cousin était fiancé à une charmante jeune fille, une de mes amies... Je suis même persuadée qu'il est sincère en disant qu'il n'aime qu'elle. Mais ce grand fou n'a-t-il pas fait des bêtises... avec une autre femme, peu recommandable, évidemment ! Cette histoire est venue aux oreilles d'Hélène, qui a rompu avec lui, il y a un mois. Et maintenant, Henri me supplie d'arranger l'affaire et d'amener mon amie à lui pardonner. Il a des regrets, du chagrin. Il dit que sa vie est brisée s'il n'épouse pas Hélène ; bref, c'est sur moi qu'il compte pour se réconcilier avec sa fiancée.

Elle reprit haleine. Il lui semblait que le visage du jeune homme s'adoucissait un peu. Mais elle sursauta sur une question si brève dans son ample suspicion, qu'elle se demanda comment John avait osé la formuler.

- Cette autre femme, fit-il du bout des lèvres, c'était vous ?

- Oh ! voyons, protesta-t-elle, en riant, tellement surprise d'une pareille supposition, qu'elle oubliait de s'en fâcher. Mon cousin la voyait tous les jours, et je crois que... oui, il la rejoignait la nuit.

Elle se tut, subitement gênée, sous le regard dont il l'enveloppait tout à coup. Et, rougissante, elle baissa les yeux, cherchant l'heure à sa montre de poignet pour se donner une contenance.

- L'heure avance, reprit-elle au bout d'un instant. J'ai vu Hélène, hier soir, mais je comptais aller chez elle, tout à l'heure, avec vous. J'ai combiné un plan avec Henri... Il resterait sur le trottoir, à vous parler, pendant que je monterais chez elle, et je les ferais se rencontrer quand elle me reconduirait jusqu'à ma voiture.

Ce plan où il était mêlé convainquit John. Un gros soupir de soulagement s'échappa alors de sa gorge contractée.

Il avait soudain l'impression qu'un poids phénoménal lui était enlevé de la poitrine. C'était comme un réveil bienheureux après une catastrophe, la sécurité d'un refuge après une suspension fragile au-dessus d'un abîme sans fond ; c'était la vie qui rentrait en lui par toutes ses fibres sensibles après qu'une mort apparente avait terrassé toutes ses énergies et brisé tous les ressorts de sa volonté.

Mais une telle détresse, depuis une heure, avait secoué son être, qu'il en était encore tout courbatu, au moral comme au physique.

Il restait grave et ne jouissait pas entièrement de la joie d'avoir retrouvé Michelle lavée de tout soupçon.

Celle-ci sentit, pourtant, qu'elle avait partie gagnée. John ne pouvait plus s'éloigner à présent qu'il connaissait la vérité.

- Il n'est pas encore trop tard pour agir. Voulez-vous, John, venir avec moi, chez Hélène ?

- Tout à l'heure, songea-t-il, tout haut, j'ai quitté votre maison avec la pensée que je n'y reviendrais jamais.

Une anxiété passa dans les deux grands yeux noirs levés vers lui.

- Oh ! voyons, John, vous ne pouvez plus, maintenant, poursuivre un tel projet !

- Non ! reconnut-il avec ferveur. Parce que vous êtes venue, je dois demeurer auprès de vous.

Leurs yeux se prirent, se pénétrèrent, mettant un frisson dans leurs veines et une pâleur sur leurs traits soudain tirés.

- Pourquoi, demanda-t-il à voix basse, pourquoi, mademoiselle Michelle, ne m'avez-vous pas parlé, hier soir, de l'idylle de votre cousin ? Pourquoi ne pas m'avoir prévenu, ce matin, du rendez-vous que vous aviez avec lui ?

Elle sentit l'importance du douloureux reproche.

- Parce que je ne croyais pas que...

Elle s'arrêta. Ses pensées chancelaient en elle.

- Non, je ne pouvais pas supposer que...

Elle restait désorientée, ne sachant plus les mots qu'il fallait retenir et n'en trouvant pas d'autres pour s'expliquer.

Mais, tout en elle suppliait le jeune Russe de ne pas insister... Il ne fallait pas la forcer à préciser... Elle ne pouvait pas exprimer les choses qu'il aurait voulu entendre et qui lui paraissaient, à elle, monstrueuses.

Il devina tout ce que son hésitation comportait de réserve et d'abandon.

Et déjà plus maître de lui qu'elle ne l'était d'elle-même, il acheva doucement, pour la rassurer :

- Vous ne pouviez pas deviner que j'étais si rigoriste et que je me refuserais à être... complice !

- Oui, c'est ça ! s'exclama-t-elle, délivrée et heureuse du prétexte qui s'accordait si bien avec les événements : la fuite éperdue de John, sa course, à elle, derrière lui...

Ah ! comme ces mots qu'il avait su trouver

pour masquer la vérité et ménager sa fierté, lui étaient doux !

Elle se mit à rire comme une gosse inconsciente.

- Oh ! oui, John, vous êtes très sévère et très vieux jeu !... Je puis bien vous l'avouer, maintenant : j'ai eu très peur en vous voyant démarrer. J'ai planté là mon cousin, au beau milieu d'une phrase, sans lui fournir d'explication. Il doit encore se demander ce qui m'a pris !

Alors ils se mirent à rire tous les deux, joyeusement délivrés de l'obsession : c'était tellement amusant, cette histoire-là !

Ils riaient encore comme deux fous en regagnant l'auto, mais si confus cependant, malgré leurs rires sincères, qu'ils évitaient de se regarder, sachant bien qu'il fallait laisser le temps à leur émoi intime de retrouver son équilibre.

XXVI

- John ! Vous ai-je montré les photographies prises, par vous, à Pacy-sur-Eure ?

- Non, mademoiselle.

- Les voici. Seulement, je ne sais ce qui s'est produit sur les quatre clichés que vous m'avez remis, deux seuls étaient impressionnés.

Un vague sourire erra sur les lèvres du Russe, qui ne répondit pas.

Il examinait attentivement les deux épreuves que Michelle venait de lui donner.

- Vous êtes ravissante, sur ces deux-là ! s'écria-t-il, avec chaleur. J'aimerais les faire agrandir. Confiez-moi les clichés, qui sont dans cette pochette. Vous verrez quelles délicieuses épreuves on peut obtenir.

- Les détails doivent manquer, cependant.

- Nullement, c'est superbe ! J'en ai sur moi,

d'ailleurs...

Il tira son portefeuille de sa poche et l'ouvrit.

Dans un des soufflets, Michelle aperçut quelques photos.

John fit le geste de les prendre, mais il hésita et regarda Michelle.

Un sourire contraint détendit son visage. Finalement, il referma le portefeuille n'osant plus, subitement, les lui faire voir.

- Je vous affirme que ces petites photos d'amateur donnent de ravissants agrandissements.

Mais la main de Michelle s'abattit sur le portefeuille de John et empêcha celui-ci de le remettre dans sa poche.

- Montrez-moi les photos qui sont là-dedans ! Pourquoi les cachez-vous ? Ce sont des portraits de femmes ?

- Oui, ma mère et ma sœur.

- Il y en a d'autres. Je veux voir ! Je veux voir !

Michelle ne se rendait même pas compte de l'âpreté de sa voix. L'hésitation de John avait soulevé en elle un monde de réflexions.

- Pourquoi avez-vous hésité ? J'ai aperçu un bonnet russe ! Je suis sûre que c'est le portrait de Molly !

« Si je me trompe, prouvez-le. Pourquoi en faites-vous un mystère, tout a coup ?...

De force, elle cherchait à lui arracher le portefeuille des mains.

- Je ne fais pas, vis-à-vis de vous, un mystère de ce qui me concerne. J'hésite, parce que j'ai peur de vous fâcher.

- Vous avouez donc que quelque chose, làdedans, peut me déplaire ?

- Oui, parce que je ne suis jamais certain de la réaction sur vous de mes actes. Déjà, je vous sens toute vibrante de colère.

- Parce que je soupçonne des choses malpropres !

- Le portrait de miss Molly, par exemple ?

- Ou d'une autre !

Sa main vint emprisonner celle de Michelle qui n'avait pas lâché le portefeuille.

- Et ce serait inconvenant, vis-à-vis de vous, que je porte sur moi le portrait d'une autre ? interrogea-t-il, tout vibrant d'émoi.

Une rougeur empourpra le visage de Michelle, qui détourna les yeux. Mais sa main continuait de s'agripper au portefeuille.

- Montrez-moi cette photo, je l'exige ! insista-t-elle, la voix rauque.

- Soit ! je vous obéis. Mais vous n'avez plus le droit de vous fâcher, si je vous ai déplu.

Il lui abandonna le portefeuille, qu'elle pressa, tout de suite, contre elle, comme si elle avait eu peur qu'il ne se ravisât.

Et, levant les yeux vers lui, elle dit, très pâle et la voix soudain vindicative :

- Je ne sais pas ce que je vais trouver là-dedans, mais tant pis pour vous, John, s'il s'agit d'une sotte plaisanterie. Je considérerai cela comme votre vraie pensée et, quelque soit le portrait de femme que vous portiez sur vous, je ne l'oublierai jamais, vous entendez ?

Toute la hautaine et orgueilleuse Michelle des mauvais jours réapparaissait soudain, dans cette véhémente apostrophe. Son regard aigu et dur se posait sans indulgence sur celui du jeune Russe qui ne sourcilla pas :

- J'ai dit ma mère, ma sœur, et Elle, précisa-t-il.

Mais Michelle éclata de rire.

- Votre sœur ! C'est bien la première fois que je vous entends l'évoquer. Et peut-être comptezvous lui faire endosser les images importunes que vous ne saurez expliquer !

- Examinez ! fit-il simplement.

Elle ouvrit le portefeuille et saisit, au fond d'un soufflet, le petit tas de photos.

L'image, un peu passée, d'une femme de quarante ans environ apparut d'abord.

- Ma mère, dit John, gravement.

- Elle était jolie et distinguée, reconnut

Michelle, mais vous ne lui ressemblez pas.

- Non. Je tiens d'un aïeul de son père !...

Puis Michelle sortit le portrait d'une jeune fille de dix-huit ans environ, dont les cheveux séparés en deux nattes, tressées avec un fil de perles fines, tombaient de chaque côté de la tête.

- Ma sœur Sonia, précisa-t-il.

Le type de la jeune fille était trop spécifiquement russe pour que Michelle pût douter de la parole de John.

Avant de continuer, la fille de M. JourdanFerrières leva les yeux sur le jeune homme.

- Jusqu'ici, fit-elle, c'est bien ce que vous m'avez dit. Et maintenant, que vais-je trouver ?

- Elle, dit-il, ses yeux graves fixés sur ceux de la jeune fille.

- Elle, répéta-t-elle en blêmissant. Celle que... la dame de vos pensées ?

- Oui, celle que j'aime.

C'était si net, si formidable qu'il parut à la jeune millionnaire qu'elle avait reçu un coup de poing en pleine poitrine.

Elle avait détourné les yeux de ceux de John, et il lui semblait que maintenant un brouillard lui obscurcissait la vue.

Ainsi, quand John parlait de sa pastourelle, ou de celle qu'il aimait, il s'agissait bien d'une femme qui existait quelque part et qui n'était pas le reflet de son imagination masculine !...

Maintenant, elle n'osait plus regarder dans le portefeuille. Elle avait l'intuition d'une indiscrète curiosité dont elle allait être punie...

- Eh bien ! Michelle, vous n'osez plus... Il lui avait pris la main et il sentit ses doigts trembler entre les siens.

- Vous avez dit, tout à l'heure, que vous craigniez de me fâcher ? demanda-t-elle à voix basse.

- Oui...

- Alors, je vais avoir de la peine ? -

Non. Vous serez indulgente ! -

Indulgente !

Une détresse était en elle...

Avec un soupir, elle rouvrit le portefeuille, et, tout de suite, elle se reconnut dans les deux photos qui tremblaient au bout de ses doigts.

C'était elle, dans les deux poses prises chez Natacha Pétrovna, et qui avaient manqué au développement...

Elle !... et parlant d'elle, il avait osé dire celle que j'aime /...

Tout son sang, d'un coup, avait afflué au visage. Dans sa poitrine, maintenant, son cœur battait de grands coups sourds.

- Vous les aviez conservées ? balbutia-t-elle, faisant allusion aux plaques photographiques et ne voulant pas paraître remarquer l'audace de sa déclaration.

- Oui...

- Vous m'aviez donné deux clichés vierges à la place.

- Forcément.

- Pourquoi m'avez-vous dit que vous aviez

tout épuisé ?

- Parce que le costume, sans vous dedans, ne m'intéressait pas.

Devant cette nouvelle audace de son compagnon, le visage de Michelle se fit impénétrable.

Elle examinait les deux agrandissements. Pour les mettre dans son portefeuille, il avait dû les découper et ne conserver que le buste.

- J'ai envoyé deux épreuves de chacune des autres à votre nourrice, répondit-elle à une pensée intime.

- Elle ne m'a pas encore retourné les miennes, fit-il simplement, répondant ainsi aux pensées de Michelle.

Elle jeta sur lui un rapide coup d'œil. Comme ils se comprenaient, maintenant, sans paroles...

Elle ne songeait plus que cette entente entre eux était étrange. On aurait dit qu'elle ne cherchait plus à lutter, qu'elle s'inclinait devant les choses inéluctables que l'on subit sans réagir.

- Ce n'était pas la peine de prendre cette

précaution contre moi, et de garder ces deux clichés, remarqua-t-elle, puisque j'étais bien décidée à envoyer les épreuves promises.

- Sait-on jamais quels événements peuvent se produire ?... Le sort est quelquefois si contraire aux désirs des hommes !

- J'avais promis, c'était sacré ! répliqua-t-elle simplement.

- Alors, quand me ferez-vous une autre promesse, murmura-t-il, dans une angoissante supplication.

- Laquelle ?

Cette exclamation lui avait échappé et, pourtant, en cet instant, Michelle savait bien quelle promesse il aurait voulu qu'elle lui fit.

Il garda le silence. Ses yeux cherchèrent ceux de Michelle, car leurs regards étaient plus éloquents que des paroles.

Mais, gênée, elle détourna la tête et, pour se donner une contenance, elle remit en place, avec lenteur, les photos prises dans le portefeuille de John.

Soudain, au fond du soufflet, une autre image, à peine plus grande qu'un timbre à quittance, lui apparut...

C'était un petit carton d'identité représentant John.

Elle le prit, l'examina.

Ses yeux baissés se posèrent sur le portrait, le détaillant longuement et un émoi monta en elle.

La minuscule photo l'intimidait moins que celui qu'elle représentait et elle eût voulu pouvoir la glisser dans son sac.

Elle hésita. C'était autrement grave pour elle de demander cette image que de laisser les siennes entre les mains du chauffeur.

Elle leva les yeux sur celui-ci. Elle sentit qu'il l'examinait, qu'il devinait sa lutte, qu'il attendait sa demande...

Réprimant un soupir, elle remit le petit carton d'identité en place.

- C'est bien vous !... dit-elle, pour couper le silence embarrassant.

- Bah ! ça n'est pas fameux. Pour mon passeport, c'était suffisant.

Tout en parlant, il rangeait les photos, mettant les deux siennes l'une contre l'autre et glissant entre elles deux la petite image d'identité, de telle sorte que sa tête à lui fut à la hauteur de celle de Michelle.

Le geste troubla énormément la jeune fille. Dans sa poitrine, son cœur paraissait avoir cessé de battre sous une émotion inconnue...

- Je vous donne les pochettes et son contenu d'épreuves et de clichés ; en retour, vous me donnez ces deux agrandissements que je n'ai pas, proposa-t-elle, d'une voix sans intonation.

- Si vous voulez.

Gravement, l'homme ouvrait en grand le soufflet de son portefeuille pour que Michelle pût faire l'échange.

D'une main, elle saisit les épreuves agrandies, pendant que de l'autre, elle introduisait la petite pochette de photographies.

Et, subitement, elle glissa celles qu'elle venait

de prendre, dans son sac à main, prenant soin de ne pas desserrer trop tôt ses doigts, car elle savait que l'image de John était coincée entre les deux siennes...

Cela fait, elle respira mieux. Il lui semblait que son geste avait été naturel et que le chauffeur ne pouvait pas s'être aperçu de sa petite supercherie.

Mais en relevant la tête, elle perçut le regard de l'homme qui l'enveloppait d'une tendresse émue et grave à la fois.

Et elle fut moins sûre qu'il n'eût rien deviné...

- Allons ! Il va falloir rentrer, maintenant, décida-t-elle pour dire quelque chose.

Mais il la retint, doucement, par le bras...

XXVII

Ils étaient boulevard Jourdan, près de l'entrée du parc Montsouris. Michelle était venue dans ce coin-là pour échantillonner, dans un journal de modes, des travaux féminins qu'elle comptait emporter au bord de la mer.

- Voulez-vous, avant de repartir, faire avec moi le tour du parc ? demanda John. J'ai une lettre à vous communiquer.

- De qui, cette lettre ?

- D'Angleterre... du prince Beloslavsky. - Il vous réclame, là-bas ?

- Oui, le plus tôt possible.

Une seconde, elle ferma les yeux, sous la détresse qui la pinçait soudain.

Comme tout s'enchaînait et comme les événements se précipitaient pour amollir sa volonté !

Elle avait eu à peine le temps de s'habituer à l'idée qu'il l'aimait, que le destin hostile voulait déjà le séparer d'elle.

- Marchons ! fit-elle, simplement.

Il la suivit, réglant son pas sur celui de la jeune fille.

Comme ils parcouraient une allée complètement déserte, il passa son bras sous le sien et l'attira contre lui, sans qu'elle s'en défendît.

- Voulez-vous me permettre de m'absenter trois jours ?... Il faut que j'aille à Londres me rendre compte de tous les à-côtés de cette situation.

- Votre ami vous donne beaucoup de précisions, cependant, fit-elle, après avoir lu.

- Oui, il fixe un chiffre assez coquet ; mais il ajoute : logé, chauffé, éclairé, blanchi et nourri ! Quels sont, au juste, ces avantages ! Je ne puis accepter un logement de célibataire, par exemple. Cette situation doit me permettre de fonder un foyer... et un foyer gai où une jeune femme puisse se plaire.

- En effet, fit-elle songeuse. Tous ces avantages sont ceux qu'on accorde au personnel infirmier des hôpitaux.

- Justement. En Angleterre, pendant mon stage d'interne, je me contentais d'une simple chambre ripolinée. C'était très propre, mais pas du tout confortable,

- Vous avez été interne, en Angleterre ? ditelle soudain en dégageant son bras du sien... Voyons, je ne comprends pas... vous ne m'avez pas parlé de ça, l'autre jour.

Elle s'était arrêtée et le fixait avec surprise.

- Non, parce que si vous aviez su que j'avais fait mes études médicales, vous eussiez été gênée pour me conserver comme chauffeur à vos ordres.

- Vous êtes reçu docteur en médecine ?

- Oui... en France et en Angleterre. J'ai passé mes examens en ces deux pays. Cela m'était facile, puisque je parle couramment les deux langues et que, seuls, les mots techniques étaient à retenir.

- Pourquoi, alors, cet emploi de chauffeur ?

- Pour me permettre de préparer ma thèse en France. N'oubliez pas que je suis sans fortune.

- Vous eussiez été dans un hôpital ou vous auriez secondé un docteur parisien, que cela eût été plus normal.

- Mais moins bien rétribué, sans compter que, libre tous les soirs, j'ai pu exercer, auprès de mes compatriotes pauvres, et faire un peu de bien autour de moi.

Michelle réfléchissait. Elle était toute bouleversée de ce qu'elle venait d'apprendre et cherchait d'autres raisons à la présence de John, comme chauffeur, auprès d'elle.

- Depuis combien de temps, en avez-vous fini, en France, avec votre thèse ?

- Trois mois.

- Et vous n'êtes pas parti plus tôt ? Qu'est-ce que vous espériez, en attendant ici ?

Il y avait sur le visage de Michelle un si

hostile étonnement qu'il se sentit tout désarçonné.

- Vous me reteniez, vous ne vouliez pas que je vous quitte... sait-on ce que le cœur espère, en pareil cas ?...

- Vous escomptiez une faiblesse de ma part, s'écria-t-elle, véhémente.

- Oh ! protesta-t-il. Ai-je abusé des moments de bienveillance que vous avez eus pour moi ?

- Je me suis toujours ressaisie à temps.

- Je ne croyais pas que mon respect et ma correction vous eussent jamais fait défaut, dit-il tristement.

Elle ne voulut pas remarquer son ton amer, bien qu'en elle-même elle reconnût qu'il avait raison, jamais il n'avait été incorrect avec elle.

Et, à présent, elle s'expliquait son audace de ce jour. Son départ approchait et s'il ne parlait pas, maintenant, il n'aurait plus jamais l'occasion de le faire.

- Comment avez-vous été amené à entrer, comme chauffeur, chez mon père ? s'informa-t-elle après quelques instants de réflexions.

- J'exerçais déjà, à Londres, mais le prince Beloslavsky tenait à ce que j'en termine, en France, avant de m'installer définitivement à sa maison de santé. C'est lui et le banquier Krassel, un ami de votre père, qui m'ont trouvé cet emploi... J'ai accepté à cause de la grande liberté qu'on m'octroyait.

- Krassel vous aura dit, peut-être, qu'il y avait une fille chez les Jourdan-Ferrières.

- Oh ! Michelle ! protesta-t-il, seulement.

- Aujourd'hui, vous êtes décidé à partir ?

- Vous avez vu, dans la lettre de mon ami, qu'il me fait de vifs reproches sur mon inexplicable retard à le rejoindre. Je ne puis plus remettre, avoua-t-il avec une vraie détresse dans les yeux.

Figée dans une apparente indifférence, il semblait que tout ce qu'il pouvait dire ne pût la toucher.

- Est-il en mon pouvoir de faire quelque chose pour que vous demeuriez en France ? demanda-t-elle, de son ton si étrangement calme.

- Non, rien. Une situation honorable que je ne devrai qu'à mon travail m'est faite là-bas. Je n'ai plus le droit de tergiverser.

- Et moi ? jeta-t-elle dans un cri. -

Vous ? fit-il, troublé.

Mais, déjà, elle se ressaisissait.

- Je vais être sans chauffeur ! expliqua-t-elle.

- Ah !... Je me suis assuré qu'un de mes compagnons d'exil accepterait de me remplacer au volant de votre auto. C'est un garçon sérieux en qui vous pouvez avoir confiance et qui vous servira avec dévouement.

- Avec dévouement, protesta-t-elle, il ne me connaît pas ! Quel dévouement sincère puis-je attendre d'un inconnu ?

- Il me connaît, moi, et cela suffit, dit John en souriant tristement.

- Soit, murmura-t-elle. Je le prendrai, puisque c'est vous qui me l'indiquez.

- Je vous remercie de cette preuve de

confiance... Loin de vous, je serai plus tranquille de le savoir à vos côtés.

- Vous ne craignez pas qu'il ne vous remplace, tout à fait ? demanda-t-elle presque durement.

- Non, fit-il gravement, je crois qu'il y a des souvenirs entre vous et moi qui survivront à notre séparation.

Il est des mots qui font frissonner l'âme...

Il parut à Michelle que tout tournait autour d'elle.

Ses jambes flageolaient sous une faiblesse insoupçonnée.

- Notre séparation, répéta-t-elle en un songe. Quand estimez-vous qu'elle aura lieu ?...

- Mais... dans quelques jours ! Je reviendrai pour vous dire adieu.

- Non.

Subitement, son visage s'était décomposé.

Une sensation d'oppression qui allait jusqu'à l'étouffement ne lui permettait plus de feindre.

- Non, non ! Ce n'est pas possible ! Pas tout de suite, je ne veux pas.

- Et c'est trois mois trop tard, fit-il tristement.

Ce fut elle qui, instinctivement, lui prit le bras et se pressa contre lui.

- C'est pour me punir de mes sottes réflexions de tout à l'heure, que vous dites cela, n'est-ce pas ?

- Hélas ! non.

- Vous n'allez pas partir encore. Ce sont les vacances, vous trouverez un prétexte et nous irons ensemble à la mer.

- Ne me tentez pas, Michelle, protesta-t-il faiblement. Pour un sourire de vous, je ferais toutes les folies.

- Et cela en serait une, réellement, que de demeurer toujours ensemble, comme nous sommes depuis six mois ?

- Où cela nous conduirait-il ? remarqua-t-il douloureusement.

- C'est juste, fit-elle avec un soupir, il faudrait

toujours arriver à une décision.

- Et cette décision serait d'autant plus pénible à prendre que je n'aurais plus de situation assurée.

Elle ne répondit pas.

Avec des yeux agrandis de névrose, elle regardait fixement devant elle,

- Croyez-vous que la situation que vous allez avoir vous permettra d'offrir à une femme de partager votre vie, comme vous en aviez l'intention ? demanda-t-elle dans un rêve.

- Je crois qu'une femme pourrait s'en contenter. C'est l'aisance largement assurée... tout dépend de celle qui acceptera de lier son sort au mien...

- Elle aura peut-être des goûts très dispendieux...

- Justement, je vais voir là-bas si la situation qu'on m'offre ne comporte pas la possibilité de me créer, au-dehors, une clientèle. Je suis prêt à travailler nuit et jour pour que ma compagne ne souffre d'aucune restriction.

- John ! balbutia Michelle bouleversée. Vous faites des rêves, votre imagination vous emporte... J'ai peur que vous n'ayez de cruelles déceptions.

- Pourquoi ? interrogea-t-il, la gorge serrée.

- Celle que vous aimez n'est peut-être pas libre, elle a des parents, des liens de famille, de race, de patrie... Elle ne se sentira peut-être pas le courage de tout briser pour vous...

Il eut un sursaut de révolte.

- Si je croyais cela, je partirais demain pour ne plus revenir. Mes bagages sont prêts... quand il n'y a plus que les malles à boucler, le voyage est presque commencé.

- Vous m'avez promis de revenir dans trois jours ? protesta-t-elle.

- Ce délai vous est nécessaire ? remarqua-t-il tristement.

- Oui, affirma-t-elle vivement, car je ne m'attendais pas à vous perdre si vite.

Il la regarda, cherchant à lire sur ce petit visage si tragiquement tendu à rester indéchiffrable.

Et il avait du mal à refouler les mots qui grondaient en lui...

- C'est entendu, fit-il enfin. Je reviendrai vous dire adieu... ou au revoir ! C'est vous qui déciderez.

Il s'arrêta, sa voix s'étranglait.

- Je suis trop pauvre, reprit-il enfin, pour oser même une timide prière. À une femme très riche, un homme n'a pas le droit d'offrir la médiocrité.

Maintenant il évitait ses yeux et il devait se raidir pour ne pas laisser perler à ses cils les larmes qui eussent révélé sa faiblesse.

Michelle, toute petite auprès de lui si grand, leva son regard vers lui et vit la fixité des yeux remplis de larmes.

Cette muette détresse du jeune homme fit chavirer toute sa volonté et son émoi creva en un gros sanglot qu'elle ne put retenir.

- Michelle ! s'écria le jeune homme, affolé par une explosion de chagrin qu'il n'avait pas prévue.

- Ne parlez pas ! ne dites rien ! cria-t-elle inconsciemment. J'ai du chagrin, oh ! du chagrin.

- Michelle ! répéta-t-il, bouleversé, en essayant de la saisir dans ses bras. Mais elle le repoussa instinctivement.

- Laissez-moi, balbutia-t-elle au milieu de ses larmes. Oh ! c'est affreux.

Elle gémissait, tout haut, nerveusement, sans comprendre pourquoi il y avait subitement en elle une telle douleur. Et elle se mit à fuir devant lui, dans un désarroi si grand qu'elle courait, s'arrêtait, titubant comme si elle avait été frappée de folie.

Éperdu, le jeune Russe la suivait. Habitué à la voir toujours si maîtresse d'elle-même, cela le bouleversait qu'elle extériorisât si fortement ses sensations,

Sur les coussins de la voiture, elle s'effondra, le visage caché dans ses deux mains...

Comme son compagnon, voulant la consoler, s'apprêtait à monter auprès d'elle, Michelle se dressa, presque hostile.

- Allez-vous-en, cria-t-elle hors d'elle. Laissez-moi ! Laissez-moi, toute seule.

- Je vous en supplie, Michelle, calmez-vous, répondit-il douloureusement. Ne pleurez pas, je ferai tout ce que vous voudrez.

- Alors, soyez généreux... laissez-moi seule : j'ai besoin d'être seule.

Il hésita. Il lui semblait que puisque le chagrin de Michelle provenait de lui, c'est dans ses bras, contre sa poitrine qu'elle aurait dû chercher la consolation.

Mais, farouchement, le bras de la jeune fille le repoussait et pour mieux le fuir, Michelle se rejetait dans l'autre coin de la voiture, la tête cachée dans son coude replié, lui tournant le dos.

Il referma la portière et regagna son siège. Une grosse déception l'accablait : Michelle le repoussait, elle l'écartait...

Il s'apercevait que de sang-froid, avant cette crise de larmes, elle n'avait même pas eu pour lui un mot d'espoir...

Pendant quelques minutes, il resta anéanti sur

son siège.

Il n'avait jamais osé sérieusement espérer que la fille de M. Jourdan-Ferrières accepterait son amour, mais le cœur a ses raisons que la raison ignore et, véritablement, il n'avait jamais envisagé, non plus, que Michelle pût le repousser si fort à quelques heures d'une séparation qui allait être définitive.

Dans un rêve, il embraya le moteur et mit l'auto en route. Tournant le dos au parc Montsouris, il prit une route, puis une autre... il traversa des villages qu'il ne connaissait pas, dont il ne cherchait même pas à découvrir le nom...

Dans sa petite glace d'auto, il pouvait apercevoir Michelle. Elle demeurait immobile, le visage toujours caché.

Inconscient du parcours suivi, il alla de l'avant tant qu'il vit la jeune fille pleurer.

Ce ne fut que lorsqu'il la sentit calme qu'il songea au retour. Heureusement, dans sa course sans but, la voiture avait tourné en rond. Ils n'étaient qu'à une quarantaine de kilomètres de

Paris et il ne fallut qu'une demi-heure au jeune Russe pour regagner l'avenue Marceau.

Quand Michelle sentit l'arrêt de la RollsRoyce, elle sortit de sa sourde léthargie et un regret lui vint de se retrouver dans la cour de l'hôtel. De partout on pouvait épier ses gestes et les commenter.

Descendant de voiture, elle s'arrêta devant le chauffeur qui lui avait ouvert la portière et qui, rigide, très pâle, se tenait devant elle.

- Sacha, fit-elle doucement, vous m'avez promis de revenir dans trois jours.

- Je tiendrai ma parole, affirma-t-il gravement, tout troublé qu'elle usât de ce diminutif avec lui.

- Vous m'avez promis aussi, tout à l'heure, que vous feriez tout ce que je voudrais... Était-ce une promesse faite en l'air, parce que je pleurais ?

Comme il la regardait, éperdu, sans répondre, car il avait peur du sacrifice qu'elle allait exiger de lui, elle ajouta avec un pâle sourire, d'où toute illusion semblait bannie :

- On promettrait la lune pour empêcher quelqu'un de pleurer.

- Quelqu'un que l'on aime, rectifia-t-il doucement.

Et, tout bas, si bas qu'elle devina les mots plutôt qu'elle ne les entendît :

- Je vous aime, Michelle, et, quoi que vous exigiez de moi, je sais que je n'aurai pas le courage de vous résister.

Elle le regarda et, de nouveau, les yeux de la jeune fille s'emplirent de larmes.

Ils devaient demeurer debout l'un en face de l'autre, impassibles comme s'ils échangeaient des banalités, et, cependant, tout un drame se jouait entre eux.

Les yeux humides de Michelle se rivèrent très doux sur ceux du jeune Russe.

- Dans trois jours, Sacha, vous reviendrez. Je vais vous attendre ici et... nous déciderons ensemble...

Elle vit ses lèvres trembler... sur des mots qu'elle n'entendit pas, mais dont elle devina le sens.

Son cœur recueillit la suprême prière qu'il n'osait énoncer et à laquelle elle ne pouvait répondre.

- Quand vous reviendrez, Sacha ! Quand vous reviendrez...

Elle le regarda une dernière fois, vit son visage torturé et malheureux sous son irréprochable attitude de commande, et soudain, sentant monter en elle une nouvelle crise de larmes, elle s'enfuit, gémissante, s'enfermer au verrou, dans sa chambre.

XXVIII

Longtemps, Michelle pleura...

Depuis des semaines, elle s'était aperçue des sentiments qu'elle inspirait à John. Cela lui paraissait amusant même. Elle s'en jouait, y prenait plaisir, se faisant coquette avec lui, trouvant un charme singulier à rencontrer ses yeux, à frôler ses doigts, à affoler de ses sourires ce grand gaillard qui, jusque-là, paraissait si sûr de lui dans son inaltérable correction.

Mais, si invraisemblable que cela puisse paraître, jamais Michelle n'avait cru à la possibilité qu'elle pût payer de retour l'amour que le chauffeur avait pour elle.

Pour la première fois, tantôt, la vérité lui était apparue dans toute son étendue... dans tout son désastre ! Comme un voile subitement arraché de ses yeux, elle avait eu la vision épouvantable des sentiments nés en elle.

Tout ce que, depuis des semaines, elle se refusait à voir lui était apparu, malgré elle.

L'abîme était ouvert, là, sous ses pas, devant lequel elle se raidissait... essayant encore, sous une volonté de fer, de se leurrer, de s'accrocher à quelque illusion...

Et, insensiblement, à mesure qu'il parlait, qu'elle répondait... qu'elle comprenait que le départ du jeune Russe était imminent... elle avait glissé vertigineusement... lamentablement... jusqu'au fond du gouffre... au fond de la vérité.

- Mais pourquoi lui ? Lui plutôt qu'un autre ?... Mon Dieu, ce n'est pas possible, vous n'avez pas voulu cela ! Tout ce qu'elle avait rejeté de sa pensée, repoussé de son cerveau raisonnable : ses luttes non avouées, ses élans d'orgueil dans lesquels elle se drapait, ses railleuses remarques qui cherchaient à cingler l'amour-propre d'un autre et qui, toujours, la meurtrissaient elle-même, tout lui apparut clairement, péniblement lumineux !

- Je l'aime, moi, je l'aime ! Oh ! c'est affreux !

Petite chose hoquetante, affalée sur le lit, Michelle connut le calvaire d'un effondrement... l'agonie de toutes ses illusions d'enfant sage et naïve, de toutes ses prétentions de fille riche et adulée.

Sans le vouloir, sans le savoir même, le cœur pouvait s'éprendre ! Malgré l'éducation, la raison, la volonté, l'orgueil, toutes les conventions sociales, malgré tout, elle aimait... elle aimait un chauffeur... son chauffeur !

De savoir qu'il était, en réalité, un docteur en médecine n'adoucissait pas son humiliation.

Ses yeux clos sous les larmes de feu, dans le noir de sa chambre, malgré son mouchoir en tampon sur ses paupières gonflées, elle ne voyait qu'une blouse lumineusement blanche, des parements rouges, une casquette, un chauffeur, quoi !... Michelle Jourdan-Ferrières, la fille du multimillionnaire, aimait son chauffeur !

Cette crise d'orgueil dura une partie de la nuit. Puis, dans la pauvre tête fatiguée d'avoir tant pleuré et tant déliré, la nature bienfaisante versa l'oubli et la détente d'un sommeil qui fut profond comme la mort, mais apaisant et réparateur...

Au matin, elle se réveilla alanguie, mais calme. Toute sa force de révolte était tombée ; elle comprenait que la destinée avait été plus forte que sa volonté.

Dans ce qui lui arrivait, elle n'avait rien à se reprocher. Longtemps, elle avait lutté contre l'emprise de l'homme, contre l'attrait qui émanait de lui, contre l'émoi dont tout son être frémissait à sa vue ; elle l'avait bafoué, raillé, repoussé... elle avait nié ses propres sentiments, refoulé toutes ses aspirations, voulu étouffer tous ses instinctifs élans...

Et voilà que, victorieux de toutes les entraves, se jouant de ses principes les plus sacrés, foulant aux pieds tout ce qu'elle avait vénéré jusque-là, l'amour surgissait triomphant, renversant tous les obstacles qu'elle avait dressés contre lui.

Et Michelle n'avait plus la force de réagir... l'appel de l'amour était plus fort que tout...

Elle venait à peine de quitter son cabinet de

toilette, quand Landine lui annonça la visite de Molly Burke.

L'Américaine fut devant elle avant qu'elle eût le temps de se demander ce que signifiait une visite si matinale.

- Quel bon vent vous amène, Molly ?

- Chérie, je viens éclairer moi auprès de vous.

- Qu'est-ce qu'il y a ? fit Michelle en la faisant asseoir dans un fauteuil si profond que la petite milliardaire parut y disparaître.

- Voilà... je viens parler franchement à vous. - À quel sujet ?

- John.

Malgré elle, le visage de Michelle se tendit.

- Écoutez, chérie, il ne faut plus se taquiner sur lui... Inutile de chercher à railler, ni à mentir. Je sais qu'il va quitter vous pour aller en Angleterre.

- Qui est-ce qui vous l'a dit ? -

Lui.

- Quand ?

- Hier soir.

- Vous avez vu John hier soir ? interrogea Michelle dont la voix, soudain, avait du mal à rester calme.

- J'ai vu lui...

- Où ?

- Chez lui... Je suis allée ! - Comment ça ?

Il y avait une telle surprise dans l'exclamation de Michelle que la petite Américaine se mit à rire.

- Oui, vous savez, j'ai décision très ferme. Je tenais à parler sérieusement à lui et... vous ne me fournissiez pas occasion.

- Et vous êtes allée, hier soir, chez un homme ?

- Yes ! Landine avait donné adresse à Mary. Je suis allée à neuf heures.

- Il était là ?

Molly fit un signe de tête affirmatif, puis se mit à rire.

- Je crois qu'il attendait une autre... Quand la femme de service lui a dit qu'une jeune fille était là, John est venu vite, mais aussi très vite déçu quand il a reconnu moi...

- Et alors ?

- Il a paru surpris... un peu fâché, aussi ! Comme vous, il pensait que je ne devais pas être chez lui. Très drôle, cette question de correction, en France !... Je trouve, moi, une femme peut aller chez un homme sans faire de mal... et ailleurs, ne pas être sérieuse...

- Évidemment... question de préjugés...

- All right ! J'aime vous, Michelle, parlant comme ça.

La fille de M. Jourdan-Ferrières eut un sourire un peu triste,

- Il vaut toujours mieux être réservée... mais les meilleures intentions peuvent ne pas réussir.

- C'est ce que je pensais... Enfin, John a entraîné moi, au café : c'était mieux de causer en public !

- Vous n'êtes pas convaincue de ça, Molly ? remarqua Michelle, avec un sourire de détente, car elle devinait les pensées qui avaient guidé John.

- Non, pas du tout, articula l'Américaine. Seule avec lui, dans son logis, me paraissait plus convenable qu'au café, devant tout le monde.

- Enfin, vous avez pu lui dire ce que vous vouliez ?

- Yes ! Je lui ai offert le mariage. -

Hein ?

Molly se mit à rire devant l'effarement de Michelle.

- Oh ! chérie, ne regardez pas moi avec de pareils yeux. Vous aviez dit à moi, on ne vole pas un serviteur. J'avais répondu : j'épouse ! Et vous étiez encore fâchée. Maintenant, il vous quitte... Il dit que vous savez son départ proche... Je lui offre mariage avantageux, au lieu de position médiocre en Angleterre... je ne fais plus tort à vous, Michelle, et vous devez m'aider.

- Vous aider à quoi ? demanda la jeune fille, toute songeuse.

- À convaincre John.

- Il a donc refusé ?

- Il a dit : je ne suis pas libre, j'aime ailleurs !

- Alors, Molly, s'il n'est pas libre...

- Oh ! chérie, vous allez trop vite pour conclure... John aime, mais il a avoué à moi qu'il ne croyait pas être payé de retour... Elle ne consentira pas à le marier... Vous voyez, Michelle, que j'ai encore des chances.

Elle ne répondit pas. Le doute du jeune Russe l'atteignait en plein cœur et, cependant, elle n'aurait pas voulu apprendre qu'il avait en lui la fatuité d'un espoir.

Un peu pâle, elle examina Molly dont le visage était devenu grave.

- Comment pouvez-vous envisager de devenir la femme d'un homme qui en aimerait une autre ? remarqua-t-elle.

- Si je l'épouse, lui, c'est que l'autre aura

refusé... John sera malheureux... Je consolerai lui... Je le sauverai du chagrin et de la solitude. Plus tard, il aimera moi plus que tout !

Comme Michelle la regardait toute troublée, la petite Américaine eut un sourire.

- Vous ne pouvez comprendre, chérie. Vous, en France, un mariage, c'est de l'argent, une affaire... quelquefois, la beauté physique compte, rarement le reste. Moi, sérieusement, je choisis John. Il me plaît sincèrement, j'ai confiance en lui. J'ai dit à mon père qui accepte... J'ai parlé à John. Maintenant, j'attends.

- Et vous espérez ?

- Y es ! J'ai confiance.

- John admet donc que, si celle qu'il préfère le repousse, il vous épousera ?

- Oh ! je n'ai pas demandé cette chose. Il faut attendre que la question de l'autre soit réglée. Quand il sera malheureux, je viendrai et il verra où sont les sentiments sincères et fidèles.

- C'est bien raisonné, murmura Michelle, en regardant dans le vague vers sa fenêtre ouverte qui laissait apercevoir un coin du ciel parisien.

Une émotion pénible lui crispait la gorge. Elle aurait voulu pouvoir crier à Molly de se taire, que John l'aimait et qu'il était payé de retour, qu'elle ne permettrait jamais qu'une autre le lui enlevât... mais ses lèvres restaient farouchement closes ; elle ne savait pas, non, réellement, elle ne savait pas si la jeune Américaine n'avait pas raison d'attendre et d'espérer.

- Pourquoi êtes-vous venue, Molly, me raconter ces choses, ce matin ? demanda-t-elle après un pesant silence.

- Parce que j'ai besoin de vous. -

De moi !

Les yeux de Michelle se posèrent durement sur ceux de Molly. Qu'est-ce que cette écervelée allait lui demander ?

- Ne me regardez pas sévèrement ainsi, chérie Michelle, John est parti... je ne le prends pas à vous et je vous fais confiance, puisque je dis à vous où lui et moi en sommes...

- Qu'attendez-vous de moi ? fit la fille de M.

Jourdan-Ferrières, en se ressaisissant.

- Voilà... L'autre ? John a refusé de dire son nom... toutes questions furent inutiles. Vous, vous devez savoir. Je viens demander à vous de dire à moi ce que vous savez.

- Pourquoi voulez-vous connaître son nom ?

- Pour offrir à elle, puisqu'elle n'aime pas, une compensation. Si elle est pauvre, je mettrai une fortune aux pieds pour qu'elle repousse tout de suite l'offre de John.

- Vous êtes pratique.

Michelle se leva, agitée.

- Business... Je défends ma chance.

- Mais vous tenez donc tant que ça à John, Molly ? C'est tellement extraordinaire.

- Parce que vous croyez extravagance et excentricité. Si vous disiez sincérité, vous comprendriez.

Molly s'arrêta, la tête un peu basse ; puis elle se secoua, poussa un soupir.

- Voilà tout. Je suis sincère.

Michelle vit briller deux larmes en ses yeux. Et une émotion la souleva.

- Oh ! Molly, vous êtes meilleure que moi.

- Non ! J'aime, ça explique tout !... Vous ne pouvez pas comprendre, chérie.

- Si, je vous comprends, murmura la fille de M. Jourdan-Ferrières. Et je crois que ce sera pour John un grand bonheur de vous rencontrer si... si l'autre n'a pas le courage...

- Dites son nom, Michelle ?

Mais celle-ci hocha la tête :

- Non ! Il ne faut pas se mettre en travers du destin...

- Oh ! ce n'est qu'un prétexte de refus...

- Et même, Molly, pour plus tard... si... si vous triomphez... il vaut mieux que vous ignoriez le nom...

Michelle parlait lentement, gravement, nul n'aurait pu se douter qu'elle était en cause.

Et pourtant, un moment, elle s'était demandé si à la franchise de Molly elle ne devait pas répondre par une égale confiance ? De quel côté, pour elle, était la loyauté en cette affaire ?

Mais John lui-même avait gardé le silence et elle observa la même attitude. Au surplus, Michelle avait sa famille à ménager et elle n'était pas sûre de la discrétion de la petite Américaine. Le quiproquo qui la rapprochait de celle-ci les diviserait aussitôt résolu.

Michelle observa donc un prudent silence. Pourtant, il était un point qu'elle tenait à mettre en lumière.

- Il m'est impossible de vous donner le nom que vous demandez, Molly, mais je dois vous dire que vous vous leurrez sur une chose et que John, lui-même, s'égare à ce propos.

- Quoi donc ? Que savez-vous ?

- Ceci, seulement, c'est que les sentiments de John sont payés de retour, la femme qu'il aime ne l'aime pas moins que lui...

- Vous êtes sûre de cela ? fit Molly vivement. - Certaine.

- Véritablement certaine ?

- Absolument, dans toute l'acception du mot, John est aimé.

- Alors, fit Molly, déçue, elle épousera lui.

- C'est peut-être aller vite en déduction.

- Puisque vous connaissez, dites à moi, c'est une vraie jeune fille.

- Une vraie jeune fille. -

De bonne famille ? -

Bien élevéc.

- Elle est riche ?

- Je ne crois pas que, personnellement, elle possède quelque chose à elle.

- Mais alors, s'ils se marient ensemble ?

- Tout me fait supposer qu'ils devraient se contenter, pour vivre, des honoraires de John.

- Vraiment, ce garçon est fou ! remarqua Molly avec indignation. J'offre une fortune à lui.

- Évidemment... il serait plus avantageux pour lui de vous choisir.

- Et vous êtes sûre, Michelle chérie, que je

puis pas offrir à elle... puisqu'elle est pauvre. Vous devriez lui dire que je paierai...

- Combien de milliards ? fit la jeune fille en souriant un peu ironiquement.

- Comment ? Milliards ? s'écria l'Américaine, interloquée.

- Dame, Molly, vous me paraissez avoir de singulières idées sur le caractère des jeunes filles françaises. Vous dites toujours que je ne puis comprendre... que, chez nous, le mariage est une affaire... Vous offrez d'acheter un mari, de payer une femme pour qu'elle renonce à celui qu'elle aime. Il faudrait s'entendre et savoir pour laquelle des deux le mariage est une affaire : vous ou l'autre ?

- Moi, je suis sincère.

- Pourquoi le serait-elle moins que vous ?

- J'offre mon amour et une fortune à celui que je choisis.

- Elle lui donnera peut-être plus que vous.

- Oh ! je ne crois pas ! Que pourrait-elle offrir de mieux ?

- Son désintéressement... en renonçant à tout pour être à lui !

- Je ne comprends pas très bien. Mais, chérie, vous jugez en spectatrice ; mon offre est plus belle.

Michelle la regarda pensivement.

- Peut-être, fit-elle, toute songeuse. Alors, Molly, croyez-moi, laissez faire la Providence ; nous ne sommes rien devant la destinée.

Puis elle vint à son amie et, doucement, lui mit les mains sur les épaules.

- Vous avez bien fait de venir ce matin... Souvent, vos excentricités m'agaçaient. Mes préjugés bourgeois se heurtaient à votre sens pratique un peu trop sans-gêne. Aujourd'hui, je vous ai sentie sincère, Molly... et vous avez dit des choses qui avaient besoin d'être dites, qu'il était nécessaire d'exprimer en ce moment...

- Eh bien ! Michelle chérie, puisque contente, promettez à moi de me prévenir... John sera en Angleterre, vous qui connaissez l'autre, vous direz à moi si... si la route est libre... Vous comprenez !

- C'est entendu, promit-elle gravement. Je vous préviendrai... Vous irez le consoler !

La jeune Américaine ne comprit pas pourquoi sa compagne était si pâle en faisant cette promesse.

Quand elle fut partie, Michelle s'appuya le dos à la porte sous une faiblesse subite.

Les yeux clos, elle avait l'impression d'être à bout de forces. Elle sortait brisée de cet atroce entretien, si calme, si raisonnable en apparence.

Molly, pauvre gosse sincère dans votre exubérance, douterez-vous jamais combien vos généreuses paroles ont flagellé sa raison et crucifié son indomptable orgueil ?

XXIX

- Papa, vous m'avez déjà présenté pas mal de fiancés possibles, fit Michelle, au salon, après le dîner.

- Hélas ! s'exclama le père, ça ne sert pas à grand-chose avec toi ; tu les refuses tous !

- C'est qu'apparemment aucun ne m'a plu, jusqu'ici.

- Ce qui prouve que tu es difficile ; c'étaient tous de beaux partis.

- Ça prouve aussi, mon père, que vous et moi n'avons pas la même conception de mon futur mari.

- Qu'est-ce que tu me chantes là ?

- La vérité, mon papa ! Tant que vous ne me présenterez que des fiancés de votre choix, il est certain que je refuserai.

- Pourquoi ?

- Il faudrait qu'ils fussent à mon goût, pour que j'accepte.

- Je t'ai présenté tous ceux qui étaient acceptables parmi ceux qui m'ont demandé ta main.

- Mais qu'est-ce que vous appelez un fiancé acceptable ?

M. Jourdan-Ferrières vint se poser devant Michelle.

- Un mari acceptable, mademoiselle ma fille, c'est un homme sain, honorable...

- Évidemment.

- Pas trop mal tourné de sa personne... -

Cela va sans dire.

- Et riche !... Aussi riche que tu l'es toi-même. -

Pourquoi faire ?

- Pour que ta fortune soit doublée du coup et que tu connaisses toutes les satisfactions que donne une grosse richesse.

- Je n'ai pas besoin de tant d'argent pour être heureuse.

- Mais, moi, je tiens essentiellement à ce que mon gendre soit un homme riche... Parce que ce sera la meilleure garantie que je puisse trouver sur ses sentiments pour toi ; ta grosse dot attire les épouseurs comme les alouettes vont au miroir. Tu n'es si recherchée en mariage que parce que tu représentes un chiffre respectable de millions.

- Très flatteur pour moi.

- Je ne puis estimer comme sincère qu'un homme ayant une fortune égale à la tienne ; car celui qui peut choisir sans s'intéresser au chiffre d'une dot, celui-ci seul est sincère en disant t'aimer.

- Mon petit papa, votre raisonnement est spécieux, un beau garçon sans fortune peut aussi être sincère et m'aimer réellement, pour moi-même.

- Jamais, il ne pourra me le prouver.

- Évidemment, mais il faut aussi faire entrer en ligne de compte mes sentiments ; je puis préférer l'homme sans fortune au prétendant riche.

- Ce serait un grand malheur pour toi, ma pauvre Michelle, car jamais je ne donnerais mon consentement à un pareil projet.

- Alors, fit-elle avec amertume, à quoi me sert d'être la fille d'un homme tel que vous, si je ne puis pas me payer le luxe de choisir le mari qui me plaît ?

- Ah çà ! j'espère que tu ne fais là que des suppositions ? Je t'ai passé bien des fantaisies et j'ai satisfait autant que j'ai pu tous tes caprices ; mais si jamais tu avais le malheur d'aimer un garçon sans fortune, ressaisis-toi, car jamais, jamais, je ne l'accepterais pour gendre.

- On n'est pas maître de ses sentiments ; je puis aimer involontairement.

- Eh ! mon Dieu ! aime autant que tu veux... ça ne se commande pas. Mais ne te mets pas en tête d'épouser un tel amoureux.

- Oh ! papa, protesta Michelle, plutôt choquée.

- Mon enfant, intervint Mme Jourdan-Ferrières, ton père s'exprime mal. Il veut dire que l'amour est une chose et que le mariage en est une autre.

- Parbleu ! fit l'homme, bourru. Cette enfant me fait dire des choses ineptes.

- Il vaut mieux s'entendre, mon père, pour que je sache... Ainsi, vous dites que le mariage...

- ... Est un acte important... plus important que l'achat d'un manteau ou d'une propriété. Et cependant, pour ces achats secondaires, on recherche ce qui est le plus beau, le plus riche, pour l'argent qu'on veut y mettre. Pour se marier, il faut en faire autant... L'argent, vois-tu, ma petite enfant, c'est l'assurance de la qualité et de la solidité.

- Peut-être, papa, mais un mariage sans amour, malgré les qualités que vous lui conférez, ça me fait l'effet d'un manteau solide, mais qui n'irait pas à ma taille.

- Ah ! çà, Michelle ! Qu'est-ce que ça veut dire, toutes ces questions ? J'espère bien que tu ne vas pas nous présenter quelque fiancé ridicule.

- Il ne s'agit pas de cela, mais Molly Burke disait, ce matin, que la fortune de son père lui permettrait d'épouser l'homme qu'elle aimait, même s'il était sans le sou. Or, je pensais que vous m'auriez concédé le même avantage.

- Molly Burke est une sotte qui tombera facilement dans les pattes d'un coureur de dot. Elle sera bien avancée quand son mari lui aura dévoré tous ses millions.

- Pas fatalement !

- Oh ! presque toujours. C'est l'histoire habituelle.

- Au moins, elle aura connu l'amour.

- C'est un mets qui ne remplit pas l'estomac.

- Enfin, mon père, supposez que je veuille faire comme Molly Burke et que je vous présente un jeune homme bien élevé, de bonne famille, mais sans fortune ?

- Je préfère ne pas supposer.

- Mais si, répondez pour que je sache à quoi m'en tenir !

- Ah ! tu veux savoir. Eh bien ! ne t'y trompe pas. J'ai dit tout à l'heure que, jamais, je ne te donnerais mon consentement. J'ajoute, pour l'édification du joli monsieur que tu choisirais, que je ne te donnerais pas un sou de dot. Il pourrait se fouiller, tant pis pour toi...

- C'est un peu ça que je supposais, ce matin, en écoutant parler Molly.

- Je te couperais les vivres, comprends-tu, et ton mari devrait travailler pour te nourrir.

- Bref ! mon père, pour être sûr que mon mari ne mangerait pas à votre râtelier, vous me laisseriez mourir de faim.

- Tu l'aurais voulu.

- Me voici prévenue si jamais je voulais laisser parler mon cœur.

- Oui, et tiens-le-toi pour dit si, aujourd'hui, tu as eu envie de sonder mes sentiments.

- J'ai parlé de Molly Burke, papa... Et j'ajoute qu'elle est heureuse d'être Américaine, elle !

- Tu m'en reparleras plus tard.

- Bah ! Si même dans la recherche du bonheur elle risquait quelques millions et qu'elle les perdît, comme vous le dites, son père est assez riche pour supporter cette perte, eu égard au bonheur de sa fille.

Et Michelle, un peu émue de ce long et pénible débat, quitta l'appartement.

Quand elle fut partie, M. Jourdan-Ferrières se tourna vers sa femme.

- Non ! mais as-tu vu cette petite Michelle, si fière jusqu'ici de sa fortune ! La voilà qui parle d'épouser un homme pauvre. Ah ! qu'elle prenne bien garde. Je t'assure que le gigolo n'en tirerait aucun avantage. Je fonderais une œuvre de charité et je donnerais tout, jusqu'à mon dernier sou... tout pour qu'elle n'ait rien !

Il en était blême de fureur.

À ce moment, la porte se rouvrit et Michelle réapparut, tragiquement pâle.

- Vous criez si fort, mon père, que j'ai tout entendu. Je suis heureuse de connaître vos sentiments paternels. Si jamais je me trouvais dans la pénible obligation d'avoir à choisir entre vos préventions et l'homme que j'aimerais, je sais maintenant ce qui me resterait à faire.

- Michelle, je t'en supplie, ne brave pas ton père inutilement, puisque, tu le dis toi-même, la question n'est pas en jeu.

- Elle le serait que ce serait la même chose. À son amour de l'argent, mon père sacrifierait sa fille. Vous l'avez entendu, maman.

Énervée, elle tremblait en parlant.

- Calme-toi, mon enfant. Calme-toi.

Mais le père aussi était hors de lui.

- Oui, je l'ai dit, Michelle, et je m'en vante ! s'écria-t-il en donnant un grand coup de poing sur la table. Je n'ai pas travaillé toute ma vie pour qu'un gendre vienne se repaître du fruit de mon labeur.

- Mais, moi, je n'ai rien fait pour être riche : je n'ai pas à subir les conséquences ! Je ne sais pas ce que l'avenir me réserve, mais ce dont je suis certaine, maintenant, c'est que j'aurai la volonté d'être heureuse, quoi qu'il advienne !

- Michelle, je t'ordonne de te taire ! s'écria Mme Jourdan-Ferrières en saisissant la jeune fille par le bras.

Elle ajouta, plus calme devant leur double silence :

- Pourquoi vous faites-vous du mal, tous les deux, pour un sujet qui n'est pas à examiner et qui ne le sera peut-être jamais ? Michelle ne demande pas à se marier, et son père, grâce à Dieu, ne lui a pas encore refusé son consentement.

- Non, mais je pourrais bien le faire, un jour ! - Justement, je suis fixée.

- Vous n'allez pas recommencer ?

- Non, mère. Je vais me coucher.

Elle alla vers Mme Jourdan-Ferrières et l'embrassa.

- Au revoir, maman... et merci ! Vous, au moins, vous ne m'avez pas accablée. Vous auriez accepté d'examiner, avec indulgence, une question comme celle-là.

- Hé ! parbleu ! Qui dit discussion dit concession. Or, moi, je suis inflexible. C'est avec des principes comme ça que j'ai réussi.

Michelle ne répondit pas, mais elle n'alla pas embrasser son père avant de s'éloigner.

Un silence tomba dans le salon après le départ de la jeune fille.

Puis, au bout d'un moment, le père remarqua, à voix basse, comme s'il avait eu peur que Michelle l'entendît cette fois encore :

- Qu'est-ce qui lui a pris, à cette petite, de soulever une telle question ?

- Cette folle de Molly Burke, avec ses théories modernes : le droit au bonheur ! Ça grise toutes les têtes des jeunes filles.

- Il faudra, tout de même, s'assurer qu'il n'y a rien sous cloche...

- Oh ! je ne crois pas. Michelle paraît insouciante dans toutes les soirées où nous allons.

- Ses danseurs ?

- Elle n'en favorise aucun. D'ailleurs, elle ne raffole plus guère de la danse. On la voit toujours dans les groupes de jeunes filles, à bavarder.

- Enfin, elle traîne sans cesse un tas de flirts derrière elle.

- Eh bien ! justement, j'ai remarqué que Michelle les laisse tous tomber.

- Alors, quoi ?

- Je ne vois pas. Elle dédaigne tout le monde et prend des airs d'impératrice avec le moindre garçon.

- Parce qu'elle pense à quelqu'un.

- Je l'ai souvent observée sans qu'elle s'en doute, eh bien ! véritablement, il n'y a aucun homme qui l'émeuve.

- J'aime mieux ça.

- Cependant, mon ami, laisse-moi te dire... tu as été trop cassant, tout à l'heure.

- Ah ! ne reviens pas, toi aussi, là-dessus.

- Écoute-moi, d'abord. En principe, on a toujours intérêt à ne pas brusquer les choses. Si Michelle nous a interrogés avec une arrièrepensée...

- Elle est fixée.

- Malheureusement, car elle n'oserait plus nous en parler.

- Tant mieux, je n'aurais pas à refuser.

- Tant pis, car nous ne saurions rien... et il est difficile de se défendre contre une chose qu'on ignore.

- Ah ! évidemment, à ce point de vue !

- À un autre aussi, c'est que, réellement, s'il s'agissait du bonheur de Michelle, je veux croire que tu examinerais l'homme de son choix avant de le repousser.

- Non, s'il était sans fortune ! affirma-t-il en élevant la voix.

- Chut ! ne crie pas si fort. Je ne tiens pas à ce qu'elle entende ce que nous disons.

- Tu me fais bouillonner avec tes concessions !

- Alors, elle a raison, cette enfant. Ta fortune est un grand malheur pour elle. Tu n'as pas regardé d'aussi près quand tu as épousé sa mère. Et moi-même je n'avais pas de millions à t'apporter quand tu es venu demander ma main.

- Les conditions ne sont plus les mêmes, je ne lui refuse pas le droit de choisir... je ne lui demande que de faire son choix parmi ceux que j'estime dignes d'elle. Je lui en ai déjà présenté quelques-uns.

- S'ils ne lui plaisent pas.

- Je lui en trouverai d'autres.

- Mais peut-être celui qu'elle aurait voulu agréer était-il parmi ceux que tu as éconduits ?

- Dans ce cas, tant pis pour lui.

- Tant pis pour elle aussi !

- Ah ! tu m'ennuies à la fin ! Je ne suis pas un père barbare : je suis un homme d'affaires pratique et qui ne laisse rien au hasard. Si tu te mets avec elle contre moi...

- C'est bon ! C'est bon !

- Je crois agir pour son bien. -

J'en suis persuadée.

- Alors, ne me reproche rien.

- Examine tout de même mon objection.

- Elle ne veut rien dire.

- N'en parlons plus.

Mais, malgré le changement de conversation, le cerveau du père travaillait.

Et quand, dans la nuit, en gagnant sa chambre, il passa devant la porte de sa fille, il s'arrêta.

- Essayez donc de faire le bonheur de vos enfants, grommela-t-il. Qui me dira jamais ce que cette gamine a dans la tête ?...

XXX

Il était dix heures du matin quand Michelle, un peu grave, mais l'air décidé, sonna à la porte de l'appartement de John.

Par un laconique télégramme qu'il lui avait adressé de Londres, avant de prendre le chemin du retour, elle était certaine qu'il était arrivé dans la nuit.

Avant son départ, le jeune Russe avait pris définitivement congé de la famille JourdanFerrières. Elle savait donc qu'il ne reviendrait pas à l'hôtel.

Et n'ayant prévu d'avance avec lui aucun rendez-vous, elle venait d'elle-même lui fournir les explications promises.

Une femme, assez jeune, vint ouvrir à son coup de sonnette.

- M. Isborsky ? demanda Michelle.

- Monsieur n'est pas là, en ce moment.

Il y eut une telle déception sur le visage de la jeune fille que la femme crut bon d'ajouter :

- Il ne sera peut-être pas longtemps absent.

- Il est rentré de Londres cette nuit, n'est-ce pas ?

- Oui, madame.

- Et il ne vous a chargée d'aucune commission si on venait le demander ?

- Non.

- Il n'a pas téléphoné non plus, ce matin ? J'attendais un peu une communication.

- Si Madame veut me dire son nom ? fit la femme que l'extrême distinction de Michelle paraissait troubler.

- Je suis Michelle Jourdan-Ferrières.

L'autre eut un mouvement d'avenante surprise.

- Oh ! mademoiselle, je vous demande pardon de vous laisser à la porte... Monsieur m'en voudrait de ne pas vous avoir fait attendre.

Veuillez entrer, je vous prie. Entrez donc...

Elle s'affairait, respectueuse et avec tant d'empressement, que Michelle eut un vague sourire. Celle-ci, comme Natacha Pétrovna, à Pacy, savait ce que signifiait son nom pour le jeune Russe.

- Je ne pouvais pas deviner, expliquait encore la jeune femme. L'autre soir, M. Alexandre était mécontent parce que j'avais laissé une dame arriver jusqu'à lui.

- Je ne pense pas qu'il vous gronde à mon sujet, fit Michelle en souriant, heureuse de constater que les paroles de la femme s'accordaient avec ce que lui avait dit Molly.

- Oh ! je sais bien ! Il y a des semaines que Monsieur a prévu la venue de Mademoiselle.

Elle s'arrêta et, montrant un bouquet dans un vase, sur une table-bureau :

- Je dois, tous les jours, renouveler ces fleurs à l'intention de Mademoiselle. Cette précaution a servi à quelque chose, puisque Mademoiselle est venue.

Michelle, toute rougissante, eut un sourire ému. Après la grande crise de désespoir qui l'avait secouée au sujet de John, toute preuve d'amour de celui-ci lui devenait infiniment précieuse.

Elle alla vers les fleurs, en choisit une et l'attacha à son corsage. Puis elle regarda autour d'elle.

- Je suis ici chez M. Isborsky ? demanda-t-elle.

- Oui, cette pièce lui sert à la fois de cabinet de travail et de salon, quand il reçoit des amis. Voici sa chambre, à côté, et, au fond, un cabinet de toilette. Mon mari et moi avons la cuisine et les deux chambres sur la cour. C'est très commode pour chacun.

Michelle s'avança jusqu'au seuil de la pièce que la femme avait désignée comme étant la chambre de John. Et, toute songeuse, elle examina l'appartement où la vie intime du chauffeur s'écoulait.

C'était simple, sans aucun luxe, mais tout était

confortable, de bon goût et infiniment soigné.

Cela lui parut net et irréprochable comme toute la personne du jeune Russe. Le même besoin de correcte élégance qui veillait au choix de ses costumes avait présidé à l'aménagement de ces deux pièces.

Michelle évoqua, allant et venant entre ces murs, la fière et calme figure de Sacha et une apaisante satisfaction fut en elle, auprès de cet homme, comme à son foyer, une femme ne serait jamais diminuée.

Elle en était là de ses réflexions quand elle perçut le bruit métallique d'un passe-partout dans la serrure.

Elle se retourna et vit John dans le vestibule.

Il ne l'avait pas aperçue et accrochait son chapeau à une patère. Son visage aux traits tirés, un peu amaigri, parut empreint d'une vague mélancolie.

- Rien de neuf ? Pas de courrier ?

Derrière lui, la femme répondit :

- Monsieur... il y a une dame, Mlle Michelle.

D'un brusque mouvement, il se retourna et aperçut la jeune fille.

- Vous ! fit-il, tout troublé. Vous êtes venue.

Il s'élançait vers elle, la regardait, transfiguré, ne sachant pas si elle lui apportait du bonheur ou des larmes, mais si heureux de la sentir là qu'il ne savait plus comment lui exprimer sa joie.

- Je suis venue, car nous n'avions pas pris rendez-vous et je vous avais promis qu'à votre retour nous parlerions.

Il perçut comme une fêlure dans la voix tendre et son regard aigu l'examina.

- Ma petite Michelle, qu'est-ce que vous avez eu ? Pourquoi cette pâleur et cette fièvre que je sens en vous ?

- J'ai eu du chagrin... vous ne pouvez pas vous douter ! Tout a contribué à m'accabler depuis trois jours.

Et, avec un pauvre sourire :

- Si vous étiez revenu hier, je n'aurais pas pu venir vous voir ; j'avais tant pleuré que j'étais méconnaissable.

- Et pourquoi toutes ces larmes ? fit-il tristement. Si mon amour vous importune, vous n'en entendrez plus jamais parler. J'aurais dû m'éloigner sans y faire allusion... Pourquoi ai-je eu cette faiblesse qui vous cause tant de mal ?

Il l'avait fait asseoir dans un coin du divan et avait dressé autour d'elle des coussins épais et douillets.

Sur le même siège, il prit place à côté d'elle, gardant sa main droite entre les siennes.

- Sacha, fit-elle doucement, en pressant ses doigts, vous vous trompez, ce n'est pas à cause de votre aveu que j'ai pleuré.

Il tressaillit et la regarda, éperdu.

- Ma petite Michelle, bégaya-t-il, l'âme soudain palpitante d'espoir.

- Tout à l'heure, je vous dirai tout, fit-elle gravement. Parlez-moi d'abord de votre voyage. Êtes-vous content ?

- Très content.

- Donnez-moi des détails, insista-t-elle. Vous avez vu le prince Beloslavsky ?

- Oui, et il a bien fait les choses à mon égard. Il a fait remettre entièrement à neuf un pavillon situé dans un coin du parc de sa maison de santé. Ce n'est pas très grand, mais il y a deux belles pièces et une cuisine, en bas, avec deux grandes chambres et une salle de bains au premier. C'est un délicieux cottage enfoui dans la verdure et qui, donnant directement sur un boulevard, est complètement indépendant de l'hôpital. Des fenêtres de derrière, on voit le parc, mais comme il n'y a que les convalescents qui s'y promènent, la vue n'a rien d'attristant. Enfin, j'habiterai à cent cinquante mètres des premiers bâtiments de l'établissement, autant dire que je n'aurai pas à m'éloigner de chez moi.

- Et à l'hôpital ?

- Je serai tenu à deux heures de consultation, tous les matins. Le reste du temps, je dirigerai les différents services.

- Vous serez très occupé.

- Non, pas trop... Évidemment, toute ma matinée sera prise. J'irai à mon bureau à peine une heure l'après-midi. Soit, au maximum, cinq heures par jour. Je pourrai exercer un peu audehors... une clientèle riche, mais forcément restreinte, suffirait à grossir mes revenus, je suis capable de devenir, comme les autres, très exigeant...

Elle eut un sourire.

- Point n'est besoin de tant d'argent pour être heureux, remarqua-t-elle doucement.

- Je n'en désirerais que pour le bien-être des miens.

- Puisque vous rapportez de là-bas la certitude que vous pouvez assurer la charge d'un foyer...

- Oh ! certitude totale. Pensez donc l'hôpital me fournit tout et mon traitement fixe de cent livres par mois est presque net de tout frais... Et, avantage précieux, l'on m'assure un contrat de dix ans !

- Je ne m'y connais guère dans toutes les dépenses d'une maison. Avenue Marceau, j'entends ma mère énoncer des chiffres fantastiques ; je crois qu'elle se fait estamper de tous les côtés !

- Oh ! évidemment, fit-il un peu triste. Jamais je ne gagnerai assez pour assurer le même train de vie que celui de vos parents.

- Ce n'est pas nécessaire. Je trouve même que c'est un boulet très lourd à traîner qu'une pareille existence, et si je vous parle de cela, c'est parce que vous ne savez pas, Sacha... vous ne pouvez pas vous douter...

- De quoi donc ? fit-il, surpris du fléchissement subit de sa voix.

Il la regarda, vit une larme dans ses yeux.

- Qu'est-ce qu'il y a, ma petite Michelle ? Qu'est-ce que je ne sais pas ?

Elle baissa la tête comme si elle était responsable d'un méfait. Et, avec accablement, elle avoua :

- J'ai parlé à mon père, il ne veut pas.

Il ne comprit qu'une chose, c'est qu'elle... elle, Michelle, ne l'avait pas repoussé !

Et, dans un élan dont il ne fut pas maître, il la saisit, la pressa contre lui, exalté, tremblant d'émoi.

- Michelle ! Michelle chérie ! C'est vrai ? bien vrai ? Vous ne me repoussez pas, vous ?

Une larme roula sur la joue pâle de la jeune fille. Pour toute réponse, elle posa sa tête alanguie sur l'épaule de son compagnon et y resta blottie dans une détente de tout son être.

- Oh ! fit-elle seulement. Toute ma vie comme ça... et ne plus penser ! Tout oublier...

Trois jours de lutte l'avaient complètement abattue. Elle n'était plus rien qu'une petite fille malheureuse qui aspirait au repos, au bonheur.

Il comprit qu'elle n'était que faiblesse en ce moment. Elle ne venait pas à lui fière et orgueilleuse, comme il l'avait toujours connue, mais fragile et brisée sous une fatalité qui la lui livrait consentante.

Une inquiétude s'éveilla en lui, en même temps qu'une immense pitié.

En un geste très doux, il l'enveloppa de son bras et l'attira contre lui, sur sa poitrine.

- Michelle chérie, racontez-moi tout. On vous

a fait de la peine ?

- Mon père ne veut pas, comprenez-vous ? Il ne consentira jamais, répéta-t-elle, comme si cette nouvelle contenait toutes les catastrophes réunies.

- Vous lui avez parlé de moi ?

- Je ne vous ai pas nommé. J'ai voulu savoir s'il accepterait mon mariage avec un homme bien élevé, de bonne famille, mais de situation modeste.

- Et alors ?

- Il n'admettra qu'un prétendant aussi riche que lui-même.

Le jeune homme eut un mouvement. Toujours cette question de fortune se dresserait devant lui.

- Parce qu'il ne me connaît pas. Je lui enverrai un des miens qui parlera pour moi ! Quand il saura...

- Non, Sacha, ne croyez pas. Il a refusé, il y a quelques mois, le prince d'Iséo, qui appartient à la famille royale du Tyrol, mais dont les revenus sont fort modestes. Mon père ne connaît qu'une puissance : l'argent ! Il me sacrifierait à cette idole !

Il serra les poings.

- N'y a-t-il rien à faire ? demanda-t-il.

Une rage était en lui.

De penser qu'un obstacle pouvait se dresser entre leurs désirs et les séparer l'affolait.

Il la pressa plus fort contre lui, comme si on avait voulu la lui enlever.

- Je vous aime, ma petite Michelle. Je ne veux pas vous perdre ; dites-moi que vous ne voulez pas, vous non plus, qu'on nous sépare... Si vous avez parlé à votre père, c'est que vous acceptiez l'idée d'être à moi... Ce n'est pas possible, je ne puis pas vous perdre à présent.

- Mais vous ne comprenez pas, Sacha, fit-elle tristement. Je suis pauvre, maintenant, complètement pauvre...

- Pauvre ? répéta-t-il sans comprendre, en la regardant, comme si elle énonçait quelque chose de fabuleux.

- Oui, mon père ne cédera jamais. Il a tout

prévu : si vous m'épousez, je serai absolument sans rien... Sans jamais espérer quelque chose... saisissez-vous ?

- Il vous déshéritera ? interrogea-t-il. -

Oui, totalement.

- Et cette pauvreté vous fait peur ?

- Ce n'est pas de moi qu'il s'agit... il y a Molly !

- Qu'est-ce que Molly vient encore faire ? demanda-t-il, abasourdi.

- Elle vous a offert le mariage, elle est riche ; avec elle, vous connaîtrez toutes les satisfactions que donne une grande fortune.

- Mais je ne l'aime pas, elle ! Voyons, ma chérie, ne compliquons pas la question : je vous aime, c'est vous que je veux, vous seule !

- Même pauvre ?

- Mais oui, même dénuée de tout. Quelle importance croyez-vous donc que j'attache à cette question de fortune qu'on possède aujourd'hui, qu'on perd demain... je suis payé pour le savoir.

- Et vous ne regretteriez jamais ?

- Jamais ! Voyons, ma petite Michelle chérie, est-ce qu'un peu plus ou un peu moins d'argent peut compter en regard de l'amour que je ressens pour vous ?

Longuement, il posa ses lèvres sur le front pâle. C'était le premier baiser qu'il osait et il en goûta religieusement la douceur.

Puis, la voix grave, il traduisit les réflexions que les paroles de Michelle avaient fait naître en son cerveau.

- Autre chose me paraît plus important que ce point de vue matériel : le refus de votre père. Ai-je le droit de vous pousser à la révolte ? de vous demander de passer outre à la volonté paternelle ? N'est-il pas présomptueux de ma part de croire que mon amour compensera pour vous toutes les jouissances de bien-être que vous allez perdre ? Ne regretterez-vous pas, un jour, cette vie brillante dont je vous aurai privée ? Voilà le problème, le seul problème qui m'apparaisse à résoudre.

- Alors, écoutez, Sacha, dit Michelle, infiniment grave. J'ai eu le temps, plus que vous, d'examiner la question et de prendre une décision. Si la pensée que je vous arriverai complètement pauvre et sans avoir jamais l'espoir d'un meilleur sort ne vous arrête pas ; si vous êtes sûr de ne jamais regretter Molly et ses millions, moi, je suis prête à partir avec vous pour l'Angleterre.

- Ma chérie !

- Il paraît qu'on se marie librement là-bas ; nous nous y marierons aussitôt que possible. Puisque je n'ai aucune indulgence à attendre de mon père, je prends mes précautions contre son tyrannique despotisme. Nous ne le préviendrons qu'une fois mariés et qu'il ne pourra plus rien contre nous.

- Je ne sais comment vous remercier, Michelle chérie, de ce don absolu de vous-même, de cette preuve de confiance.

Elle l'interrompit doucement.

- Dites une preuve d'amour, Sacha, car on peut avoir confiance en un homme et ne pas l'aimer. Or, moi, je vous aime... Je ne savais pas, je ne voulais pas savoir, mais il y a longtemps que je vous aime et que vous êtes le maître de mon cœur.

Éperdu de joie, il la pressa follement contre lui.

Il embrassait ses mains, ses cheveux, ses yeux... Tant de bonheur était en lui qu'il ne savait pas le traduire.

Michelle ! sa petite Michelle, si longtemps inaccessible, acceptait de s'unir à lui ! Elle était venue ! Elle l'aimait ! Elle serait sa femme...

- Alors, ma bien-aimée, fit-il quand il fut plus calme, à partir d'aujourd'hui, vous êtes ma petite fiancée et vous acceptez de devenir ma femme ?

- Oui, répondit-elle fermement. Je suis votre fiancée et je désire que notre mariage se fasse le plus tôt possible, afin que rien ne vienne jamais nous séparer.

Elle était divinement heureuse avec la

sensation d'être enfin arrivée au port.

Un jour, elle lui avait dit que ce qu'elle aimerait surtout dans le mariage, c'était la sécurité, la certitude du lendemain.

« Être engagée à quelqu'un que l'on aime... pour toute la vie, être sûre de celui qui vivra à vos côtés, c'est une impression qui doit être douce et reposante. »

Et voilà que ce grand bonheur était venu. Toute sa vie, elle marcherait, appuyée sur le compagnon de son choix.

Il n'y a pas de bonheur absolu.

Sacha était follement heureux et, cependant, il y avait une ombre sur son bonheur.

Il songeait que le refus du père de Michelle était bien pénible.

Au milieu de leur joie, combien douloureux était l'isolement auquel ils étaient réduits ! On dit que les amoureux sont égoïstes. Pourtant, ils ont besoin de sentir des sourires et de l'approbation autour d'eux.

Dans son âme de Russe pétrie par des siècles

d'atavisme au respect de l'autorité paternelle, il répugnait au jeune homme de prendre une femme contre la volonté du père de celle-ci.

D'un autre côté, il devait taire le scrupule qui le torturait. S'il avait paru hésitant vis-à-vis de Michelle, elle aurait pu croire qu'il regrettait la fortune du milliardaire.

- Êtes-vous sûre, Michelle, qu'il n'y a aucun moyen d'obtenir le consentement de votre père ?... En lui faisant savoir que nous renonçons complètement à sa fortune, par exemple ?

- Il ne croirait pas à notre désintéressement et n'aurait pour nous que des paroles ironiques et cruelles.

- Tant pis ! fit-il, songeur. Réellement, je ne lui demandais que sa fille, il aurait pu ne pas la refuser... Même donné de mauvaise grâce, un consentement sauvegarde le respect de la famille... ma conscience ne réclamait pas autre chose. C'est tellement grave pour un père ce refus de consentir au mariage de son enfant !

Michelle leva les yeux sur lui et vit son visage

soucieux.

- En Russie, demanda-t-elle, on attache beaucoup d'importance à ce consentement ?

- Oui, répondit-il, de part et d'autre on évite un malentendu si grave... on cherche un accord.

Comme il sentait ses yeux tristes posés sur lui, il fit effort et sourit pour la rassurer.

- À la grâce de Dieu, ma petite Michelle. Nous nous marierons comme deux orphelins.

- Non, fit-elle soudain, tout agitée, en se redressant. N'ayez pas de remords, Sacha... devant notre conscience et devant Dieu, nous aurons le consentement de mon père. Vous ne savez pas... et il faut que je vous le dise, avant que vous vous engagiez vis-à-vis de moi. Il y a un mystère dans ma vie.

- Un mystère ? fit John, étonné.

- Oui, Jean Bernier de Brémesnil.

Le visage du Russe s'éclaira.

- J'écoute, fit-il avec une tendre indulgence.

- Voilà... Vous devez savoir que l'actuelle

Mme Jourdan-Ferrières n'est que la seconde femme de mon père. Ma mère est morte, il y longtemps... Or, ma mère...

Elle s'arrêta, gênée, cherchant ses mots. -

Votre mère ? interrogea-t-il.

- Ma mère, avant de mourir, avait confié à son confesseur une lettre à me remettre, lors de mes vingt ans.

- Et alors ?

- Dans cette lettre, elle me recommandait Jean Bernier, me disant qu'elle l'avait aimé et que... qu'il était... Voilà, M. Jourdan-Ferrières n'est pas... Mon Dieu ! fit-elle subitement, en changeant de ton, comme c'est difficile à dire : j'ai peur que vous ne m'aimiez plus quand vous saurez.

- Quelle grande enfant, se forgeant, tout de suite, des idées ! Tout cela, ma Michelle chérie, je le sais depuis longtemps. Jean Bernier m'a tout raconté. Il a aimé votre mère et... vous êtes venue !

- Vous saviez et vous ne m'avez rien dit ?

s'écria-t-elle, délivrée d'un grand poids.

- Je n'avais pas le droit alors de partager ce secret avec vous... vous eussiez été gênée que je fusse au courant.

- Et vous ne me méprisez pas ? -

De quoi ?

- D'être la fille de... de ce malheureux ?

- Jean Bernier est un homme charmant qui mérite d'être connu, fit doucement le jeune homme.

Elle redressa la tête et le regarda étrangement.

- Pourquoi dites-vous cela que vous ne pensez pas ?

- C'est que, justement, je le pense. Vous savez quelle fut notre première rencontre là-bas, à Belleville. Depuis, je l'ai revu souvent ; je suis entré dans son intimité, de longues causeries nous ont rapprochés et j'ai pu apprécier sa culture et son caractère.

- C'est bien de Jean Bernier que vous parlez ? fit-elle, toute saisie.

- Mais oui, de lui-même ! Vous avez connu un pauvre être abandonné et manquant du nécessaire, traqué par la misère et la maladie. Il faut savoir combien vite on est au bas de l'échelle quand l'adversité vous terrasse... Toute notre aristocratie russe connaît cette terrible situation. Et c'est vraiment difficile de sortir tout seul de l'enlisement. Avec le bien-être et la sécurité du lendemain, Jean Bernier a retrouvé toute sa dignité... C'est peut-être en pensant à vous, ma petite Michelle, que j'ai voulu forcer le mutisme de cet homme et le contraindre à se révéler et à avoir confiance ; mais je n'ai eu que du plaisir dans ma tâche...

- Mon Sacha, je devine combien vous avez été bon.

- Ce n'est pas être bon que de chercher à gagner une amitié. J'ai eu une autre joie, celle de voir les Brémesnil revenir vers leur parent et l'accueillir affectueusement chez eux, chaque semaine.

- Oh ! comme je suis contente, s'écria-t-elle toute transfigurée. Je n'ai donc pas à rougir de cette faiblesse de ma pauvre maman et quand nous nous marierons, Sacha, nous aurons devant Dieu et devant nous-mêmes le consentement de celui qui est mon vrai père.

- D'ailleurs, fit-elle, une rancune dans la voix, je me propose de révéler tout ça à M. JourdanFerrières, quand nous serons mariés.

Mais le jeune Russe protesta aussitôt.

- Non, Michelle, jamais je n'accepterai que vous fassiez un tel acte. Ce serait une méchanceté inutile qui satisferait seulement votre vengeance. L'homme qui vous a élevée, protégée, guidée, depuis que vous êtes au monde, est véritablement votre père. Il a droit à toute votre reconnaissance et à tous vos égards. Lui faire une telle communication équivaudrait à une lâcheté que rien ne justifierait. Il vous croit sa fille, il a pour vous des sentiments paternels et une confiance attendrie dans le souvenir de celle qui a été sa femme. Promettez-moi, Michelle, que jamais vous ne reviendrez sur une telle pensée.

Elle sourit :

- Vous êtes meilleur que moi, Sacha... Il est vrai que vous ne savez pas combien il a pu être dur pour moi l'autre jour.

- Eh ! qu'importe ! Sa conviction de faire votre bonheur est indiscutable, car elle est dictée par son désir de vous voir heureuse.

- Il se trompe !

- Mais il est sincère dans son erreur. Et puis, Michelle, je pense... si, plus tard, une enfant que je croirais mienne venait, un jour, me dire une pareille chose...

- Oh ! il n'y a rien à craindre de semblable, s'écria-t-elle en se pressant contre lui. Sacha, je vous jure que je vous aimerai et que je vous serai toujours fidèle.

- Ma bien-aimée, j'ai absolument confiance en vous, répondit-il en baisant ses deux mains l'une après l'autre.

Soudain, avisant un beau solitaire qu'elle portait à l'annulaire, il le lui retira.

- Cette bague est à remplacer. Tirant un écrin neuf de sa poche, il le tendit à Michelle.

- En voici une autre qui a appartenu à une de mes aïeules et que j'ai pu rapporter de Russie. Voulez-vous l'accepter comme gage de fiançailles ?

Un magnifique diamant apparut tout cerclé de rubis. Couché sur la soie mate de l'écrin, la bague rutilait de mille feux.

Michelle l'admira sans songer à sa valeur. Elle ne voyait qu'une chose : c'était le symbole du lien qui les unissait.

Et quand il l'eut passée à son doigt, elle la porta à ses lèvres avec une réelle ferveur.

- Mon aimée, fit le jeune Russe avec émotion. Je vous jure de vous aimer toujours et de consacrer ma vie à votre bonheur.

- Je vous crois et j'ai confiance en vous, répondit-elle gravement. Ayez en moi la même foi : je suis à vous pour toujours.

À ce moment, l'homme remarqua le solitaire qu'il avait retiré du doigt de la jeune fille.

- Je le garde pour moi, voulez-vous ? Cette bague que ma petite Michelle a portée lorsqu'elle était jeune fille m'évoquera toujours et mon amour et mes serments. Ce sera mon talisman de bonheur.

Quel réflexe obscur dans le subconscient de Michelle lui fit observer :

- C'est du vrai, vous savez : il a de la valeur.

Il n'eut même pas la pensée qu'elle pouvait hésiter à le lui donner parce qu'il représentait un certain prix.

- Tout n'est-il pas beau et vrai entre nous ? répondit-il.

Elle devait longtemps après se souvenir de ces paroles et du ton simple avec lequel il les avait prononcées.

Soudain, une pensée traversa l'esprit du jeune homme.

- Michelle chérie, il est midi moins le quart. Êtes-vous obligée de retourner avenue Marceau pour le déjeuner ?

- Non, j'ai prévenu que je ne rentrerai pas déjeuner... J'escomptais bien que vous me retiendriez.

- Ce matin, moi, je n'espérais pas un bonheur aussi complet... Il me semble que je rêve et que je vais m'éveiller tout d'un coup.

- Pas de danger, Sacha. C'est bien moi et non un fantôme de vos rêves qui est là.

- Et comme les êtres vivants ont de l'appétit, je dois songer à nourrir ma petite Michelle. Pour nos fiançailles, qu'est-ce que nous allons faire ?

- Manger en tête à tête, tous les deux.

- Non, fit-il en souriant. Généralement, on ne laisse pas des fiancés seuls à table.

- C'est vrai, alors, allons au restaurant.

- Oui, évidemment... mais faisons mieux. Invitons quelqu'un dont le bonheur d'être avec nous sera aussi grand que notre joie, à nous d'être ensemble.

- Mais qui donc serait aussi heureux ? Oh ! j'y suis, Natacha Pétrovna.

- Non, d'ailleurs, elle est trop loin. -

Alors, je ne vois pas qui ?

- Jean Bernier, proposa-t-il.

- Lui ? fit Michelle, toute saisie.

- Oui, ce serait pour lui un tel bonheur. Combien de fois ne m'a-t-il pas parlé de vous !

- Il ne sait pas qui je suis réellement. -

Pardon, il vous avait reconnue.

- Oh ! c'est impossible, il ne m'avait jamais vue auparavant.

- Réfléchissez, chérie... un peintre portraitiste qui n'aurait pas saisi une ressemblance entre vous et votre mère...

- C'est vrai ! Je ne pensais pas à cela. Alors, vous voulez ?

- Il me semble que pour nos fiançailles ce sera un beau souvenir que ce rapprochement... cette joie donnée à cet homme... nous allons partir pour l'Angleterre, sommes-nous sûrs de le revoir.

- Oui, vous avez raison, reconnut-elle, troublée. Si je ne parais pas enthousiaste, mon Sacha, il faut me pardonner... C'est que, malgré ce que vous m'avez dit, l'image que j'ai gardée de ce malheureux me gêne un peu pour m'imaginer la transformation. Mais vous dites juste, c'est sa place auprès de nous, aujourd'hui. Il évoquera en moi la pensée de ma pauvre maman, et il semblera qu'elle sera là pour nous bénir.

- Je téléphone à Jean Bernier, pour qu'il ne se mette pas à table avant notre arrivée.

Quand, quelques minutes après, le jeune homme eut raccroché l'appareil téléphonique, Michelle s'élança vers lui.

- Sacha, vous êtes meilleur que moi, je le reconnais encore une fois... Mon détestable orgueil avait peur d'être humilié par la présence de Jean Bernier.

- Un tel sentiment est indigne de vous, ma Michelle. D'ailleurs, vous n'aurez à subir aucune gêne ; je vous ai dit que cet homme était mon ami, et vous pouvez vous en rapporter à moi : je ne donne pas ce titre à n'importe qui.

Vingt minutes après, un taxi les arrêtait à la porte d'une maison de retraite d'assez belle apparence.

Malgré les affirmations de son fiancé, le cœur

de Michelle battait fortement. Son émotion était faite de joie et d'anxiété. De joie, car en dépit de son orgueil, elle songeait que c'était son père, son vrai père qu'elle allait trouver... La défection en ce jour de M. Jourdan-Ferrières la rapprochait instinctivement de l'autre...

De crainte, d'anxiété, car malgré tout, elle évoquait la silhouette du malheureux, là-bas, à Ménilmontant...

Et Michelle avait une peur atroce que son nouveau bonheur de fiancée ne fût attristé par ce mauvais souvenir.

À la porte de la maison de retraite, un homme d'une soixantaine d'années semblait attendre. Grand, maigre, le visage entièrement rasé, vêtu d'un complet foncé et d'une gabardine claire, il avait fort grand air et n'évoquait nullement l'être sordide et embroussaillé du taudis.

Michelle remarqua son extrême distinction avant de savoir que cet homme était celui qu'ils venaient chercher.

Avec étonnement, elle vit Sacha s'avancer

vers lui, les mains tendues, pendant que le visage de l'homme s'illuminait d'un réel plaisir.

- Mon cher Alexandre.

- Mon vieil ami !...

Après qu'ils se furent serré fortement les mains, le jeune Russe désigna sa compagne.

- Permettez-moi de vous présenter Michelle, ma fiancée...

Et à celle-ci :

- Mon ami, Jean de Brémesnil...

L'homme marqua un étonnement et aussitôt une satisfaction.

- Oh ! mon jeune ami, comme ça me fait plaisir ! D'abord la bonne nouvelle que vous m'apprenez et qui ne peut que resserrer l'affection que je vous porte... Ensuite, la joie que vous me causez par cette visite, ce rapprochement !

La voix du vieillard était moins ferme en prononçant les dernières phrases, et l'émotion qu'elle devinait chez lui gagna Michelle.

Embarrassée, mais instinctivement affectueuse, elle s'avança vers lui, lui tendant les deux mains.

- Oh ! je suis si heureux de vous voir, Michelle, fit-il en les saisissant. Voulez-vous m'embrasser, mon enfant ?

- Volontiers !

Il la serra dans ses bras et lui rendit son baiser.

Elle était soudain si émue qu'elle pleurait.

Un instant, l'homme et l'enfant se regardèrent intensément :

- Ma petite Michelle, murmura le premier avec ferveur.

- Mon père ! fit-elle, bouleversée.

Et ce mot-là sur ses lèvres lui parut infiniment doux. C'était la première fois qu'elle le nommait ainsi. Jamais, en parlant de lui, elle n'avait usé de cette appellation : même, en elle-même, dans ses pensées, elle n'avait pas rapproché ce nom, ce titre, de l'image de Jean Bernier.

Et voilà qu'il avait jailli tout seul, sans

réserve, sans réflexion, et qu'un grand bonheur était en elle, pour l'avoir prononcé,

- Les émotions creusent, fit Sacha en venant vers eux. Allons déjeuner à présent, voulez-vous. À table, nous parlerons de tout ce qui est cher à notre cœur. C'est notre repas de fiançailles, il faut le faire très beau, très doux et plein de précieux souvenirs...

Il parlait d'abondance, ne voulant pas les laisser s'appesantir sur leur émotion, afin que la joie dominât chez tous, ce jour-là.

Et ce fut ce qui arriva. Le déjeuner fut excellent et leur réunion, délicieuse. Ils étaient tous les trois, très unis et désireux, chacun, de faire plaisir à l'autre.

À la fin du repas qu'ils avaient pris en cabinet particulier, comme ils traînaient à table, pour prolonger le plus possible cette ambiance affectueuse et confiante, le jeune Russe dit soudain :

- Michelle, ma chérie, verriez-vous un inconvénient à faire bénir notre mariage à l'église russe, avant de quitter Paris ?

- Je ferai tout ce que vous voudrez, Sacha, bien que je ne me rende pas compte de l'importance que cela peut présenter pour nous.

- Un scrupule peut-être exagéré de ma part, expliqua-t-il, avec un sourire confus. Cela m'ennuie un peu d'enlever une jeune fille comme un voleur ou, tout au moins, comme un malhonnête homme.

- Mais non, comme un amoureux, fit doucement Michelle pour le rassurer.

Il lui pressa la main pour la remercier de ce mot.

- Néanmoins, continua-t-il, je passe la frontière pour mettre mon trésor à l'abri et le faire mien, malgré la volonté de ses possesseurs actuels.

- Moi, je vous la donne, mon ami ! intervint Jean Bernier. Il est vrai, ajouta-t-il avec un soupir, que je ne la possède pas officiellement.

Ce fut Michelle, cette fois, qui eut un élan vers l'homme. Elle se pencha vers lui et, nouant ses bras autour de son cou, l'embrassa tendrement.

Mais l'ancien chauffeur tenait à son idée.

- Je suis Russe, insista-t-il, et le mariage religieux est tout pour nous, en Russie. Si notre mariage était béni par un prêtre avant notre départ, c'est ma femme que j'enlèverais... ça n'est pas la même chose.

- Je vous comprends et vous approuve, fit Jean Bernier, gravement. Il n'y a qu'une difficulté à ce projet, c'est que vous ne trouverez pas en France un prêtre qui acceptera de bénir votre union avant que vous ayez passé par la mairie.

- C'est pourquoi j'ai parlé d'église russe.

- Je suis persuadé que le même refus vous sera opposé rue Daru ou rue Mademoiselle.

- J'en suis autant convaincu que vous, mais il existe, à Neuilly, un vieux prêtre qui exerça autrefois à Tzarskoïé et que des Russes ont accueilli chez eux. Pour lui permettre d'exercer son saint ministère, ils ont créé une petite chapelle, tout au fond de leur parc... Or, je connais tout particulièrement ce vieux prêtre et je suis sûr qu'il ne refusera pas de bénir notre union.

S'adressant à Michelle, il ajouta :

- Si vous saviez, ma chérie, combien cela me ferait plaisir que vous acceptiez. Ce ne serait qu'un mariage morganatique, évidemment, mais pour moi qui suis fortement attaché aux rites de notre église orthodoxe, ce me serait infiniment précieux car, devant ma conscience et devant tous les miens, vous seriez réellement ma femme.

- J'accepte, fit-elle simplement, puisque cela vous fait plaisir... Cela ne nous empêchera pas de faire régulariser notre mariage à Londres devant l'état civil et devant un prêtre catholique.

- C'est promis, c'est indispensable, affirma-t-il, car remarquez, ma petite Michelle, que si, moi, après cette bénédiction russe, je suis tout de suite engagé à vous, pour toujours, vous vous ne le serez réellement qu'en Angleterre, après la double cérémonie dont vous venez de parler.

- Tiens, c'est vrai, fit-elle en souriant, cette situation serait même étrange si je n'étais sûre que dès la minute où j'aurai prononcé oui devant Dieu, je me considérerai aussi fortement engagée que vous-même. Et si j'ai parlé, tout à l'heure, de notre mariage devant un prêtre catholique, c'est que je tiens aussi à demeurer fidèle à ma religion dans toutes les circonstances de ma vie.

- Voilà qui est bien parlé, tous les deux, fit le vieillard. Voyez votre prêtre de Neuilly, Alexandre, et fixez une date avec lui. Cela me fera plaisir d'assister à votre mariage... je ne croyais pas qu'un tel bonheur me serait réservé un jour.

Tous trois ainsi d'accord, ils demeurèrent ensemble jusqu'à ce que l'heure fût venue, pour Michelle, de regagner l'avenue Marceau.

XXXI

Dans l'auto qui l'emportait vers la porte Maillot, Michelle, un peu émue, songeait à l'acte important qu'elle allait délibérément accomplir à l'insu de l'homme dont elle avait, jusqu'ici, porté le nom...

À cette heure, elle regrettait sincèrement que celui-ci ne fût pas à ses côtés et aucune pensée égoïste ou matérielle ne se mêlait à ce regret filial. Pendant vingt ans, elle avait vécu auprès de M. Jourdan-Ferrières, dans une complète entente d'affection et de confiance réciproque, sans jamais qu'il y eut, entre eux, d'autre dissentiment que parfois le heurt de leurs deux orgueils, le père exigeant toujours que Michelle fût partout à exhiber sa puissance d'argent et celle-ci se lassant un peu de tout cet étalage qui n'ajoutait rien à leur valeur.

Et une pensée attendrie allait vers lui, en cette

minute où elle bravait sa volonté et marchait seule vers l'avenir.

Pourtant, aucune hésitation n'était en elle, et c'était avec un véritable bonheur qu'elle allait vers l'époux aimant qui l'attendait...

À la porte Maillot, elle descendît de voiture et renvoya son chauffeur. Son regard chercha tout de suite le jeune Russe qui devait l'attendre. Elle l'aperçut qui causait avec une dame d'une cinquantaine d'années.

Ils ne l'avaient pas remarquée et ce fut elle qui dut aller vers eux.

Le visage du jeune homme s'éclaira à sa vue.

Elle était venue. Avant que la matinée se fût écoulée, elle serait sa femme... pour toujours à lui.

Et l'impression de suprême bonheur qu'il ressentait était si vive qu'il en avait comme un éblouissement.

Tout pâle de joie, le cœur battant d'émotion, il lui baisa le bout des doigts et la présenta à sa compagne.

- Ma fiancée, Michelle Jourdan-Ferrières... la baronne Colensky dont vous avez aperçu la délicieuse fillette à la réception du prince Bodnitzki.

Comme Michelle cherchait à se souvenir, il précisa :

- Une jeune fille, très blonde, très jolie, répondant au prénom de Lena... de Lenotchka.

Michelle se souvint et elle rougit en s'inclinant, intimidée, devant la baronne Colensky. Elle se rappelait soudain que le général Razine avait dit de celle-ci qu'elle était la fille du grand-duc Georgy.

- La baronne a bien voulu vous accompagner, ma petite Michelle, expliqua son fiancé. C'était une grande amie de ma mère et il m'est très doux de penser qu'en ce jour elle sera à vos côtés pour représenter la mère qui me manque.

- Une amie de ta mère, dis-tu, Sacha ? Tu pourrais être, il me semble, plus respectueux des liens du sang. Ta mère était ma propre cousine et si j'ai tant d'affection pour toi, Alexandre

Yourevitch, c'est que je me considère comme ta plus proche parente et dois essayer de remplacer ceux qui te manquent.

- Je vous aime beaucoup, Olga Yourévna, vous le savez bien, et c'est pourquoi je vous ai demandé de reporter sur ma petite Michelle un peu de l'indulgente affection que vous avez pour moi. Toutes les preuves de sympathie que vous lui donnerez, c'est à moi qu'elles s'adresseront et c'est à moi que vous ferez plaisir.

- Mais à moi aussi, protesta Michelle vivement, et je suis véritablement reconnaissante à la baronne Colensky d'avoir bien voulu remplacer, aujourd'hui, tous nos chers absents.

La baronne se pencha vers Michelle et l'embrassa.

- Vous m'êtes très sympathique, mademoiselle, et, comme vous serez bientôt ma petite cousine, j'espère que ce titre permettra, entre nous deux, une grande confiance et une mutuelle affection.

Se tournant vers le jeune homme, elle ajouta :

- Sacha, ta fiancée est délicieuse et me plaît beaucoup.

- Alors, tant mieux ! et, si vous permettez, mettons-nous en route.

Il devenait impatient.

Toute troublée, Michelle monta dans une auto où déjà la baronne s'installait. Elle songeait aux paroles de celle-ci : la mère de Sacha était la cousine d'une authentique grande-duchesse !

Et elle se demandait pourquoi le jeune Russe, si discret sur son passé, avait poussé la modestie jusqu'à ne lui jamais parler de cela !

En quelques minutes, l'auto fut au bout de sa course.

La jeune fille aperçut un assez grand parc verdoyant, et, pendant que son fiancé s'éloignait vers le fond avec deux amis qui l'attendaient, elle présenta à la baronne, après l'avoir affectueusement embrassé, Jean de Brémesnil qui les avait aidées à descendre de voiture.

Entourée du nouveau venu et de la baronne, Michelle, très émue, prit la même direction que son fiancé. Elle songeait à ce singulier hasard qui la faisait aller vers l'époux de son choix, entre un homme et une femme représentant et sa mère à elle, et celle de Sacha. C'était comme si une double bénédiction maternelle avait plané sur elle et son fiancé, en ce mariage secret, où, pour être l'un à l'autre, ils renonçaient tous deux à tous les avantages auxquels ils pouvaient prétendre.

Elle évoqua la robe blanche, la longue file d'invités, l'éclat d'un grand mariage à SaintPierre-de-Chaillot, et elle sourit à sa robe sombre et à ceux qui l'accompagnaient...

Elle n'avait aucun regret de tout ce luxe qu'elle aurait eu auprès de M. Jourdan-Ferrières et elle savait que Sacha ne regretterait pas davantage la mirobolante situation que Molly aurait créée pour lui.

Tous les deux, la main dans la main, ils allaient vers l'avenir, vers l'amour...

Au fond du parc ensoleillé, l'humble petite chapelle se dressa. Le fiancé et ses deux témoins attendaient Michelle près de l'iconostase.

Elle perçut le tendre regard dont il l'enveloppait et répondit au salut des deux hommes, parmi lesquels elle reconnut le général Razine.

Son œil curieux embrassa du regard les icônes, les cierges, les vitraux multicolores, et, derrière l'iconostase, le chœur avec une nappe d'autel très blanche.

Toute rougissante et refoulant toute pensée étrangère à l'acte suprême qu'elle allait accomplir, elle s'avança vers Sacha, confiante et rassurée.

Le vieux prêtre, en chasuble brodée d'une croix d'or, commença aussitôt les prières et, bien qu'elle n'en comprît aucune et que rien n'évoquât pour elle les rites de sa religion, Michelle mit toute son âme dans la prière qu'elle fit monter vers Dieu.

À côté d'elle, elle voyait celui qui allait être son mari, très absorbé et très fervent. On eût dit qu'il écoutait attentivement chaque parole qu'on lisait. Elle devinait, au sérieux de son visage, l'importance pour lui de cette cérémonie et il lui fut très doux et très reposant de penser qu'il apportait tant de gravité à accomplir cet acte qui les liait à jamais.

Elle songea aux mariages auxquels elle avait assisté ; toujours, il lui avait paru que le futur époux était obsédé et pressé d'en finir. Alors, il lui sembla qu'elle était plus favorisée que ses compagnes et ce fut avec un élan de gratitude vers le ciel qu'elle mit sa main dans celle de son compagnon quand le prêtre les unit.

Trois fois, ils échangèrent l'anneau nuptial et Sacha le passa définitivement à son annulaire droit, selon l'habitude russe.

Puis le prêtre, la croix dans la main, se tourna vers eux.

À la pression très douce que le jeune homme eut sur ses doigts, au regard profond qu'il posa une seconde sur le sien, Michelle comprit qu'elle était sa femme et que les mots sacrés étaient prononcés.

Un soupir heureux gonfla sa poitrine ; rien, maintenant, ne pouvait plus les séparer !

Bientôt, Sacha l'embrassa devant tous et chacun vint les féliciter.

Mais, bien qu'ils ne fussent pas dans une église paroissiale, le jeune homme avait tenu à ce que son mariage fût mentionné sur les registres de la chapelle.

Ils signèrent donc au bas d'une page manuscrite dont le jeune mari réclama un double.

Quand ce fut le tour de Michelle, elle mit son nom auprès de celui de Sacha sans aucune hésitation, mais, après avoir reposé la plume, elle demeura à lire, cherchant des noms, un état civil...

Des phrases étaient en russe, qu'elle ne comprit pas. Mais certains passages étaient transcrits également en français, et, tout émue, elle déchiffra :

« ... Alexandre, fils du prince Georgy Isborsky et de la grande-duchesse Xénia Alexandrovna...

Il était prince et fils lui-même d'une princesse impériale ! Elle ferma les yeux sous un trouble insoupçonné. En un éclair, elle évoquait toutes les humiliations qu'elle avait fait subir autrefois à celui qui était à présent son mari. Elle avait exigé qu'il s'appelât John, qu'il cachât sa nationalité ; elle voulait le contraindre à porter une livrée, à marcher derrière elle ; elle l'avait traité de valet, envoyé manger avec les domestiques... Toutes ces vexations, elle les lui avait imposées, elle, la môme Haricot, qui croyait pouvoir dominer chacun et qui n'avait qu'une litière de gros sous pour toute supériorité !

Très pâle, elle se tourna vers lui et le regarda.

Pour toute vengeance, il lui avait donné son nom, sa vie, son amour...

Elle rencontra son regard... très doux...

Il devinait le drame qui était en elle et, simplement, lui ouvrit les bras.

Elle s'y jeta, toute palpitante.

- Oh ! mon Sacha, me pardonnerez-vous jamais ? balbutia-t-elle tout bas.

- Tu es venue à moi, sans savoir, sans me connaître, répondit-il avec une joie sauvage. Chauffeur ou médecin, c'est moi seul que tu as aimé et que tu as choisi. Ma Michelle chérie, comprends-tu pourquoi je n'ai jamais voulu que tu saches réellement qui j'étais ?

- Mon prince chéri, mon prince charmant, mon mari bien-aimé, toute ma vie est à toi, désormais, je t'aime et je suis heureuse...

Ils durent redescendre sur terre et s'occuper un peu de leurs invités qui, à l'écart, souriaient indulgemment en les regardant.

Ils allèrent vers eux, leur serrèrent les mains.
- Je suis heureux de féliciter Votre Altesse, dit le général Razine à Michelle, en lui rappelant qu'il avait eu déjà la faveur de lui présenter sa femme et ses filles.

- Permettez-moi de prendre congé, Votre Altesse, lui dit l'autre témoin de Sacha, en s'inclinant respectueusement devant elle.

Elle rougissait, très troublée de ce titre qui flattait, malgré elle, son orgueil intime.

Ah ! comme elle était fière, à présent, d'avoir épousé son chauffeur ! Et avec quelle joie, dans quelque temps, elle apprendrait à M. Jourdan-

Ferrières le mariage contracté, malgré lui... elle sourit encore en pensant à la jalousie de Molly et de leurs amies communes.

Ils prirent enfin congé de tous, Michelle embrassa la baronne Colensky qui l'appela ma petite cousine, puis elle alla vers Jean Bernier qui, discrètement, un peu songeur, se tenait à l'écart.

Elle eut pour lui des paroles affectueuses et sincères qui firent plaisir à l'isolé. Elle lui promit de lui écrire souvent et il fut convenu qu'il irait les voir en Angleterre, aussitôt qu'ils y seraient définitivement installés.

Enfin, ils furent seuls et, dans la voiture qui les emportait, ils connurent les baisers fous et les puériles paroles de tous les amoureux.

Quand la fin de la journée arriva, Michelle tint à retourner avenue Marceau.

- Il le faut, Sacha, dit-elle à celui-ci qui trouvait très dure cette séparation, le premier jour. Mon père a exigé que j'assiste, ce soir, à un dîner qu'il donne en l'honneur de financiers viennois de passage à Paris. Si je manquais, on s'apercevrait bien vite de mon absence, d'autant plus que ma mère part, demain, pour Trouville et que mon père va à Berlin pour plusieurs jours. Tous deux partent de bonne heure. Je serai donc libre aussitôt et nous ne nous séparerons plus. Quand on s'apercevra que je ne suis ni à Paris ni à Trouville, nous serons déjà en Angleterre.

Il dut se rendre à l'évidence, le raisonnement était trop juste.

Il tint à la reconduire le plus près possible de chez elle.

En la quittant, il se sentait un peu triste et il la serra longtemps dans ses bras...

Ils ne se décidaient pas à se quitter comme si une nuit devait suffire à les séparer...

- Mon Sacha, ne nous attristons pas, fit Michèle, tendrement. Nous avons eu une si belle journée d'amour.

- Je suis ridicule, répondit-il en riant. Tous les soirs, je partais sans inquiétude, et, en ce moment, je me demande ce que je vais faire tout seul, en attendant demain.

C'était si extraordinaire, en effet, une aussi puérile tristesse chez le jeune homme qu'ils se mirent à rire, tous les deux, et qu'ils se quittèrent, enfin, assez gaiement.

Il la regarda s'éloigner, la suivant des yeux jusqu'à ce qu'elle eût disparu par la grille de fer forgé, et, allumant une cigarette, il s'éloigna en flânant à travers les rues, le cerveau tout rempli du bonheur qui lui était échu, puisque Michelle, enfin, était à lui !...

XXXII

Chez M. Jourdan-Ferrières le repas battait son plein.

Assise à un bout de table, entre deux habits noirs, Michelle, somptueusement vêtue d'une robe lamée d'argent, mangeait du bout des dents.

Ce dîner cérémonieux l'horripilait. Elle évoquait un autre repas, tout intime, coupé de baisers.

Et une nostalgie lui venait. Déjà, elle avait l'impression de ne plus être de la maison : toute son âme, toutes ses pensées étaient restées auprès de Sacha, et ce qui l'entourait ne l'intéressait plus.

Parfois, elle se surprenait à porter sa main droite à ses lèvres. À la dérobée, elle appuyait sa bouche, pour un discret baiser, sur son alliance qu'elle avait conservée à son doigt et dissimulée par une grosse marquise sertie de roses éblouissantes.

Maintenant, Michelle tint à retourner avenue Marceau.

Ce discret hommage rendu à la pensée du cher absent lui donnait le courage de supporter la conversation insipide de ses voisins de table, auxquels elle répondait, parfois, de travers, tant elle attachait peu de cas à ce qu'ils disaient.

Tout à coup, le ton de la conversation s'éleva. Elle devenait générale, et chacun y apportait sa contribution.

Le mot russe prononcé par l'un des convives attira l'attention de la jeune mariée.

- Oui, expliquait un invité, c'est un véritable scandale. De nombreuses jeunes filles, du meilleur monde, sont compromises. Cette bande de gredins usaient de tous les moyens pour séduire les riches héritières. Portant beau, sachant s'habiller, élégants, jolis garçons, sportifs, ils étaient de véritables miroirs à alouettes.

- Pensez donc, surenchérissait un autre, ils

s'entendaient si bien que leurs victimes n'y voyaient que du feu. Ils les conduisaient dans des endroits sélects où ils se présentaient l'un à l'autre, sous les noms les plus beaux et les titres les plus mirobolants, ne reculant même pas devant l'appellation de prince, de grand-duc, de ministre et d'Excellence.

- Naturellement, ils se disaient exilés russes ou polonais, reprenait le premier. Ils jouaient de tous les beaux sentiments : patrie saccagée, fortune dispersée, famille massacrée, rien n'était oublié.

« D'un autre côté, ils ne s'attaquaient qu'aux filles réellement très riches, pas aux simples millionnaires ! Et, jouant le désintéressement, la courtoisie, ils les séduisaient et arrivaient à les compromettre... si totalement que certaines femmes se sont suicidées pour ne pas se voir déshonorées ou livrées au ridicule par l'opinion publique...

Michelle dressait la tête, hallucinée et tremblante.

N'était-ce pas son histoire qu'on racontait là ?

Ses yeux affolés cherchaient à lire, à l'avance, les mots qui allaient suivre sur les lèvres du parleur.

Personne ne faisait attention à elle, chacun était suspendu au récit de l'invité.

Celui-ci, très fier de voir l'intérêt qu'il soulevait, s'arrêta, but une gorgée de vin et, tout heureux de retenir l'attention, il reprit son explication :

- L'un de ces habiles filous, plus audacieux que tous les autres, réussit à s'introduire dans la famille d'un riche industriel de l'Est. Il se fit admettre comme chauffeur et, habile soupirant, il subjugua la fille de la maison, à tel point qu'il réussit à la persuader de l'épouser...

- Un chauffeur !

- Oui, il lui fit perdre totalement son bon sens. Le plus drôle de l'histoire, c'est que la scène du mariage fut jouée admirablement par des complices !... Du pur vaudeville ! L'un joua le rôle de pope, un autre de grand-duc, ce fut tordant ! Le chauffeur se transforma en prince et notre amoureuse fut convaincue qu'elle venait d'épouser un prince russe...

Un grand cri que jeta Michelle coupa la parole au brillant causeur.

- Non, non !... Sacha ! C'est horr...

Son cri s'acheva en râle.

Elle ouvrit les bras et s'écroula, comme une masse, sous la table.

Il y eut un mouvement de stupeur chez les convives. Tous étaient si empoignés par le récit du scandale qu'on leur distillait, que personne n'avait fait attention à l'affolement grandissant de Michelle.

Son cri causa une sorte de panique chez les convives, dont la plupart se levèrent et, instinctivement, quittèrent leurs places.

Mais les domestiques se précipitaient vers Michelle et l'emportaient inanimée dans le salon voisin, en proie à une véritable crise de nerfs.

Malgré la présence d'esprit de M. Jourdan-Ferrières qui, ralliant tout le monde autour de la table, affirmait que Michelle n'était jamais malade et que ce ne pouvait être qu'une indisposition passagère, les invités achevèrent le repas sans entrain.

Le front soucieux du père, en dépit de sa volonté de rester souriant, l'absence de la mère qui avait suivi la malade, tout contribuait à rendre morne cette fin de dîner.

M$_{me}$ Jourdan-Ferrières réapparut une heure après. Elle apportait des nouvelles.

- Michelle est couchée ; le docteur, demandé par téléphone, est arrivé aussitôt. Il suppose que ce n'est qu'une crise de nerfs provoquée par de la fatigue.

« Cette petite est intrépide, acheva-t-elle. Voici huit jours qu'elle se couche à cinq heures du matin. En réalité, elle n'a dormi que quatre heures, aujourd'hui. Il y avait une kermesse chez une de ses amies, cet après-midi, et elle y a tenu un comptoir jusqu'à sept heures. La meilleure constitution ne peut résister à un tel surmenage.

Tout le monde, même le père, parut accepter ces explications maternelles, mais quand le dernier convive fut parti et qu'il l'eut reconduit, sourires aux lèvres, jusqu'à la porte, M. JourdanFerrières se tourna vers sa femme :

- Et maintenant, la vérité ? demanda-t-il. Michelle ?

- Vraisemblablement, congestion cérébrale, a dit le docteur.

- Oh ! fit le père dont le visage, soudain, était décomposé. Alors, c'est très grave ?

- Très grave, mon pauvre ami.

L'homme fit un pas vers la porte.

- Ma fille ! Ma petite Michelle. Il faut que je la voie.

- Inutile. Une religieuse est à son chevet et le docteur a consigné sa porte.

- Comment, moi, son père ?

- Non, mon ami. Il faut autour d'elle le silence absolu, et même l'obscurité. Tout va être tenté pour conjurer le mal.

Accablé, le millionnaire se laissa tomber sur un siège.

- Qu'est-ce que cela veut dire ? Comment Michelle peut-elle avoir contracté une telle maladie ?

- Je ne vois pas.

- Elle était bien portante ces jours-ci ?

- Peut-être un peu soucieuse ces derniers temps... ça ne prouve rien.

- Si, au contraire... si quelque chose la tracassait...

- Ça ne pouvait être grave, tu lui donnais tout ce qu'elle voulait.

L'homme réfléchit une seconde, en hésitant :

- As-tu remarqué : elle a crié Sacha en tombant ?

- Oui, fit la mère.

- C'est un nom russe...

Nouveau silence et nouvelle hésitation, tant, par moments, on a peur de certains mots qui précisent trop.

- Qui est-ce qui se nomme Sacha parmi nos connaissances ?

- Je ne vois pas.

- Avec qui a-t-elle passé la journée, aujourd'hui ?

- Chez Geneviève Delorme, je crois.

- Je vais appeler celle-ci au téléphone et lui demander des nouvelles de ce Sacha inconnu.

- Sois prudent, surtout.

- Ne crains rien. Ma pauvre grande gosse est assez accablée sans que je la compromette encore, mais je veux savoir... Tu n'as pas remarqué...

- Quoi donc ?

- On parlait de faux princes russes séduisant les jeunes filles quand elle a crié Sacha...

- C'est, en effet, assez curieux.

- C'est peut-être une indication.

- Gardons-nous des soupçons injustifiés.

- Justement, celui-ci est un peu appuyé... Il faut que je sache, j'appelle Geneviève Delorme.

- Encore une fois, sois prudent, mon ami.

La nuit, le téléphone parisien marche mieux que dans la journée. M. Jourdan-Ferrières obtint facilement la communication, et, bientôt, il revint auprès de sa femme.

- Eh bien ? interrogea celle-ci.

- Geneviève ignore totalement ce nom de Sacha...

- Tu vois !

- Elle n'a pas vu Michelle depuis plus de dix jours.

- Tu dis ?

- Ce qu'elle m' a affirmé.

- Je t'assure que, ce matin, Michelle m'a dit qu'elle passait toute la journée avec Geneviève.

- Oui... Eh bien ! elle a menti...

- Elle a menti !

Ils se regardèrent, atterrés. -

Où a-t-elle pu aller ?

- Toutes les suppositions sont permises. -

Voilà où nous en sommes...

Longtemps, M. Jourdan-Ferrières resta silencieux, son cerveau travaillait. Tout à coup, il remarqua :

- Souviens-toi de la scène qu'elle m'a faite à propos d'un prétendant sans fortune.

M_{me} Jourdan-Ferrières parut soute saisie.

- C'est depuis ce soir-là qu'elle était soucieuse, observa-t-elle lentement.

Cette remarque qu'il faisait pour la première fois fut intolérable au père. Il donna un coup de poing sur le bras du fauteuil dans lequel il était assis.

- Oh ! qu'un misérable n'ait pas abusé de la candeur de Michelle ! s'écria-t-il en fureur. Je l'abattrais comme un chien !

- Calme-toi, voyons. Crier et tempêter ne sert à rien. L'autre jour, nous aurions dû être plus diplomates et laisser Michelle développer son idée... Nous aurions su exactement ce que cette enfant avait dans la tête. Puisqu'elle venait à nous, en toute confiance, il fallait l'accueillir !

- Dis-le, fit le père, tout bourru en se dressant

nerveusement sur son fauteuil. C'est ma faute, n'est-ce pas ?

- Non, mon ami. Je te demande seulement d'être calme et de ne rien brusquer puisque nous ne savons rien. C'est extraordinaire que toi qui as un telle maîtrise en affaires, tu ne saches pas te dominer dans une question domestique !

- C'est que ça me tient autrement au cœur !

- C'est certain, mais en ce moment, une seule chose est nécessaire : sauver Michelle ! Après, s'il y a lieu, nous guérirons son cœur... ou nous verrons à faire son bonheur dans le sens qui lui plaît.

- Oh ! ça...

- Allons, ne dis pas de sottises. Si je connaissais celui dont la présence peut guérir Michelle, j'irais le chercher malgré toi. Et je suis sûre que tu m'approuverais au fond de toi-même.

Le père ne répondit pas : il n'y avait que de la rage en lui !

- Pour le moment, répéta la mère avec fermeté, guérissons notre fille et veillons sur sa réputation.

Elle s'arrêta, et plus anxieusement :

- Oh ! oui, soupira-t-elle, prenons garde que le moindre de nos actes ne retombe sur elle... puisque nous ne savons pas !

L'homme courba la tête.

Sa femme avait raison.

Mais au fond de son âme batailleuse, l'orage grondait et les forces hostiles qui étaient en lui cherchaient déjà comment, sans toucher à sa fille, il allait pouvoir atteindre tous ceux qui avaient pu l'approcher jusque-là, afin de ne pas le manquer s'il existait, celui que Michelle pouvait aimer malgré sa volonté de père...

XXXIII

Depuis longtemps déjà, Alexandre Isborsky attendait Michelle sans la voir venir.

Elle avait dit :

« Je serais ici, dès neuf heures du matin. »

Et elle n'était pas encore arrivée à dix heures et demie ! Une sourde inquiétude qu'il ne s'expliquait pas était en lui.

Il imaginait toutes les causes susceptibles d'avoir empêché Michelle de venir.

Son père n'était pas parti ? Sa mère avait été souffrante ? Ou l'un et l'autre ayant manqué le train et étant revenus avaient surpris la jeune fille préparant sa fuite ?

Ne prétendait-elle pas enlever ses malles avec elle ! Déjà, l'avant-veille, elle lui avait confié deux petites valises, « remplies de choses auxquelles elle tenait tout particulièrement ! »

avait-elle dit.

Puis, il s'imagina le pire.

Un accident de l'avenue Marceau à l'avenue des Ternes ? Cette place de l'Étoile était si difficile à contourner... Le père malade, mort peut-être ? Cet homme était si fort, si sanguin !

À mesure que le temps passait, l'imagination du jeune homme travaillait, et il ne soupçonnait plus que des drames : un cambriolage, un incendie, un assassinat !

Pas une seconde, après les preuves d'amour que Michelle lui avait données la veille, la pensée ne lui vint que le retard pût provenir volontairement d'elle.

Il songeait à la singulière tristesse qu'il avait eue en la quittant, et une angoisse le tenaillait : quelle prescience lui avait fait soupçonner un malheur ?

Deux fois déjà, il avait voulu téléphoner à l'hôtel... se rappelant que Michelle lui avait recommandé d'éviter de le faire, de crainte que Landine ou une autre personne de la maison ne pussent soupçonner quelque chose, il avait raccroché l'appareil.

À midi moins quinze, il n'y tint plus, il voulait savoir, coûte que coûte.

D'une voix âpre, méconnaissable, il jeta le numéro téléphonique, mais ce fut en vain qu'il attendit, l'hôtel restait muet, et le banal « on ne répond pas » vint mettre du tragique dans son âme.

- Si elle n'arrive pas à midi, pour déjeuner avec moi, je cours là-bas, fit-il à sa femme de service.

- Vous vous alarmez peut-être trop vite, essaya-t-elle de lui faire entendre.

À ce moment, un coup de sonnette retentit. - Ah ! s'écria-t-il victorieusement et soulagé. D'un bond, il fut vers cette porte d'entrée... Une grosse déception l'attendait.

- Vous ! fit-il, décontenancé, en reconnaissant le chauffeur qu'il avait recommandé à Michelle, dix jours auparavant en quittant son service.

- Oui, moi-même... sans place ! Ils m'ont fichu à la porte.

- Pourquoi ?

- Je n'en sais rien ! Il paraît que tout le personnel est licencié.

- Qu'est-ce qu'il y a ?

- Voilà ! Quand je suis arrivé à l'hôtel, à neuf heures ce matin, le portier m'a appelé :

« - Inutile d'aller plus loin, me dit-il dès l'entrée. Voilà ton compte, tu ne fais plus partie du personnel. »

« Il me remit une enveloppe. Dedans, il y avait un chèque, le montant de six semaines de gages. C'était largement payé puisqu'il n'y avait que dix jours que j'étais dans la boîte.

« - Et Mathieu Belland ? demandai-je ? « -

Congédié aussi. »

« Tout ça ne me paraissait pas clair.

« - Tout de même, on pourrait fournir une explication : je ne suis pas un chien qu'on jette à la rue. Je n'ai rien à me reprocher, je désire prendre congé de Mademoiselle.

« - N'insiste pas, mon vieux, me fait-il, la maison est vide. Landine est renvoyée, tout le personnel est parti, il n'y a que le cuisinier et la femme de chambre de Madame qui sont encore là. Et encore, ils sont comme moi, on leur a donné leurs huit jours ; on ne les garde que pour attendre la venue des autres serviteurs qu'ils font venir de leur château de Normandie.

« Je remarquai, soudain, que la plupart des fenêtres étaient restées avec leurs persiennes fermées.

« - Ils sont partis, fis-je. Mais Mademoiselle devait rester, elle !

« - Écoute, mon bonhomme, me dit-il. Tout ça, c'est l'affaire des patrons, ça ne nous regarde pas. Moi, je ne connais que la consigne : ne laisser entrer personne, et répondre que la maison est vide.

« - Enfin, insinuai-je, si on te renvoie aussi, tu n'es pas plus bête qu'un autre, et tu dois te douter des raisons qui font que, sans tambour ni trompette, on te met à la porte.

« - Je subis le sort commun. Cela s'est décidé cette nuit. La môme Haricot a été malade au dîner, un grand repas avec des tas de convives. Ça a fait un chambard de tous les diables. Médecin, religieuse, garde-malade, tout le tralala. Toute la nuit, nous avons été sur pied. Il paraît que c'est grave, qu'il faut le silence autour d'elle, on ferme la boîte, quoi ! Je ne vois pas ce qu'un nouveau personnel changera à ça ; en attendant, le père Choucroute est d'un cran !... »

Le jeune Russe n'écoutait plus. Les mots tragiques étaient tombés sur lui :

« Michelle était malade... c'était grave. »

Tout tournait, subitement, autour de lui. Et dans sa tête, des déductions affolantes s'estompaient.

Il ne fallait plus attendre la bien-aimée, elle ne viendrait plus... Quand la reverrait-il, à présent ?

D'une voix hallucinée, il questionna :

- Avez-vous pu savoir ce qu'elle avait au juste ?

- Qui ? fit l'autre. La petite patronne ? - Oui.

- Le portier ne m'a rien dit... j'ai insisté, mais il était gêné que je reste aussi longtemps. On a dû lui promettre une gratification s'il ne disait rien durant le temps qu'il doit être encore là.

- C'est possible.

Comme le prince Isborsky demeurait silencieux, les yeux fixes et durs, l'autre reprit humblement :

- Je suis venu vous prévenir... vous pouviez compter sur mon dévouement vis-à-vis de Mlle Jourdan-Ferrières... ce n'est pas ma faute si je suis renvoyé. Je vous affirme que je n'ai rien fait qui justifie une telle mesure.

- J'en suis persuadé, Yvan, et vous garde toute ma confiance... Connaissez-vous l'endroit où sont retirés Mathieu ou Landine ?

« Le cas échéant, je puis toujours compter sur vous, n'est-ce pas ?

- Oh ! Votre Altesse, tout mon dévouement vous est acquis, s'écria l'autre, ému du visage malheureux du prince.

Quand l'homme fut parti. Sacha réfléchit un moment ; puis sans songer à manger, il prit son chapeau et marcha dans la direction de l'hôtel de l'avenue Marceau.

Il ne savait pas ce qu'il allait faire exactement. Il s'en remettait à l'impulsion du moment.

Michelle était malade. Il allait essayer d'arriver jusqu'à elle, coûte que coûte.

La grille était fermée. Il dut sonner. Et, en place de faire jouer le déclic qui l'ouvrait automatiquement, le portier vint lui-même jusqu'au portillon de fer.

Reconnaissant l'ancien chauffeur, il dit tout de suite :

- Il faut vous en aller, monsieur John. J'ai l'ordre de ne laisser personne entrer.

- Je désire voir Mademoiselle... ou son père.

- Ni elle, ni ses parents ne sont visibles, répondit-il d'une voix rigide. Aucun visiteur ne doit être introduit.

- Vraiment !

Un léger frémissement de colère troublait sa voix.

- Oui, fit l'autre avec importance. C'est la consigne.

Avant que l'homme eût le temps de prévoir le geste du prince, celui-ci avait poussé le portillon et d'un bras nerveux écarté l'imposant portier.

En deux enjambées, il gravit le perron et arriva à la porte du cabinet de M. Jourdan-Ferrières qu'il secoua, mais celle-ci était close et ne pouvait s'ouvrir.

Il courut donc vers l'entrée principale de l'habitation. Ce court répit avait permis au portier de se ressaisir et il y arrivait en même temps que Sacha.

- Voyons, John, soyez raisonnable. Vous allez me faire mettre à la porte immédiatement. Allezvous-en.

Alexandre Isborsky ne l'entendait même pas et comme l'autre s'agrippait à lui, il raidit ses muscles et le souleva avec une force incroyable.

Une seconde, il hésita ; puis, comme s'il n'avait, en cet instant, ni conscience, ni contrôle, il le balança et l'envoya d'un élan rouler à quelques mètres de là.

Le chemin était libre devant lui, il s'élançait déjà vers l'escalier, quand une porte s'ouvrit et M. Jourdan-Ferrières parut.

- Que signifie ce bruit ? Ah ! c'est vous. Où allez-vous ?

La voix autoritaire était si ferme que le Russe s'arrêta. Il dut se mordre les lèvres jusqu'au sang pour maîtriser son emportement.

- Où allez-vous ? répéta le père vivement.

- Prendre des nouvelles de Mlle Michelle. Elle est malade ?

- Et après ? Ça vous regarde, ça ?

- Mademoiselle a toujours été très bonne, fit-il, au hasard.

- Trop, je crois.

- Eh bien ! voulez-vous m'accorder un entretien, monsieur ?

- Je n'ai rien à entendre de vous ! Et si vous ne partez pas à l'instant, je vous fais jeter dehors.

Dans sa poitrine, le cœur de Sacha bondissait.

En un éclair, il envisagea la situation. Il n'obtiendrait rien de M. Jourdan-Ferrières... l'escalier était libre, la maison sans serviteur et... Michelle était sa femme, elle lui avait donné des droits qu'aucune volonté humaine ne pouvait empêcher. Donc, en avant, vers elle...

Il bondit par une telle tension de tous ses muscles qu'il passa devant le nez de M. JourdanFerrières, comme l'eût fait un gros félin dans un bond fantastique.

Quatre à quatre, le prince escaladait l'escalier. Derrière lui, il entendit la voix du maître de maison, au téléphone : il réclamait l'aide de la police pour chasser de chez lui un énergumène, un ancien chauffeur prêt à se livrer aux pires extrémités...

Le prince haussa les épaules.

Cet homme était stupide. Si scandale il y avait, ne se rendait-il pas compte que tout désignerait

Michelle, même si son nom n'était pas prononcé ?

Il fonçait, maintenant, vers l'appartement de celle-ci, mais Mme Jourdan-Ferrières surgit devant lui.

Elle frémit à sa vue, mais instinctivement, elle étendit ses bras en croix pour l'empêcher d'avancer.

Il dut s'arrêter, en effet, pour ne pas faire violence à une femme.

- Michelle ? interrogea-t-il d'une voix rauque.

- Au nom du Ciel ! implora-t-elle, parlez bas. La moindre émotion la tuerait.

- Je veux la voir, fit-il en modérant sa voix. Ne m'empêchez pas de la voir.

- Non, soyez raisonnable, mon ami. Sa porte est interdite...

Et doucement, maternellement, comme si du premier coup elle comprenait les sentiments qui le guidaient, elle ajouta :

- Si vous portez le moindre intérêt à cette

pauvre enfant, retirez-vous sans bruit, monsieur. Le docteur a fait le vide autour d'elle, son père et moi ne sommes pas même autorisés à l'approcher.

- Mais, enfin, qu'est-ce qu'elle a ? demanda-t-il avec angoisse.

- Une congestion cérébrale, répondit-elle loyalement, car elle sentait qu'il n'était pas d'autre moyen de venir à bout de cet homme affolé, qu'en lui donnant les renseignements voulus.

- Vous ne me trompez pas ?

- Je vous jure que je vous dis la vérité...

Cependant, ayant raccroché l'appareil téléphonique, M. Jourdan-Ferrières grimpait à son tour au premier étage.

- Partez, fit la mère en joignant les mains, suppliante. Qu'il n'y ait pas d'altercation entre lui et vous, si près de sa chambre, monsieur. Soyez généreux pour ma fille, ne la tuez pas, retirez-vous.

Il baissa la tête. Un combat se livrait en lui-même. Ces gens ne le leurraient-ils pas ? Fallaitil partir sans avoir vu Michelle ?

Mais M. Jourdan-Ferrières venait le rejoindre et le jeune homme recula devant lui, comme s'il lui avait inspiré de la répulsion.

- Ne me touchez pas, fit-il, hautain, mais toujours à voix basse. Je me retire, à la prière d'une femme et à la pensée d'une autre qu'on affirme être malade.

Il posa sur le père un regard rempli d'une fermeté redoutable.

- On ne fait pas jeter dehors un homme qui se présente loyalement, monsieur. Une explication eût été préférable, je vous assure... Mais je reviendrai, et ce jour-là, il faudra bien que vous m'entendiez ! !

Le millionnaire ne répondit pas. Le calme du jeune homme le dominait. Qu'est-ce qu'il pouvait y avoir entre Michelle et ce garçon ? Et pour la première fois, devant l'impression de force et de beauté qui émanait du Russe, il se demanda par suite de quelle folie aveugle il avait pu accepter de mettre un pareil homme auprès de sa fille.

- Cet être-là n'a jamais été chauffeur, fit-il à sa femme, quand le Russe eut disparu. Je me suis fait rouler comme un écolier ! Mais qui me dira jamais d'où lui venait une telle audace d'oser monter chez Michelle sans m'en demander permission ?

M$_{me}$ Jourdan-Ferrières hocha la tête avec indulgence. Un pâle sourire entrouvrit ses lèvres.

- Tu es trop vif, mon ami. Cet homme-là t'aurait fourni toutes les explications possibles, si tu l'avais accueilli avec calme...

- C'est ma faute, à présent.

- Mon Dieu ! il n'y a rien de cassé, donc personne n'est en faute. Mais tu veux savoir, tu prétends tout découvrir et dès que la lumière se présente, tu la jettes à la porte.

- Dis donc, fit-il, elle n'est pas facile à manier, ta lumière ; John a presque assommé le portier.

Mais elle l'interrompit :

- Écoute, on sonne, ce sont les agents de police que tu as réclamés... va les recevoir et, un bon conseil, évite de parler de John... il est inutile de compromettre ta fille !

Le jeune Russe ne s'était pas encore éloigné.

Debout sur le perron, il restait indécis. Devait-il réellement partir ? Jamais, il ne retrouverait une telle occasion d'approcher Michelle ; le coup de force qui lui avait permis de pénétrer dans l'hôtel aujourd'hui ne réussirait peut-être pas une autre fois...

En même temps, il s'en voulait de son inutile manifestation.

À quel résultat était-il arrivé ? À compromettre Michelle et à éveiller l'attention de son père. Quelle suspicion n'allait-on pas faire peser sur la jeune fille, à présent ?

Dans son besoin de la rejoindre ou de savoir pour quelles raisons elle ne venait pas à lui, il avait été affreusement maladroit. Maintenant, il s'accusait d'avoir manqué de sang froid...

À ce moment de ses réflexions, il vit deux agents sonner à la grille. Le portier les introduisait...

En un rapide examen de la situation, il comprit qu'il ne devait pas ajouter au scandale. Son arrestation ou tout au moins une visite obligatoire au commissariat de police ne lui fournirait aucun avantage et ne ferait que compliquer les choses.

Mais, déjà, le portier le désignait aux deux agents et M. Jourdan-Ferrières apparaissait à la porte d'entrée.

Le prince Isborsky comprit qu'il n'avait plus le temps de partir posément, et il était trop fier pour paraître même fuir devant la police.

Blême de fureur de le retrouver là, le père de Michelle déjà tendait vers lui sa main vengeresse, mais il perçut le regard hautainement ironique du jeune homme, il vit le pâle sourire de défi qui tendait les lèvres orgueilleuses, et se rappelant la recommandation de sa femme, il laissa tomber son bras.

- Vous arrivez trop tard, mes amis, fit-il en maîtrisant son ressentiment ; celui pour qui je vous ai dérangés est parti.

Il s'arrêta ; ses yeux furieux voyaient le prince

russe allumer tranquillement une cigarette... et de penser qu'il ne pouvait rien contre cet homme qui le bravait ostensiblement, le mettait en rage.

- Vincent ! cria-t-il nerveusement en s'adressant au portier ébahi, reconduisez le visiteur.

Sacha souleva son chapeau.

- Au revoir, monsieur, fit-il tranquillement.

Et pendant qu'il s'éloignait sans hâte et très calme, M. Jourdan-Ferrières conduisait, luimême, les agents à l'office et leur faisait servir un verre de vin.

XXXIV

Près de la grille, le prince Isborsky avait jeté au portier, à mi-voix :

- Cent francs pour vous, par adresse, Vincent, si vous me donnez celles de Landine et du maître d'hôtel.

- Je les ignore ; ils sont partis, ce matin, répondit l'homme tout bourru.

- Alors, le nom et l'adresse du docteur, celui de la religieuse et l'adresse de sa communauté ?

Ce diable de John avait une telle façon de conduire les choses que le portier ne résista pas à l'offre... Au surplus, le patron lui-même n'avait-il pas été obligé de composer avec lui ?

- Contre cent francs par adresse ? fit-il préciser avec méfiance.

- Oui.

- Alors, ne restez pas là. Éloignez-vous pour

qu'on vous voie partir. Dans une heure revenez par la rue Bassano, frapper à la fenêtre de ma chambre, j'échangerai le papelard aux adresses contre vos deux billets.

- Compris.

Maintenant, le prince remontait l'avenue, un peu d'espoir rentrait dans l'âme du Slave.

Si le portier lui procurait les deux adresses demandées, il ne doutait plus que le docteur consentît à lui donner des nouvelles de Michelle.

D'un autre côté, par la religieuse et l'intervention de sa communauté, il espérait pouvoir entrer en communication avec la jeune fille.

Une heure après, pendant laquelle il n'avait cessé de marcher pour calmer l'énervement de l'attente, le portier lui remit les deux adresses convenues.

Content de la somme que John lui octroyait si généreusement, Vincent, dans un bon moment, lui fournit aussi quelques précieux renseignements.

- C'était au milieu du repas, alors qu'on parlait d'un scandale mondain révélé par certains journaux, que Michelle s'était dressée hagarde, en jetant un grand cri. Transportée dans sa chambre, elle avait déliré toute la nuit... Sa porte était consignée à tous, même à ses parents... Seule, auprès d'elle, autorisée par le docteur, une religieuse la veillait... on faisait l'obscurité et le silence dans son appartement... On la soignait avec de la glace, puisque, au milieu de la nuit, il avait fallu, coûte que coûte, s'en procurer. Enfin, le médecin, venu la nuit, était déjà repassé à l'aube et à midi.

De tous ces détails, le jeune homme ne voyait qu'une chose : c'est que, réellement, Michelle était malade !

Pour quelles raisons sa famille faisait-elle le vide complet autour d'elle ? C'est ce qu'il ne pouvait deviner.

Était-ce contre lui qu'on prenait de telles précautions d'isolement ? Fallait-il en conclure que déjà le père était au courant de bien des choses ?

Pour éclaircir un peu la question, il entra dans un café et chercha, de nouveau, à téléphoner à l'hôtel de M. Jourdan-Ferrières.

La même réponse fut faite : l'abonné ne répondait pas.

Alors, pendant qu'il y était, il entra en communication avec Molly Burke. Apprenant à celle-ci la maladie de Michelle, il la supplia, sous un prétexte quelconque, d'aller en personne prendre de ses nouvelles.

- J'accours ! fit l'Américaine, pleine de zèle.

Dissimulé au fond d'un taxi, il la vit sonner à l'hôtel et, sans meilleur résultat que lui-même, ne pouvoir y pénétrer.

La preuve était faite que la consigne était la même pour tous. Molly lui expliqua qu'elle n'avait pu obtenir du portier aucune précision au sujet de Michelle. On s'était borné à lui affirmer que « Monsieur, Madame et Mademoiselle étaient tous trois absents »...

Il ne restait plus au jeune homme qu'à interroger le docteur qui soignait Michelle.

L'après-midi étant fort avancée, ce ne fut que dans la soirée qu'il put rencontrer celui-ci.

Sa carte, qu'il donna en se faisant annoncer, portait en sous-titre : Docteur en médecine de la Faculté de Paris. C'était donc en confrère qu'il se proposait de l'interroger.

Le praticien qu'il venait voir était un homme déjà âgé et froid. Il accueillit son jeune confrère poliment, mais sans cordialité et dès ses premières questions au sujet de Michelle, l'arrêta :

- Vous m'excuserez, le secret professionnel...

Sacha eut beau prier, supplier, l'autre demeura irréductible, impénétrable.

Il fut même acerbe pour le jeune visiteur.

- Le père de ma malade avait prévu qu'une démarche serait tentée auprès de moi pour obtenir des nouvelles de celle-ci. Je ne supposais pas qu'un confrère, tout nouveau soit-il dans notre profession, se chargerait de cette demande un peu osée. Et je n'avais pas prévu qu'il me faudrait opposer un refus à l'un des membres de notre grande famille médicale.

- Je vous affirme, monsieur, que le mobile qui me fait agir est des plus respectables. Un parent de Mlle Michelle est atrocement inquiet de la santé de celle-ci et désire des nouvelles...

- À mon grand regret, je n'ai pas à me substituer au père, en cette affaire ; c'est à lui de donner des nouvelles de sa fille.

- Même s'il abuse de sa situation privilégiée auprès d'elle... Celle-ci est majeure.

- Il est délicat de juger... Dans l'intérêt de la famille qui me confie un des siens à soigner, je me crois obligé à me retrancher dans un silence absolu. J'estime que, pour tous, c'est plus raisonnable et plus digne.

Le prince Isborsky haussa les épaules. Tous ces grands mots ne l'impressionnaient pas.

Michelle était son bien, sa chose, sa femme, enfin ! Elle était malade, gravement, disait-on, et on lui refusait la possibilité de la soigner... on ne voulait même pas permettre qu'il sût le mal dont elle était atteinte.

Et une folie fut en lui, faisant jaillir les mots qu'il fallait pour ébranler les scrupules du docteur.

- Mlle Jourdan-Ferrières est donc atteinte d'une maladie honteuse, que l'on cache si soigneusement son mal ?

L'autre eut un haut-le-corps.

- Vous exagérez, monsieur.

- Eh ! sais-je ? Hier, elle était avec moi, bien portante et souriante. Deux heures après m'avoir quitté, une crise affreuse la terrassait, à table. Épilepsie ? Hystérie ? Que sais-je, moi ? Pourquoi fait-on le vide autour d'elle ? Quel résultat escompte-t-on obtenir en permettant toutes les suppositions ?

- Vous étiez avec elle, hier ? fit le docteur, étonné.

- Oui.

- Ce n'est donc pas pour un autre que vous venez vers moi vous renseigner ?

- Non, c'est pour moi-même, déclara le jeune Russe, perdant toute prudence et trop fier pour mentir, en un pareil moment. Cette maladie inattendue m'affole... Quelles tares veut-on cacher ?... ou, sous prétexte de maladie, ne la séquestre-t-on pas ? Oh ! quelle peine fait-on à ma petite Michelle, pendant que je suis là, impuissant et ignorant...

Un sanglot brisa sa voix. L'homme fort et impeccable qu'il avait toujours été ne dominait plus l'atroce inquiétude qui le tenaillait.

Depuis la tasse de chocolat du matin, il n'avait rien absorbé de la journée, et sa force de résistance en était amoindrie.

Sans qu'il s'en rendît compte, il était tout nerfs, toute impulsion, à cette heure.

La tête dans les mains, il restait effondré dans ce fauteuil, où le vieux docteur l'avait fait asseoir à son arrivée.

Sur le visage de ce dernier, qui ne le perdait pas de vue, une grande perplexité se lisait.

Il est des émotions et des faiblesses que les hommes s'excusent entre eux...

- On ne séquestre pas Mlle Jourdan-Ferrières,

fit enfin le vieillard, fermement. Je ne me ferais pas complice d'un tel acte.

L'autre redressa la tête.

- Elle est réellement malade ?... et ce n'est ni hystérie, ni épilepsie, alors, quoi ?

- Alors, quoi ?

Une seconde d'atroce silence, durant laquelle le vieux docteur réfléchissait.

- Une congestion cérébrale, laissa-t-il tomber gravement.

En pesant ses mots, il précisa :

- Forme inquiétante et bizarre... fièvre intense, faiblesse comateuse, délire continu... Y a-t-il hémorragie ? Je surveille, m'attends à tout et essaye tous les moyens préventifs. C'est moi qui ai exigé ce silence absolu autour d'elle. Puisque vous êtes médecin, vous devez reconnaître que c'était mon devoir absolu, en l'occurrence ; j'ai l'impression que le moindre choc la tuerait... Je ferai tout pour la sauver, même si je piétine les droits de la famille... ou du cœur !

Il s'arrêta, regarda longuement le jeune

homme, puis demanda :

- Vous êtes son fiancé ?

- Nous sommes engagés indissolublement, répondit le prince avec fermeté.

- Amour contrarié par la famille ? insista le praticien, qui avait remarqué l'amphigourique de la réponse.

- Amour méconnu, oui, mais que rien ne peut briser, maintenant.

Un instant, les deux hommes se regardèrent et se comprirent.

- Et, hier, dites-vous, reprit le plus vieux, rien ne faisait prévoir une telle crise ?

- Absolument rien ! Elle m'a quitté en pleine santé et souriante à sept heures du soir... un peu ennuyée, peut-être du dîner d'apparat qu'il lui fallait subir.

L'autre réfléchissait.

- En deux heures, bien des choses peuvent se produire, remarqua-t-il à mi-voix. Je ne sais, absolument que ce qu'on m'a dit : à la fin de repas, elle s'est dressée, a poussé un cri, et s'est effondrée. Rien, en apparence, ne paraît donc justifier la maladie.

Il s'arrêta, eut un geste vague et observa :

- Ils ont licencié tout leur personnel, je n'ai pas compris pourquoi... à moins que ce ne soit par mesure de précaution contre vous, qui pourriez avoir des intelligences dans la place. Puis, avec autorité, il conclut :

- Je la soigne, sans me préoccuper des à-côtés qui peuvent être ou non intéressés à sa santé. Je ferai l'impossible pour la tirer de là.

- Ce sera long ?

- Je le crains... des semaines, probablement ! Et

le regardant fixement :

- Vous êtes docteur, vous savez ce que les mots veulent dire, et je ne vous ai rien caché... Il faut attendre !

Il se leva.

- Je vous ai parlé à la fois, en homme et en confrère selon que ma conscience me l'a ordonné. Veuillez oublier qui vous a renseigné !

- Je vous le jure, monsieur, et je vous remercie...

- Ne me remerciez pas, je n'ai eu pour vous qu'un acte d'humanité devant votre désespoir...

Et toujours impassible, glacial même, il montra la porte au visiteur.

- Monsieur, j'ai bien l'honneur de vous saluer.

Mais Sacha était trop impulsif, ce soir-là, pour répondre par un simple salut à cet homme qui, malgré sa froideur, venait d'être si charitable pour lui.

Il s'élança vers le vieillard et lui saisit la main.

- Merci de votre compassion, monsieur. Je quitte la France demain et il m'était atroce de partir pour l'étranger dans une ignorance aussi totale. Puisque je ne puis rien pour soulager celle que j'aime, il me sera moins cruel de la savoir entre vos mains, vous qui avez eu pitié de ma détresse. Soignez-la, je vous la confie, toute ma reconnaissance vous est acquise à l'avance.

Il s'arrêta, les mots ne sortaient plus de ses

lèvres contractées et il sentait des picotements à ses yeux.

- C'est tellement pénible d'être médecin soimême et de ne pas pouvoir lutter pour la santé d'un être cher...

Une émotion passa derrière les lunettes du vieux docteur, mais, il se raidit, pour demeurer impassible.

- Soyez raisonnable, tout ce que vous pourriez essayer en ce moment ne servirait à rien. Pour l'instant, ma science suffira peut-être... Plus tard, votre tendresse lui sera nécessaire. Vivez dans cet espoir.

Et comme s'il était furieux d'en avoir tant dit, il s'inclina, et, tournant le dos au prince, il regagna vivement son cabinet.

Le lendemain, après une visite à la baronne Colensky, à qui il confia la mission de se renseigner sur la santé de Michelle auprès de la religieuse qui la soignait, le prince Isborsky quittait Paris.

Il s'éloignait dans un état d'esprit épouvantable, n'obéissant plus, en rejoignant son poste en Angleterre, qu'à l'inconscient désir de ménager l'avenir, si jamais, un jour, Michelle revenait à lui pour partager son existence...

Bizarre coïncidence : les prédictions de la sorcière rouge se déroulaient, pour le prince et Michelle, dans le sens tragique qu'elle avait annoncé : le premier quittait la France, atrocement malheureux, pendant que, pour l'autre, épouse sans mari, c'était la mort dans un corps qui vit.

XXXV

Pendant que Sacha commençait une nouvelle vie à l'étranger, le temps s'écoulait, péniblement inquiétant, à l'hôtel de l'avenue Marceau.

Durant des jours et des nuits, la religieuse avait veillé Michelle, sans presque aucun espoir, et le chagrin de M. Jourdan-Ferrières se concentrait dans une farouche réclusion où, loin de tout regard, il laissait hurler son atroce détresse de père riche, impuissant à sauver l'enfant unique que la mort réclame.

À ses côtés, inlassable dans son dévouement d'épouse, sa femme se révélait aimante, grave et bonne, comme jamais encore elle n'avait eu l'occasion de l'être.

Allant de la chambre de Michelle, où, de la porte, elle surveillait attentivement le progrès du mal, au cabinet où l'homme s'enfermait pour souffrir, elle ne vivait plus que pour ces deux êtres dans lesquels tout le bonheur de sa vie se concentrait maintenant.

Quel douloureux calvaire pour son âme de mère, son cœur d'épouse, n'avait-elle pas gravi, suspendue aux réflexes d'une malade !

Si pâle, si décolorée, entre les draps blancs, avec, par instants, des rougeurs de congestion sur le front moite, Michelle avait vécu dans l'inconscience près de quatre semaines. Fièvre, délire, soubresauts, crises nerveuses dont elle sortait totalement brisée, tout cela, durant d'interminables heures, avait constitué la trame de son existence...

Maintenant, le délire avait cessé et les points extrêmes de sa température tendaient, peu à peu, à revenir à des degrés plus rapprochés de la normale.

La faiblesse était extrême, mais sa respiration redevenait égale et le vrai sommeil succédait aux longues prostrations qui la tenaient rigide comme un cadavre. Le docteur avait dit aux parents :

- Un matin, elle se réveillera, très faible, mais

lucide... ce sera la minute critique ! Il faudra qu'elle reprenne contact avec la vie sans mauvais souvenirs et sans souffrance. S'il est quelque chose ou quelqu'un que vous puissiez mettre auprès d'elle, avec la certitude qu'elle aimerait à le voir à ses côtés, n'hésitez pas. Facilitez-lui ce réveil cérébral.

Le père avait compris l'invite, et le sentiment de son impuissance lui fit baisser la tête, désespéré.

Durant des semaines, il avait cherché un éclaircissement, une indication. Toutes ses recherches étaient restées vaines...

Après le départ des agents de police, l'autre fois, il avait vivement regretté de ne pas avoir retenu John, puisque celui-ci ne s'était pas encore éloigné. Ah ! que n'avait-il accordé l'explication que l'autre demandait... il saurait peut-être maintenant.

Par un hasard véritablement malchanceux, il n'avait pu retrouver trace de celui-ci.

C'est en vain qu'il avait bouleversé les tiroirs

de son bureau pour rechercher la fiche concernant l'ancien chauffeur et portant ses nom et adresse, qu'il était certain d'avoir notés. Il ne put mettre la main dessus.

Il alla voir son ami, le banquier Krassel... Celui-ci était en croisière sur les côtes de Norvège.

Il interrogea les quelques serviteurs conservés à l'hôtel, nul ne put le renseigner. Ni Vincent, ni le cuisinier, ni la femme de chambre n'avaient fréquenté le jeune Russe et ils furent incapables de fournir la moindre indication.

Un détective, qu'il paya, ne fut pas plus heureux. C'est que le millionnaire et le policier avaient un mauvais point de départ pour commencer leurs recherches.

S'ils avaient connu, à défaut du nom réel, la vraie profession du prince Isborsky, ils eussent peut-être trouvé. Mais ils cherchaient un chauffeur, alors que, même à la préfecture de police, le jeune Russe était désigné comme étudiant en médecine.

Force fut donc à M. Jourdan-Ferrières de renoncer à trouver John, l'ancien chauffeur de sa fille, et quand le docteur lui conseilla d'appeler auprès d'elle celui qui, vraisemblablement, occupait une place dans ses pensées, le millionnaire ne put qu'avouer son impuissance.

- Ma fille n'est pas fiancée et je ne lui connais aucun flirt sérieux... Sa mère et moi avons, en vain, essayé d'approfondir cette question : nous n'avons rien trouvé.

Une telle réponse ne pouvait, on s'en doute, satisfaire le praticien.

- Voyons, insista-t-il, à son âge, il existe bien quelque petit caprice ?

- Aucun, que je sache !

C'était si net, que le docteur se demanda s'il n'avait pas rêvé la visite d'Alexandre Isborsky.

- Pardonnez-moi d'insister, fit-il cependant. Devant la santé et le rétablissement d'une enfant qui vous est chère, peut-être feriez-vous bien d'être indulgent... Votre fortune vous permet d'être bon et d'accueillir un prétendant bien né...

même s'il n'est pas riche...

En parlant, ses yeux ne quittaient pas le millionnaire. Il vit celui-ci bondir.

- Ah çà ! Un nom, docteur. Si vous savez quelque chose, éclairez-moi tout de suite.

Prudemment, le praticien insinua :

- En mon absence, un homme s'est présenté chez moi, pour avoir des nouvelles de votre fille.

- De Michelle ?

- Oui... Il était jeune et joli garçon... un étranger, je crois... et très grand, paraît-il. Sa taille très élevée doit vous permettre de l'identifier facilement...

- À votre signalement, docteur, j'ajoute blond, des yeux gris... un homme altier, orgueilleux, qui a une audace extraordinaire.

- Un homme bien élevé, je crois, qui a l'assurance de sa valeur...

- Oui. Eh bien ! je devine de qui vous voulez parler, mais cet individu a une situation qui ne lui permet pas de lever les yeux sur ma fille.

- Ne faites-vous pas erreur ? Il s'agit d'un homme très... très grand !

- Oui, d'une taille très élevée et comme on en rencontre rarement.

- C'est ça : un fort bel homme !

- Un bellâtre ! Je préférerais voir Michelle morte que de savoir qu'elle peut devenir sa femme.

Ce fut au tour du médecin de demeurer saisi.

M. Jourdan-Ferrières avait une telle façon de parler avec mépris de la profession de docteur que le visage du praticien devint immédiatement glacial.

Une fois encore, le caractère emporté et absolu du millionnaire venait de couper le fil conducteur qu'il cherchait tant à saisir, cependant.

Il demanda, en effet :

- Si vous connaissez l'adresse de l'homme dont vous parlez, je vous serais infiniment obligé de me la faire connaître.

Mais le docteur paraissait maintenant pressé

de s'éloigner.

- Je ne sais, fit-il avec un geste vague. Mon domestique a négligé de rien lui demander... Quoi qu'il en soit, surveillez bien le retour à la vie de ma petite malade. Elle seule, avant tout... et je ne serai réellement satisfait que quand elle aura recouvré sa connaissance.

Il s'éloigna, impénétrable, mais emportant la certitude que l'orgueil de M. Jourdan-Ferrières dépassait les limites permises et méritait du Ciel un châtiment... Maintenant, il comprenait la maladie de Michelle et le désespoir du prince Isborsky.

Et pour ces deux amoureux, l'âme pourtant sévère et méthodique du vieux médecin se sentit remplie d'indulgence et de dévouement. Il regretta sincèrement n'avoir point demandé au jeune Russe plus d'explications. En ce moment, il aurait voulu pouvoir les réunir, malgré - et peut-être à cause de - la volonté du millionnaire.

Naturellement, M. Jourdan-Ferrières raconta à sa femme sa conversation avec le docteur et il conclut, de fort mauvaise humeur :

- Quelle audace ! Ce garçon, réellement, ne manque pas de toupet. Aller s'informer de Michelle jusque chez le docteur !

L'épouse ne répondit pas, ou plutôt elle dissimula sa vraie pensée.

- Il est probable, fit-elle, que ce chauffeur, si c'était bien lui, ne se renseignait pas pour lui-même... Il agissait sûrement pour le compte d'un autre !

- Alors, c'est cet autre qu'il faudrait connaître.

- Le hasard, peut-être, nous le désignera, fit-elle avec une apparente résignation.

Mais, au fond d'elle-même, elle se méfiait des maladresses de son mari. Avait-il su réellement tirer du docteur tous les renseignements voulus ?

Depuis dix-huit ans qu'elle était la femme du millionnaire, elle n'ignorait pas combien celui-ci était emporté et intransigeant. Pour des riens, il dressait des montagnes et se muait en tyrannique despote.

Elle qui savait combien, au fond, il était bon et généreux, avait pris le parti, depuis longtemps, de n'en faire, en toutes choses, qu'à sa tête.

C'était la meilleure manière de ne pas soulever entre eux de malentendus, le millionnaire, par une singulière face de son caractère, ne se fâchant jamais en présence d'un fait accompli. Quand une chose dont on ne l'avait pas entretenu était désastreuse, il exprimait simplement le regret qu'on ne lui en eût pas parlé. Et, de toute sa bonne volonté, il s'employait à en atténuer les mauvais résultats.

L'accord était donc parfait entre le mari et la femme.

C'est pour toutes ces raisons que Mme JourdanFerrières interrogea le médecin, en lui avouant qu'elle agissait à l'insu de son mari.

- Docteur... ce jeune homme dont vous avez parlé... c'est bien un chauffeur, n'est-ce pas ?

- Un chauffeur ! Oh ! non, madame. Il s'agit d'un de mes jeunes confrères.

- Comment ! Un docteur ! fit-elle, abasourdie, car elle était loin de s'attendre à une telle réponse.

- Oui, confirma-t-il, un docteur d'origine russe, mais ayant étudié en France.

- Russe, c'est bien cela, mais il est chauffeur. - Allons donc ! Il s'agit du prince Isborsky.

L'étonnement de la mère fut au comble.

- Alors, je ne sais pas, je ne vois pas... Si vous êtes sûr que cet homme agissait bien pour son compte personnel.

- Le chagrin qu'il montrait, les mots de désespoir qu'il a eus, tout indique, madame, qu'il ne parlait pas au nom d'un autre.

- À moins qu'il ne se soit servi de ce titre de confrère pour arriver jusqu'à vous.

- J'ai vérifié à la Faculté de médecine ; le prince Isborsky a passé sa thèse cette année... et très brillamment, même !

- Et c'est bien cet homme... ce prince, qui a parlé de ma fille à votre domestique ?

- La vérité, madame, c'est que c'est à moimême qu'il s'est adressé. J'ai sa carte sur moi... voulez-vous la voir ?

Il lui tendit le bristol qu'il venait de tirer de son portefeuille.

Elle le prit, l'examina et le rendit au médecin, toute songeuse.

- Réellement, docteur, je suis toute désemparée. C'est la première fois que ce nom frappe mes yeux et mes oreilles.

- Enfin, madame, le signalement que j'ai fourni à votre mari n'évoque-t-il personne pour vous ? J'ai parlé d'un très joli garçon et d'une taille colossale. Il est rare que ce double avantage se rencontre chez deux individus...

- Ce signalement évoque pour moi tout à fait un chauffeur que je connais...

- Le prince Isborsky n'a rien d'un chauffeur, madame. C'est le véritable homme du monde.

- C'est que, justement, celui dont je veux parler n'a rien, non plus, d'un chauffeur... et je ne suis pas sûre qu'il n'ait pas réellement l'allure d'un prince. Il est venu ici, comme un fou, pour voir Michelle, le lendemain du soir où celle-ci est tombée malade.

- C'est également ce jour-là que l'autre est venu me trouver.

- Et mon mari, sans réfléchir, avec son emportement habituel, l'a mis à la porte !

- Moi, j'ai accueilli le visiteur...

- Docteur, donnez-moi son adresse. Il faut que j'éclaircisse cette affaire. La santé de Michelle exige que j'aplanisse toutes les difficultés, si elle aime ce jeune homme.

- Je crois que, réellement... il y a de ça ! Malheureusement, je n'ai pas pensé à demander au prince Isborsky où il habitait. Je sais seulement qu'il partait pour l'étranger, le lendemain.

- Il a quitté Paris ?

- Hélas ! il me l'a dit.

Et, comme Mme Jourdan-Ferrières demeurait atterrée, le vieillard insinua :

- J'espère pourtant que, possédant un nom et une profession assez distinguée, le prince Isborsky n'a pu disparaître sans laisser de trace. Vous devez, logiquement, pouvoir le retrouver...

Mais la femme du millionnaire eut beau se renseigner discrètement autour d'elle, parmi les gens qui fréquentaient les mêmes salons où elle allait avec Michelle, elle ne trouva rien.

Et elle acquit bientôt cette décevante certitude que, si le nom d'Alexandre Isborsky était connu à la Faculté de médecine, il était totalement ignoré de tous leurs amis et connaissances.

Les faits, d'ailleurs, se précipitèrent et ne lui permirent pas, plus longtemps, de continuer ses recherches à Paris.

XXXVI

Effondrée au milieu des dentelles de l'oreiller, la tête brune aux cheveux transparents, les lèvres décolorées, les yeux noirs si grands dans leurs cernes bleuâtres, Michelle reposait, sans fièvre, sans délire.

Depuis quatre jours, autour d'elle, on guettait l'éveil de la pensée, la lueur inimitable de la vie intelligente.

Dans ses yeux qui s'ouvraient et demeuraient fixes, aucune lumière ne trouait l'inertie du regard.

Le docteur devenait soucieux. Il eût préféré des réminiscences douloureuses à cette atonie qui se prolongeait.

Ce fut la religieuse qui, la première, enregistra la bienheureuse naissance de la vie cérébrale.

Au début de sa maladie, Michelle, dans son

délire, avait arraché ses bagues de ses doigts et les avait jetées à travers la chambre.

Comme c'étaient des objets de valeur dont la disparition eût été regrettable, la religieuse avait pris soin de les serrer précieusement, certaine que Michelle les réclamerait dès son retour à la santé.

Or, parmi ces bagues, enrichies de pierres étincelantes, un anneau qui lui parut modeste et sans valeur, retint l'attention de la pieuse fille.

C'était l'alliance que le prince Isborsky avait passée au doigt de Michelle... un anneau blanc et uni, pareil à celui que la sœur portait depuis le jour où, ayant prononcé ses vœux, elle était devenue l'épouse du Seigneur.

Et, dans la simplicité de son cœur, la religieuse avait compris que cette alliance symbolique, mais peu décorative, ne pouvait être mêlée aux brillants bijoux de Michelle, que parce qu'elle représentait, pour celle-ci, quelque précieux souvenir.

Puisque la fièvre était tombée, la sœur songeait maintenant à remettre au doigt de la jeune fille l'anneau qu'elle n'aurait probablement jamais dû quitter.

Or, elle le passa d'abord à l'annulaire gauche de Michelle ; puis, se souvenant qu'elle l'avait remarqué à l'autre main, elle le retira et le mit à cette dernière.

Ce geste de bague qu'on met, puis qu'on retire, évocateur de la célébration de son mariage, à l'église russe, éveilla-t-il chez la malade, un subconscient qui sommeillait ? Elle ouvrit les yeux, et la sœur, éperdue de joie, vit les prunelles s'allumer sous une fugitive émotion.

Il y eut encore un long moment d'immobilité, mais comme la religieuse, ayant constaté l'amaigrissement trop prononcé du doigt, s'apprêtait à retirer l'anneau pour qu'il ne fût pas perdu, Michelle plia le doigt, empêchant le retrait.

Bientôt même la sœur, émerveillée comme devant une résurrection, vit sa malade ouvrir les yeux, les promener un peu vagues sur les contours de la chambre, puis, lentement, elle souleva sa main pâle, diaphane, veinée de longs sillons bleuâtres, jusqu'à ce que son regard pût se poser sur le doigt cerclé de métal.

- Sacha ! fit la voix, très nette.

Déjà le bras retombait, fatigué sous l'effort. Elle parut dormir.

Quand elle rouvrit les yeux, il fut visible que son regard, s'accrochant aux objets épars dans la chambre, essayait d'affermir une pensée vacillante.

Dans son intellect, les visions se précisaient, s'amplifiant, comme le font dans l'espace les ondes magiques de la T.S.F., qui vont jusqu'au bout du monde porter leur mystérieux langage.

- Où suis-je ? fit-elle à la religieuse, qu'elle considéra d'abord longuement.

- Chez vous, dans votre chambre... -

En Angleterre ?

La sœur crut qu'elle divaguait à nouveau et, comme elle s'approchait d'elle pour tâter sa main et s'assurer qu'elle n'était pas brûlante, elle l'entendit murmurer, à voix basse :

- Non, non !... à Paris... mon Dieu !

Bientôt, elle interrogea :

- J'ai été malade ?

- Oui, un peu.

- Pendant longtemps ? - Plusieurs jours.

- Ah ! gémit-elle, le regard égaré. Je ne suis pas partie ! Qu'est-ce que je vais devenir ?

Et ce fut la crise de larmes, inconscientes mais bienheureuses, puisqu'elles indiquaient le retour normal à la vie pensante... à la douleur.

Le lendemain, une automobile de santé, luxueuse, confortable, emportait Michelle à Deauville, dans la merveilleuse villa que son père possédait, là-bas, face à la mer.

Le docteur, inquiet de la dépression morale que révélait le retour à la vie de sa malade, avait exigé l'immédiat changement de décor.

Et ce fut dans une atmosphère de lumière, de bon air, au milieu d'un luxe inouï que la convalescence commença...

Convalescence bizarre... comme l'avait été la maladie. Michelle ne parlait pas, ne se plaignait jamais ; elle accueillait chacun avec un pâle sourire, mais dans ses yeux, on eût dit qu'il y avait des larmes mal séchées qui n'attendaient qu'un mot pour couler à nouveau.

Un jour, Mme Jourdan-Ferrières vint vers elle, un sac à main dans les bras.

- Michelle, fit-elle, maternellement. J'ai pensé que peut-être il te serait agréable de retrouver ton sac, avec ton portefeuille et tes petites affaires, j'ai pris soin de l'emporter avec moi quand nous sommes venus ici... je te l'apporte, le voici...

- Merci, fit Michelle faiblement, en posant sa main sur le sac que sa mère venait de mettre sur son lit.

Celle-ci, qui s'attendait peut-être à plus d'expansion s'éloigna discrètement.

Alors, seulement, quand elle fut seule dans sa chambre, Michelle ouvrit son sac.

Dans le soufflet de son porte-carte, elle prit trois petites photos... Les deux agrandissements qui la représentaient en costume russe et l'autre... celle de Sacha.

Longtemps, elle examina les deux premières... elle appréhendait de voir la troisième. C'était tout son pauvre roman, ses rêves de jeune fille, ses illusions, le bonheur qu'elle avait cru saisir... elle avait peur de faire envoler tout cela par un rappel trop brusque de la vérité.

Depuis son retour à la vie, Michelle, en effet, s'efforçait de fuir toute évocation du passé. Dans sa tête faible et endolorie, il y avait comme une crainte inconsciente de souffrir encore et de ne pas pouvoir supporter cette souffrance.

Elle se laissait vivre d'une vie animale et végétative, sans pensées, sans souvenirs, pour le seul plaisir de manger et de s'engourdir dans un bien-être délicieux.

Pourtant, elle éleva la petite photo jusqu'à ce que ses yeux pussent la voir.

Et ce fut comme si Sacha était apparu dans la chambre.

Elle reçut son regard, son sourire en plein

visage et tout l'univers disparut devant la venue du bien-aimé.

- Sacha ! Mon Sacha chéri !

Ses lèvres couvrirent de baisers l'image adorée mais, en même temps, de noires réminiscences se précisaient, c'étaient autant de fantômes menaçants... et, tout à coup, elle se souvint...

Nul ne sut jamais, en dehors de la religieuse qui l'assista, combien Michelle put pleurer, ce jour-là.

Mais si ces larmes furent désastreuses pour la convalescente qu'elles affaiblirent encore, elles eurent leur bon côté, en ce sens qu'elles forcèrent la jeune fille à penser courageusement aux événements.

Le geste de sa mère, lui permettant de retrouver l'image adorée de Sacha, la plaça en face de la réalité redoutable : ou le jeune homme était digne de son amour et elle devait tout faire pour le rejoindre, ou il n'était qu'un misérable imposteur et elle devait détruire en elle jusqu'à son souvenir...

Tous les détails du fameux dîner, le soir de son mariage, lui revinrent. Les moindres mots prononcés, les plus petits détails, elle n'avait rien oublié...

Évidemment, tout le récit pouvait s'appliquer à Sacha et à elle.

Elle avait aimé son chauffeur et celui-ci, par amour, intérêt ou diplomatie, avait su l'amener au mariage.

Quel dommage en était-il résulté pour elle ? Il ne lui parut pas que, jusqu'ici, il n'y en eût aucun.

La religieuse, qu'elle interrogea sur les faits passés durant sa maladie, ne put que lui raconter le licenciement du personnel domestique et l'insistance, le premier jour, d'un homme qui voulait parvenir jusqu'à sa chambre.

À la description que lui en fit la sœur qui l'avait aperçu à travers les persiennes fermées de la fenêtre, Michelle reconnut le jeune Russe.

Une rougeur empourpra son front, et son cœur

se mit à battre fortement dans sa poitrine.

Ainsi, pour parvenir jusqu'à elle, Sacha n'avait pas eu peur de braver son père et la police que celui-ci avait fait appeler... il n'avait donc pas craint qu'on découvrît qu'il était compromis dans le scandale mondain dont on avait parlé...

Elle conclut, de ces premières observations, qu'avant toute chose il convenait de savoir exactement en quoi consistait ce scandale, et elle chargea la sœur de se procurer tous les journaux remontant à l'époque de son mariage avec Sacha... ceux qui avaient précédé cette date ; ceux qui l'avaient suivie...

À l'avance, elle s'effrayait des noms qu'elle pourrait découvrir parmi les Russes accusés... Ah ! l'horreur qui serait en elle s'il fallait que le nom de Sacha y figurât !

Elle essaya pourtant d'envisager sérieusement cette éventualité.

Alors, tout serait faux dans le passé ? Truqués, la réception du prince Bodnitzki, l'apparition de la sorcière rouge chez la soi-disant nourrice, le vieux prêtre qui les avait unis dans la petite chapelle de Neuilly... tout était faux, même l'église agencée pour la circonstance ! Faux, les princes, les grands-ducs, la comtesse, le général ! Faux le moindre des comparses ! Fausse aussi cette histoire de Molly qui voulait épouser John ! Molly, complice involontaire de ces aigrefins... ça c'était le plus comique de tout !

Et toute cette fantasmagorie coûteuse pour arriver à quoi ? À séduire la fille de M. Jourdan-Ferrières, le multimillionnaire... la fille riche qui renonçait à tous ses avantages pour épouser l'homme de son choix, et que son père déshéritait ! Évidemment, ceux qui avaient organisé une telle escroquerie, avec une pareille mise en scène, devaient supposer que Michelle aurait une grosse dot... Ils devaient se dire aussi qu'une fois sa fille bien compromise l'ancien financier paierait n'importe quelles sommes pour arrêter le scandale.

Mais, enfin, le mariage avait été consommé... maintenant, toute la comédie était jouée... Qu'est-ce qu'ils y avaient gagné, ces gens assemblés pour la compromettre ?

Véritablement, jusqu'ici, ils n'avaient tiré aucun bénéfice de cette vile comédie.

Fallait-il croire que la maladie de Michelle les avait arrêtés ? Le bon sens disait qu'au contraire ils avaient eu la partie belle pendant qu'elle ne se défendait pas.

À moins que, déjà, son père n'eût payé.

Cette crainte était, pour elle, une obsession. Et, sournoisement, quand M. Jourdan-Ferrières venait la voir, elle l'examinait intensément, cherchant à deviner sous ses mille gentillesses et ses mots affectueux, s'il ne lui dérobait pas quelque affreuse vérité.

Par ailleurs, il y avait quelque chose qui plaidait véritablement contre Sacha. Elle avait beau repousser l'idée pour ne pas accabler l'homme qu'elle aimait, les faits étaient là, terriblement troublants...

Ce M. de Brémesnil qu'il lui avait affirmé être le vieux peintre et qui ressemblait si peu à Jean Bernier de la mansarde...

Là, il y avait un fait patent. Elle avait versé plus de soixante mille francs. Il y avait bien des chances pour que le malheureux vieillard fût toujours là-bas, à Ménilmontant... malgré le faux notaire, les faux papiers, la pension de famille complaisante !

Il y avait encore les deux valises portées chez Sacha, et qui n'étaient remplies que de choses précieuses, les bijoux de sa mère, les siens, le fameux collier de perles, tous les cadenas, tous les souvenirs qu'elle avait reçus de tous côtés et qui représentaient une réelle valeur.

Sacha, évidemment, ne lui avait pas dit de les apporter, mais il avait trouvé tout naturel qu'elle le fît... cela aussi devait faire partie des probabilités escomptées !

Et, dans ce cercle atroce de suppositions plus affolantes les unes que les autres, sa pensée lucide continuait la chevauchée obsédante...

XXXVII

Enfin, les journaux arrivèrent, il y en avait des paquets ! Elle voulut, tout de suite, les consulter. Mais c'était une besogne ardue, pour une malade exténuée comme elle l'était.

Au bout de cinq minutes, sans avoir encore rien trouvé, elle dut y renoncer, les lettres dansaient devant ses yeux fatigués, et il lui semblait que sa tête allait éclater.

De sentir en elle une telle impuissance de travail fit monter des larmes à ses yeux.

- Voyons, mademoiselle Michelle, intervint la religieuse, voici que vous recommencez à pleurer. Réellement, ne puis-je rien faire pour vous ?

- Non, rien ! fit-elle, farouche.

- Et, pourtant, reprit l'autre, vous ne pouvez rester ainsi toujours malade... Il faut que vous ayez la volonté de guérir. Depuis deux semaines, vous n'avez fait aucun progrès. Regardez l'anneau d'argent que vous avez mis à votre doigt du milieu, si cela continue, il deviendra encore trop grand pour celui-ci, et vous serez forcée de vous en séparer.

- Mon anneau d'argent ! fit Michelle, toute songeuse.

- Oui, dit la religieuse, le pareil au mien...

La malade se dressa, une flamme aigu dans ses prunelles de jais.

- Mon anneau d'argent, répéta-t-elle... d'argent !

Ce mot semblait la fasciner, et, subitement, dans son cerveau surexcité, des réflexions surgirent, incohérentes d'abord, bien ordonnées ensuite.

Voyons, souvent elle s'était demandé comment se procurer une preuve de la sincérité de Sacha ?

Et voilà que, sans le vouloir, la sœur l'aiguillait sur une voie : sa bague de fiancée, son alliance...

« La bague provenait, disait-il, d'une aïeule. »

Elle devait donc être sertie de pierres véritables puisque en la lui passant au doigt il avait osé l'échanger contre son solitaire... un vrai ! Elle se rappelait avoir eu une hésitation à le lui donner. Mais la fière et tendre réponse de l'homme :

« Tout n'est-il pas beau et vrai entre nous... »

C'est comme l'anneau que le prêtre avait béni, Sacha lui avait dit qu'il était en platine.

Le tout n'était peut-être que du verre blanc et de l'argent ? Elle se souvenait : l'écrin était neuf !

L'ignoble comédie d'amour qu'il lui aurait jouée à propos de ces deux bagues.

Elle évoquait l'après-midi d'ivresse dans ses bras... leurs baisers, leurs étreintes ; sa folie à lui qui la possédait enfin ! Non, non ! Tout cela n'était pas mensonge ! Il l'avait aimée sincèrement, passionnément, comme il est impossible qu'un homme puisse feindre... Même si tout le reste n'était que comédie. Ce jour-là,

Sacha avait été sincère !

De cela, sa chair exaltée d'émoi était certaine, absolument sûre !...

Mais, pourtant, si l'anneau était d'argent et la bague étincelante du simple verre ?

Il ne lui aurait pas moins échangées contre une bague ayant une véritable valeur.

Le doute était atroce. Il fallait qu'elle sût la vérité tout de suite.

- Ma sœur, fit-elle à la religieuse, vous offrez de me secourir. Eh bien ! il est en votre pouvoir de faire cesser une inquiétude qui m'obsède.

- Que faut-il faire ?

- Aller trouver un joaillier de cette ville et le prier de venir me voir pour expertiser un bijou... vous lui direz que son dérangement sera payé.

- S'il n'y a que cela pour vous tranquilliser.

- Oui, cela seulement... mais je voudrais que vous choisissiez, pour le faire venir, le moment où mes parents seront absents. Ça me fatiguerait énormément de leur fournir des explications.

La religieuse hésita... Pouvait-elle se prêter à cette cachotterie ? Mais sa malade était si faible, si déprimée, ne serait-il pas cruel de refuser ce qu'elle demandait pour la première fois ?... d'autant plus que M. Jourdan-Ferrières avait lui-même fait promettre à la garde de ne rien refuser à sa fille.

Alors, l'humble servante de Dieu promit à Michelle d'agir comme elle le désirait. Et l'aprèsmidi de ce même jour, elle put donner satisfaction à la jeune fille et faire venir un joaillier auprès d'elle.

La sœur avait dit à Michelle qu'on le lui avait désigné comme étant un commerçant intègre et honorable et celle-ci l'accueillit avec confiance.

- Je vous ai fait déranger, monsieur, pour me donner un conseil.., une estimation plutôt. C'est peut-être abuser de votre temps qui est précieux : il vous faut pardonner le caprice d'une malade qui ne pouvait aller vers vous et qui ne voulait pas attendre.

Elle souriait si doucement et elle était si jeune, que l'homme fut séduit par tant de grâce.

- Je suis à vos ordres, madame, disposez de moi.

- Voilà... depuis plus de deux mois, je suis couchée et mes bijoux sont restés à Paris. Il ne me reste que ces trois bagues, dont un anneau. Voulez-vous me dire à quelle valeur vous les estimez ?

Elle tendit d'abord son alliance, et, sur son visage, la religieuse lut une telle anxiété qu'instinctivement elle vint vers elle, prête à la secourir, s'il en était besoin.

- Un anneau de platine, fit l'homme. Il faudrait le peser.

- De platine, fit Michelle, dans un soupir de délivrance.

Et, dans ses yeux, il y eut une telle irradiation de joie que la garde, toute troublée, ne sut que s'accuser :

- J'avais dit que c'était de l'argent ! Pardonnez-moi, je ne m'y connais pas.

- De l'argent ! fit l'homme. Oh ! non, ma sœur, on ne peut confondre : la matité, le poids...

le grain si je puis dire. Non ! c'est bien du platine.

- C'est, je crois, la première fois que j'en vois, avoua humblement la garde.

Michelle, dans un geste spontané, lui saisit la main qu'elle pressa entre les siennes.

- Bah ! moi-même, je n'étais pas sûre...

Puis, passant au bijoutier sa bague en forme de marquise, elle demanda :

- Et celle-ci ?

Étrange méfiance, elle donnait à expertiser cette petite bague dont elle connaissait la valeur, pour vérifier le savoir du joaillier.

- Anneau d'or ; roses montées sur platine. Ceci n'a pas été payé plus de dix-huit cents francs.

C'était si juste que de l'admiration passa dans le sourire de la malade.

- Enfin, cette troisième ? fit-elle timidement.

Ses yeux redevenaient anxieux. Et, le souffle suspendu, elle attendait l'arrêt que l'homme allait prononcer.

- Oh ! oh ! s'écria-t-il au premier coup d'œil.

Puis, tirant un binocle de sa poche pour mieux se rendre compte, il laissa tomber de ses lèvres, après un rapide examen :

- Le magnifique joyau ! Il est d'une valeur inestimable.

Elle soupira, heureuse. Il lui semblait qu'elle allait s'évanouir de joie.

Allant à la fenêtre, vers la lumière, le commerçant examina mieux l'étincelant bijou.

- Cette bague est splendide ! Le diamant est de la plus belle eau et d'une grosseur inusitée.

Revenu près du lit de Michelle, il s'informa :

- Où vous êtes-vous, madame, procuré ce joyau ? Il vaut une fortune !

Un bonheur inouï transfigurait le pâle visage aux reflets de nacre.

- Aucune pierre n'est fausse ? Toutes sont vraies ?

- Il est impossible d'en douter ! Vous n'en

connaissez donc pas la valeur pour que vous me posiez une telle question ?

- Justement, fit-elle, avec un étrange sangfroid, sa valeur si grande me faisait craindre quelque brillante imitation.

Soupçonneux, le joaillier remarqua :

- Savez-vous, madame, que cette bague ne peut être confondue avec une autre ?... elle porte gravées, intérieurement, bien que fort effacées déjà, les armes de la maison impériale de Russie. Comment peut-elle être arrivée entre vos mains ?

Un sourire extatique entrouvrit les lèvres de Michelle.

- C'est le gage d'amour que le prince Isborsky m'a passé au doigt le jour de nos fiançailles, répondit-elle comme dans un rêve.

- Le prince Isborsky ? fit le joaillier, avec surprise. Il fut un de mes bons clients, autrefois... Il avait épousé une des princesses impériales...

- La grande-duchesse Xénia Alexandrovna, précisa Michelle de son même air lointain.

- Et vous dites que c'est lui qui...

- Non, pas lui, interrompit-elle en riant. Son fils, le prince Alexandre...

Elle éprouvait un plaisir enfantin à prononcer ces noms, ces titres si longtemps enfouis au tréfonds d'elle-même.

Elle ne pensait même plus qu'il lui fallait se taire de crainte que son père n'apprît la vérité.

De même que le jeune Russe devant la maladie de Michelle était prêt à affronter la colère de M. Jourdan-Ferrières et à lui faire connaître les événements, de même la jeune femme, en découvrant la bonne foi de Sacha, aurait voulu que la terre entière sût qu'il était son mari.

Elle était heureuse. Il lui fallait crier sa joie ! Elle ne pouvait plus contenir son bonheur. Après tant d'heures de doute et de cauchemar, apprendre enfin qu'elle s'était trompée, que celui qu'elle aimait était toujours digne de sa tendresse, la grisait autant que si elle avait avalé une boisson alcoolisée.

Son Sacha bien-aimé ne pouvait plus être

soupçonné de cupidité, puisqu'il lui avait mis au doigt une fortune ! Et elle évoquait la scène de leurs fiançailles, la simplicité du jeune homme lui passant la bague... Il n'avait même pas fait remarquer la valeur de celle-ci !

Elle rougit subitement, en se rappelant avec quelle mesquinerie elle avait souligné celle de son petit solitaire.

Et il l'aimait tant, il était si indulgent pour elle qu'il n'avait eu que cette phrase en réponse à sa misérable remarque :

- Tout n'est-il pas beau et vrai entre nous ?

Phrase merveilleuse qu'elle avait à peine remarquée à ce moment-là et qui, maintenant, lui apparaissait magique et bienfaisante comme un talisman.

Par la puissance seule d'une bague, qui était ornée de vraies pierres, d'une phrase qui voletait en son âme, Sacha, le bien-aimé, l'époux adoré, lui était rendu...

Et puérilement, comme une petite fille embrasse sa poupée après un gros chagrin,

Michelle, oubliant ceux qui l'entouraient, couvrit de baisers fous sa bague et son alliance.

La religieuse, un peu confuse de cette exubérance chez sa malade, détournait la tête avec embarras, mais le vieux commerçant souriait avec indulgence.

Michelle était encore trop faible et tant d'émotions, même heureuses, l'avaient brisée de fatigue.

Toute dolente, elle retomba sur ses oreillers, son visage se couvrit de neige et ses yeux se voilèrent sous une subite faiblesse.

Discrètement, le commerçant se retira.

La garde hésita une seconde entre sa malade inanimée et l'homme qui s'éloignait.

La première pouvait attendre ses soins quelques instants de plus. Et, comme les trois semaines de délire chez Michelle lui avaient appris bien des choses, elle se décida à suivre le dernier.

- Monsieur, fit-elle, en le rejoignant, je voudrais vous demander de garder le silence sur votre visite à ma malade.

- Mais, volontiers, ma sœur, cela ne regarde personne.

- Je voudrais vous prier de ne pas parler des confidences... des noms qui ont échappé à cette jeune fille.

Comme elle lisait de l'étonnement dans les yeux du joaillier, elle devint toute rouge et ajouta, très vite :

- J'ai remarqué... j'ai cru comprendre que le père n'approuvait pas... enfin, le fiancé est tenu à l'écart.

- Pauvres jeunes gens !

- Oh ! oui, monsieur, ma petite malade a failli mourir.

L'homme hocha la tête, son expérience des habitués de Trouville lui faisait deviner bien des choses.

- M. Jourdan-Ferrières est une puissance d'argent et je devine que la révolution russe a dû considérablement appauvrir le jeune prince !

- Peut-être, fit timidement la garde.

- Soyez rassurée, ma sœur : je ne parlerai pas. Ce n'est d'ailleurs pas mon intérêt. Allez soigner votre petite malade et soyez persuadée que j'ai déjà oublié mon passage chez elle.

Il salua et s'éloigna pendant que la religieuse, toute confuse encore, mais satisfaite, retournait auprès du lit de Michelle.

À partir de ce jour, la convalescence marcha à grands pas.

XXXVIII

Michelle avait hâte de rejoindre celui qu'elle aimait et elle se prêtait de bonne grâce à tous les régimes reconstituants qu'on lui imposait.

Elle avait repris confiance en l'avenir et, pourtant, le doute avait été si puissant en elle, que, malgré tout, une sorte de réserve lui restait vis-à-vis des événements.

C'est ainsi qu'elle eut vingt fois la tentation d'écrire au jeune Russe pour le rassurer et lui affirmer sa tendresse toujours vivace. Ne sachant pas son adresse à Londres, elle lui aurait fait parvenir sa lettre par l'intermédiaire de Jean Bernier ou du couple russe demeuré dans son logement, que Sacha lui avait dit vouloir garder comme pied-à-terre, à Paris.

Et, chaque fois que ce désir impérieux de correspondance avec l'aimé lui vint, Michelle en repoussa la tentation sous une crainte obscure qu'elle ne pouvait dominer.

Sacha l'aimait, il était sincère vis-à-vis d'elle et elle avait confiance en son amour, mais rien ne prouvait qu'autour de lui des gens moins scrupuleux, dont il était peut-être l'inconscient complice, ne s'agitaient pas.

L'incompréhensible attitude de M. JourdanFerrières, faisant le vide autour d'elle, lui donnait de sérieuses inquiétudes.

La garde avait beau lui affirmer que, le docteur ayant exigé le calme absolu autour de sa malade, le geste du père était tout naturel, Michelle n'en demeurait pas moins tracassée : pourquoi ce licenciement de tout le personnel ? Pourquoi avoir, surtout, éloigné d'elle Landine qui lui était si dévouée ? Enfin, pourquoi avoir mis Sacha à la porte, quand il s'était présenté pour avoir de ses nouvelles ?

Interrogée sur ces faits singuliers, Mme Jourdan-Ferrières, ne voulant pas avouer à Michelle les malveillantes suppositions de son père, avait prudemment cherché à éliminer les questions. Et cette attitude circonspecte n'avait fait qu'augmenter le malaise de la jeune fille.

Celle-ci donc, tout en se préparant, en secret, à rejoindre Sacha, tenait, avant tout, à faire ellemême une petite enquête à Paris.

Mais, pour partir, il lui fallait de l'argent, et elle en était complètement dénuée.

Un jour que son père se montrait pour elle tout particulièrement charmant - il lui avait apporté des fleurs, des friandises, une jolie montre de poignet : ne fallait-il pas fêter la convalescente ? - Michelle en profita pour lui demander quelques fonds.

- Mes malles sont à Paris, et je n'ai rien à me mettre, papa.

- On pourrait les faire venir.

- Oh ! c'est inutile. J'ai beaucoup maigri et rien ne sera à ma taille. Robes et lingerie, il faudrait tout refaire. Je ne vais pas subir à Trouville une telle fatigue, il vous faudra remplir fortement mon porte-monnaie.

M. Jourdan-Ferrières tira de sa poche une poignée de billets tout froissés et les jeta sur les genoux de sa fille, qui était allongée sur une chaise longue.

Une déception passa dans les yeux de Michelle.

- Oh ! fit-elle, vous me faites l'aumône ! Je dois plus que ça à vos domestiques.

- Envoie-les-moi pour que je les rembourse de leurs avances. C'est comme pour les toilettes, achète ce qui te plaît et fais-moi adresser les factures.

- Si j'ai envie de boire une tasse de thé ou de louer une cabine, me faudra-t-il aussi vous faire présenter la note ?

- Mais si tu veux, mon enfant. Je paierai tout ce que tu voudras.

- Je vous remercie, mon père, de votre bon vouloir, mais si je dois compter sur de tels goûters pour corser mes promenades, il y a bien des chances que je reste à la maison.

- Pourquoi cela ?

- Parce que je manquerai d'audace pour griveler dans les maisons de thé.

Il eut un léger sursaut.

- C'est de l'argent solide qu'il te faut, fit-il en tirant son carnet de chèques de sa poche.

- Évidemment, voyons, papa. Il y a des circonstances journalières où je ne puis vous faire envoyer la facture. Au surplus, vous ne m'avez pas habituée à calculer, sou par sou, toutes mes dépenses !

- En effet, je t'ai beaucoup gâtée... trop, je crois ! Enfin, je ne demande pas mieux que de continuer. Je te demande seulement, ma petite Michelle, d'être très droite ; dis-moi, loyalement, qu'est-ce qu'il y a eu entre John et toi ?

M$_{me}$ Jourdan-Ferrières, qui assistait en silence à cet entretien, ne put réprimer un mouvement de protestation : voilà que les maladresses de son mari allaient recommencer... et il s'adressait à une pauvre convalescente, à peine remise d'une terrible secousse.

Debout derrière Michelle, elle adressait des signes à son mari, essayant de lui faire comprendre qu'une pareille question allait faire envoler, à nouveau, la confiance de l'enfant.

Mais l'homme tenait à son idée et, jouant avec son carnet de chèques, il semblait promettre une récompense à la jeune fille, si elle parlait.

Michelle, qui ne s'attendait pas à la question de son père, avait rougi brusquement. Cependant, elle n'hésita pas.

- Qu'est-ce que le nom de John vient faire avec ma loyauté ?

- Je voudrais savoir où ce garçon a puisé l'audace de venir me demander de tes nouvelles ?

- Vous auriez dû le lui demander à lui-même.

- Sais-tu qu'il a poussé l'inconscience jusqu'à vouloir pénétrer dans ta chambre ?

- Ça me fait plaisir d'apprendre cela, riposta-t-elle avec un pâle sourire. Il m'a assez souvent agacée avec ses infinies corrections.

- Michelle, tu ne parais pas te rendre compte de la question que je t'ai posée... et je t'ai dit de répondre loyalement.

- Loyalement ! Ce mot sur vos lèvres ne me

plaît guère, mon père, s'adressant à moi. J'ai souvent remarqué que vous en usiez avec vos concurrents. Quand vous leur demandiez de vous répondre loyalement sur quelque question financière, ce n'était jamais pour leur bien que vous faisiez servir la réponse.

- Michelle ! gronda M. Jourdan-Ferrières en se dressant brusquement. Il me semble que tu me manques de respect.

- Oh ! je crois plutôt rendre hommage à votre habileté de financier et de fabricant qui a su faire jaillir de rien une fortune immense... Seulement, en famille, vous me permettrez de me méfier des réponses à vous faire loyalement.

- C'est-à-dire que tu ne veux pas répondre, répliqua l'homme énervé.

- Je ne refuse pas, au contraire ; permettez-moi d'abord de vous retourner la question : loyalement, papa, dites-moi pourquoi, à propos d'argent de poche à me donner, vous faites intervenir le nom d'un ancien chauffeur ? Allons, papa, loyalement toujours, précisez votre pensée.

Toute frémissante, les pommettes rouges de fièvre, elle dardait sur son père des yeux exaltés.

La religieuse intervint avec autorité.

- Pardon, mademoiselle Michelle, de vous interrompre, mais si vous vous agitez ainsi, je vais interdire votre chambre. Vous n'êtes pas assez forte encore pour subir de pareilles explications.

Ce blâme indirect ramena le père à la conciliation.

- Voyons, Michelle, fit-il, tu te montes inutilement la tête. J'ai seulement été désagréablement influencé en apprenant que ce même John, après avoir voulu pénétrer jusque chez toi, était allé s'informer de ta santé chez le docteur.

- Quel docteur ?

- M. Rimbert.

- Et John serait allé chez lui ?

- Il n'a pas donné son nom, mais à la description j'ai reconnu l'individu.

Elle sourit. Cette démarche de Sacha, qu'elle avait ignorée jusqu'ici, lui faisait plaisir.

- Ça te fait rire, fit le père, qui n'en croyait pas ses yeux.

- Oui, avoua-t-elle gaiement. Je trouve ça tellement rigolo et invraisemblable.

- Allons, intervint Mme Jourdan-Ferrières, ne fatiguons pas Michelle plus longtemps. Donne-lui ce qu'elle demande avec juste raison : elle ne peut rester sans argent, et filons vite pour qu'elle puisse se reposer.

Son mari la regarda, puis, hésitant, il reporta ses yeux sur la jeune fille.

- Puisque je lui dis que je paierai toutes les factures, remarqua-t-il.

- Justement, insista la mère. Je ne vois pas pourquoi tu tiens tant que ça à ce qu'elle soit démunie d'argent.

- Mon père désire contrôler toutes mes dépenses, observa Michelle, railleuse.

- Parfaitement, ma petite. J'estime que, si tu tiens à être libre de tes actes, tu n'as qu'à te marier. Je t'ai proposé assez de beaux partis : choisis un mari parmi eux et tu auras ta liberté avec le droit de dépenser fabuleusement. Mais, tant que tu seras chez moi, je trouve que mon devoir de père est de...

Il ne put achever. Mme Jourdan-Ferrières l'avait saisi par le bras et cherchait à l'entraîner hors de la chambre.

- Attends, attends, fit l'homme. Je ne suis pas barbare.

Il griffonna un chèque et le tendit à sa fille.

- Tiens, voici deux mille francs ; ça représente quelques tasses de thé.

- Puisque tu es en train, donne-moi donc aussi quelque chose, réclama l'épouse du millionnaire. J'ai perdu, hier soir, au baccarat, une forte somme.

- Combien ? fit l'homme sans sourciller et presque heureux de montrer à sa fille qu'il pouvait toujours signer de gros chiffres.

- Beaucoup, le plus possible ! Il me faut payer la perte et recommencer ce soir.

- Cinquante mille te suffisent ?

- Pour aujourd'hui, oui, mais je ne garantis pas que, demain, je n'aurai pas d'autres besoins.

- Vous me ruinerez, toutes les deux ! fit en riant le millionnaire.

Et, tourné vers sa fille, il lui tapota les joues :
- Allons, fillette, guéris vite pour courir les magasins.

Il riait, heureux du bon tour qu'il croyait avoir joué à Michelle, et il ne voyait pas la pâleur de celle-ci.

La différence de traitement que le père, si maladroitement, venait de souligner entre la belle-mère et la belle-fille avait cinglé l'orgueil de cette dernière.

Elle ne sourcilla pas aux caresses de celui-ci, mais, tendant le chèque de deux mille francs à la religieuse, elle prononça de son air las :

- Tenez, ma sœur, vous enverrez ceci à votre communauté pour les orphelines. Je tiens à remercier celles-ci qui ont prié pour moi pendant que j'étais malade. Ce n'est pas énorme, mais le cœur y est.

Et, fermant les yeux, elle parut se disposer à dormir.

Médusé, le millionnaire regarda la convalescente, si pâle à présent. Dans le demi-jour de l'appartement, ses joues caves, ses yeux fermés, noyés de cerne violet, et ses lèvres exsangues lui donnaient l'apparence d'un cadavre.

Subitement, le père eut conscience de sa maladresse. Il regarda sa femme, puis la sœur, et, devant leurs mines de désapprobation, une fureur le prit et il quitta la chambre brusquement.

Sa femme, qui le suivait et qui maintint ouverte la porte derrière lui, l'empêcha de faire claquer celle-ci comme il s'y disposait.

Après leur départ, la religieuse vint vers Michelle et voulut lui rendre le chèque, mais celle-ci s'y opposa :

- Je ne reprends jamais ce que je donne, ma sœur. Et c'est si peu pour tant de pauvres fillettes !...

- Mais si vous vous démunissez...

- Je vous en prie, ne vous inquiétez pas de cela... je sais où en prendre ! Ce qui me préoccupe davantage, c'est le malentendu que je sens, chaque jour, grandir davantage entre mon père et moi. J'ai l'impression, maintenant, que nous sommes toujours comme deux adversaires qui s'observent...

À ce moment, la porte se rouvrit et Mme Jourdan-Ferrières réapparut.

- Il faut te remettre au lit, ma petite Michelle, dit-elle. La visite de ton père t'a fait beaucoup parler et tu dois être fatiguée. Je viens de téléphoner au docteur. Je te trouve mauvaise mine, ce soir.

Elle l'aida à se coucher, puis, en arrangeant ses oreillers, elle dit, maternellement :

- Je voudrais te dire, ma petite Michelle, ce n'est pas John qui est allé chez le docteur Rimbert. J'ai interrogé celui-ci et il m'a dit que c'était un de ses jeunes confrères... le prince Isborsky, je crois. Ça n'avait aucune importance, d'ailleurs, et je n'en ai pas parlé à ton père qui est un excellent homme, mais qui complique tout...

Elle embrassa la jeune fille et ajouta :

- Dors tranquillement, maintenant, et reposetoi. Dès demain, je m'occuperai de ton trousseau ; il faut que je te renouvelle tout et je te promets que tu seras contente. Pour tes robes, j'enverrai ici, dès que tu seras assez forte pour choisir les étoffes.

- Je vous remercie, ma mère, fit Michelle doucement. Vous êtcs très bonne.

- C'est tout naturel, ma chérie, que je t'aide, puisque tu n'as pas la force... Qu'est-ce que je voulais encore te dire ? Ah ! oui, c'est pour le chèque : tu sais, je n'ai pas du tout perdu au jeu hier soir et je n'avais pas besoin de cette somme. Mais, quand j'ai vu le manège de ton père, ça m'a agacée... Il ne se rend pas toujours compte de nos nécessités...

- Oui, il est bon quand il veut ! Mais avec moi, maintenant, il ne veut pas souvent.

- Écoute, ma petite Michelle, ne te tracasse

pas avec ses boutades ; au fond, il t'aime beaucoup ! Allons, prends ce chèque, il est pour toi...

- Mais, mère, protesta Michelle, tout émue, je ne veux pas vous en priver.

- Cet argent t'est nécessaire, mon tout petit... Vois-tu, avec ton papa, il faut éviter de demander... ni conseils ni approbation, ni rien ! Il vaut mieux souvent le placer en face des faits accomplis : alors, ça va tout seul... Moi, vois-tu, je suis sa femme et mon devoir est de soutenir son autorité paternelle, je ne pourrai jamais t'aider beaucoup... Aussi, ma petite Michelle, prends cet argent et... fais pour le mieux, j'ai confiance en toi !

Michelle, éperdue, regarda sa belle-mère.

- Oh ! maman, comment vous remercier ? Vous êtes maternellement bonne.

- J'ai été jeune aussi et j'ai follement aimé ton père ; si on avait voulu me séparer de lui, je crois... oui, je crois que je serais allée le retrouver ! On est quelquefois forcé de faire son bonheur soi-même... Enfin, pour le moment, repose-toi et soigne-toi bien... Je souhaite que la destinée te soit clémente, mon petit, mais, quoi qu'il t'arrive dans la vie, rappelle-toi que je t'aime sincèrement et que je te serai toujours dévouée.

Elle serra bien fort et bien tendrement Michelle dans ses bras. Une seconde, leurs larmes se mêlèrent. Puis, comme la jeune fille voulait parler, la mère posa doucement son doigt sur les lèvres de l'enfant :

- Chut ! ma petite fille. Ne dis rien... nous n'avons rien à ajouter ! À demain, dors bien, mon petit !

Et celle que chacun croyait être la frivole Mme Jourdan-Ferrières disparut silencieusement, comme elle était venue, pendant que Michelle, tout émue, se demandait si elle n'avait pas rêvé tout ce que sa belle-mère venait si affectueusement de lui dire.

XXXIX

Lettre de Michelle à M. Jourdan-Ferrières :

« Mon père,

« Quand vous lirez ce mot, je serai déjà loin. Ne vous inquiétez pas de moi et ne me faites pas rechercher, je suis majeure et j'ai mûrement réfléchi avant d'agir. Rien, maintenant, ne me ferait revenir sur ma décision.

« Je vais vers mon destin. Je pense obtenir que ma garde-malade m'accompagne : les soins et le respect ne me manqueront pas en route.

« Si la maladie qui m'a retenue si longtemps à la chambre a bouleversé ma vie, au point que les choses favorables me sont devenues hostiles, je ne retournerai quand même pas auprès de vous. Je préfère travailler et gagner ma vie plutôt que d'épouser un homme que je n'aimerais pas et que je choisirais uniquement pour vous faire plaisir ou pour que vous m'ouvriez en grand votre portefeuille.

« Ne me gardez pas rancune, mon cher père, de passer outre à votre volonté. En me précisant à quoi je devais m'attendre de votre part, vous m'avez en quelque sorte donné la possibilité de choisir... et j'ai préféré renoncer aux avantages de votre fortune.

« Ma mère chérie n'était pas riche, quand elle est morte. Je n'ai donc pas à espérer quoi que ce soit en dehors de mon travail et de celui de l'homme que je choisirai.

« Si les événements me sont miséricordieux, vous me reverrez, mon père, puisque je n'aurai pas à quémander une aide ; j'attendrai que la chance tourne et me soit meilleure... Tout mon désir est de ne pas vous contraindre à faire quelque chose qui vous déplaise.

« Et ne m'accablez pas, mon petit papa, c'est malgré mes propres désirs que je vous ai heurté ; vous me vouliez puissamment riche à vos côtés, et je ne demandais qu'une chose : être heureuse dans votre ambiance.

« La destinée qui, malgré moi, m'a mis un amour au cœur, a voulu que l'homme que j'aime soit bien élevé, mais pauvre ! Et tous mes désirs ne peuvent changer cette chose inéluctable... je subis une fatalité que je n'ai pas voulue, ni recherchée, et à laquelle j'obéis, puisqu'il n'y a, en ma volonté, la moindre force de résistance.

« Au revoir, mon père. Partagez avec maman, qui a été véritablement maternelle pour moi, toutes mes plus tendres caresses et croyez-moi votre respectueuse et aimante

« MICHELLE. »

« P.-S. - Je pars par le train de dix heures et j'enlève mes malles. Cela dit pour vous éviter d'interroger la domesticité. »

Le millionnaire, qui revenait de passer la journée à Cabourg, avec sa femme et des amis, dut relire deux fois cette lettre avant de comprendre que sa fille s'était envolée.

Ce fut un coup très dur pour lui, d'autant plus

que la lettre de Michelle, le plaçant devant un fait accompli, ne lui permettait pas de discuter ou de faire des concessions.

Sans dire un mot, il tendit la lettre à sa femme. Et, quand elle l'eut lue :

- Crois-tu qu'elle en a de la volonté, cette petite ! fit-il. Rien n'a pu la faire changer d'idée... car, aucun doute, à présent, elle nourrissait déjà des projets quand elle m'a interrogé, il y a quelques mois, à propos de Molly Burke.

- C'est probable.

- La maladie n'a fait qu'en retarder l'exécution.

- À moins qu'elle n'ait précipité les événements.

- Comment cela ?

- Dame, mon ami, remarque... Michelle s'en va sans paraître être très sûre de ce qu'elle va trouver à l'arrivée : elle émet l'idée que les choses favorables puissent lui être devenues hostiles...

- Tonnerre ! C'est que tu as raison. La pauvre

gosse court peut-être au-devant d'une déception !

Et l'homme, de nouveau, se remit à lire la lettre de la fugitive, en analysant bien toutes les phrases.

- Ce n'est pas un chant de victoire, qu'elle m'envoie là, ma toute petite ! fit le père, attendri. C'est presque une lettre de désespérée que la fatalité dirige.

- On ne quitte pas pour toujours sa famille sans avoir le cœur un peu gros, remarqua la mère, soudainement très agitée.

- Mais enfin, s'écria l'homme, avec indignation, cette enfant n'est pas seule au monde, elle sait bien que je suis là et qu'elle peut compter sur moi, quoi qu'il arrive !

- Malheureusement, tu lui as dit le contraire...

- Voyons, voyons, ne me donne pas des regrets. Tous les pères auraient fait comme moi. Ça n'empêche pas les enfants de compter sur leurs parents.

- Évidemment, tu as raison. Il n'y a qu'à attendre les événements.

- Comment, attendre ?

- Nous ne pouvons rien faire.

- Par exemple ! Mais je vais immédiatement essayer de rejoindre cette gamine !

Elle haussa les épaules.

- Pour la ramener de force à la maison ? Elle t'a prévenu qu'elle ne reviendrait pas.

- Il ne s'agit pas de la ramener. Il faut arranger les choses. L'homme avec qui elle est partie doit l'épouser, si réellement il n'en est pas indigne.

- C'est justement cela qui m'inquiète, fit la mère, soucieuse. Elle va le rejoindre. Le trouverat-elle et dans quelles dispositions sera-t-il à son arrivée ? Sa maladie a interrompu l'idylle et cet homme ne paraît pas avoir cherché à la rejoindre ici ; j'aurais pensé le contraire !

- Autrement dit, tu crains qu'il n'aime pas Michelle ?

- Ou, tout au moins, que les mesures radicales que tu as prises pour isoler celle-ci ne l'aient découragé.

- Dis plutôt que ça l'a refroidi de savoir que je ne marchais pas dans la combinaison !

La mère réfléchissait et, avec le peu qu'elle savait, essayait de démêler la vérité : la venue du jeune Russe, affolé devant la maladie de Michelle, la photo de celui-ci dans le sac de la jeune fille... la visite d'un homme inconnu chez le docteur Rimbert : un homme qui ressemblait à l'ancien chauffeur, s'appelait prince Isborsky, était médecin et partait le lendemain pour l'étranger !... Enfin, l'affirmation du docteur Rimbert : ce prince aimait Michelle et il n'était pas indifférent à la jeune fille...

« Alors, se demanda-t-elle, pourquoi n'est-il pas revenu ? Pourquoi n'a-t-il pas essayé de la voir, depuis qu'elle va mieux ? J'étais persuadée que la petite avait reçu de lui de bonnes nouvelles ; elle a eu l'air si heureuse, tout d'un coup... Mon Dieu ! est-ce que je l'aurais mal conseillée dans mon indulgente complicité ? »

Et pendant que le père, en lui-même, s'adressait d'amers reproches, la mère, anxieusement, se demandait si elle n'était pas plus coupable encore que son mari !

- Enfin ! s'écria tout d'un coup le millionnaire, qui ne pouvait accepter passivement la fuite de sa fille, donne-moi un conseil : comment la retrouver ? Comment agir ? Elle nous prévient du train qu'elle a pris. Faut-il la rejoindre ?

- Elle a trop d'avance sur toi.

- Mais je suppose qu'elle va aller avenue Marceau ?

- Tu peux t'en assurer par le téléphone. - C'est une idée...

Subitement, l'homme s'arrêta.

- Dis donc, Michelle est sans argent : je lui en ai refusé.

- Elle avait des bijoux, elle aura su s'en procurer.

- Les bijoux s'achètent cher et se vendent un prix dérisoire. Si elle les a vendus pour partir, avec quoi va-t-elle vivre ensuite ?

Ce souci laissait Mme Jourdan-Ferrières

complètement froide... et pour cause.

- Allons ! fit-elle. Ne complique pas les choses. Pour le moment, Michelle a ce qu'il lui faut...

- Ce n'est pas sûr.

- Mais c'est certain. Cette petite a dû prendre ses précautions et elle n'entraînerait pas avec elle la religieuse, si elle n'avait pas de quoi payer les frais.

- La moindre complication, le plus petit retard peut épuiser sa bourse. C'est épouvantable de penser que ma pauvre Michelle peut connaître la gêne et peut-être la faim...

Cette supposition fauchait toute l'énergie du millionnaire. Cet homme qui, aujourd'hui, dépensait largement sans compter, oubliait le temps où un billet de cent francs lui durait plusieurs jours.

- Si cette question d'argent te tracasse, fit la mère, plus positive, téléphone tout de suite au portier de l'avenue Marceau et donne des ordres pour que Michelle trouve des fonds à sa disposition, si elle passe à l'hôtel.

- Ça, c'est réellement une bonne idée. Mais je vais faire mieux : je file, à Paris, les porter moi-même. En quelques heures, je vais être là-bas.

La mère eut beau déconseiller ce voyage, l'homme tint à partir.

- Je ne cours pas après Michelle, répétait-il ; mais si je puis l'aider, je ne veux pas en manquer l'occasion. Cette petite manque totalement d'expérience, elle ignore que le plus sincère des amoureux à des dents aussi longues que les autres mortels.

Fébrilement, le millionnaire fit prévenir le chauffeur et donna des ordres pour préparer sa valise.

Quand il fut parti, Mme Jourdan-Ferrières se précipita au téléphone et demanda le docteur Rimbert. Celui-ci villégiaturait à Berck et la mère dut attendre plusieurs heures avant de pouvoir le trouver au bout du fil.

Une déception l'attendait : le prince Isborsky n'avait pas donné signe de vie, depuis la visite qu'il avait faite au praticien...

À tout hasard, elle se mit en communication avec la communauté des religieuses gardesmalades, dont dépendait la sœur qui avait soigné Michelle.

Elle apprit que la supérieure de l'établissement avait repoussé la demande de la jeune fille : les règlements de l'ordre ne permettant pas à une des sœurs de quitter la France, et Mme Jourdan-Ferrières ayant prévenu qu'elle allait incessamment partir pour l'Angleterre.

Hormis ce dernier règlement, qui situait Michelle sur la carte du monde, la femme du millionnaire ne découvrit aucun fait nouveau lui permettant d'escompter un résultat satisfaisant pour la jeune fille.

De son côté, M. Jourdan-Ferrières essaya en vain de rejoindre sa fille. Elle ne parut pas avenue Marceau et elle ne visita aucun de leurs amis et connaissances.

Très découragé, il revint à Deauville, auprès de sa femme, après avoir chargé une agence de police privée de rechercher discrètement la jeune fille. Il ne restait plus au père et à la mère qu'à attendre les événements, Michelle avait promis de leur donner des nouvelles ; il était impossible qu'elle ne leur écrivît pas, même si la malchance était contre elle.

XL

À Paris, Michelle n'eut aucune peine à retrouver les traces de Sacha. Jean Bernier, qui demeurait toujours à la pension de famille, lui dit recevoir assez fréquemment des nouvelles du jeune Russe, qui exerçait maintenant en Angleterre, comme cela avait été prévu. Il lui donna même à lire plusieurs lettres de Sacha.

Et comme Michelle, spontanément, lui apprenait tous les doutes torturants qui l'avaient assaillie, le vieux peintre lui offrit de la conduire immédiatement rue des Amandiers, afin de vérifier avec elle l'absence et le départ de celui qu'elle y allait secourir.

Très émue de la suspicion qu'elle avait fait peser sur Sacha et sur l'ancien ami de sa mère, Michelle se montra, à partir de ce moment, tout particulièrement affectueuse et confiante avec ce dernier.

Ils allèrent ensemble avenue des Ternes, au domicile de Sacha, où Michelle passa la nuit avec l'intime satisfaction de reposer sous le toit conjugal. Puis, le lendemain matin, toujours escortée de son père naturel, elle rendit visite à la petite chapelle de Neuilly, où le vieux prêtre lui confirma la régularité, selon le rite orthodoxe, de son mariage religieux avec le prince Isborsky.

Une autre visite à la baronne Colensky lui apprit encore que, par son intermédiaire, et grâce à la complaisance des religieuses, elle avait pu faire parvenir régulièrement à son cousin des nouvelles de la malade.

Cette certitude que Sacha, à aucun moment, ne s'était désintéressé de son sort, rendit à Michelle toute sa confiance en l'avenir. Et sa foi dans un proche bonheur était telle qu'avant de s'embarquer à Dieppe elle ne put résister à l'envie de rassurer sa belle-mère par une carte postale sur laquelle elle écrivit ces seuls mots :

« Je pars, confiante, rejoindre mon mari... Merci. »

Elle ne signa pas, persuadée que Mme JourdanFerrières comprendrait. Et pour être sûre que, seule, sa belle-mère lirait son message, elle mit sur l'enveloppe le mot personnelle.

Cette carte apporta une réelle joie à sa destinataire. Tant de doutes l'avaient assaillie, depuis le départ de sa belle-fille, que c'était pour elle une réelle nécessité que d'être rassurée.

Elle eut donc une pensée affectueuse, pleine de gratitude, pour l'enfant qui semblait avoir deviné ses inquiétudes.

Un mot du laconique billet la surprenait bien un peu : ce titre de mon mari que Michelle donnait à l'homme qu'elle allait rejoindre (la belle-mère pensait : le prince Isborsky) paraissait bien un peu exagéré à cette dernière ; mais enfin, puisque la fugitive avait préféré cette appellation à celle de fiancé, c'est que, probablement, elle l'avait jugée plus persuasive pour rassurer complètement la mère inquiète.

M_{me} Jourdan-Ferrières se demanda si elle

devait montrer à son mari la dépêche de Michelle. Il fallait toujours craindre les maladresses de l'homme trop impulsif, mais l'épouse, qui voyait son compagnon très déprimé, n'eut pas le courage de le laisser plus longtemps dans l'inquiétude.

- Écoute, lui dit-elle bientôt. Donne-moi ta parole que tu ne quitteras pas Deauville et que tu ne feras aucun geste pour contrarier les projets de Michelle, et je te communique une nouvelle que j'estime être assez rassurante.

- Tu peux parler, fit l'homme avec un pauvre sourire de vaincu. Je n'ai plus du tout envie de contraindre ma fille à se plier à mes désirs : qu'elle épouse celui qu'elle aime, cette petite. Pourvu que je ne sois pas privé de l'affection de ma fille il m'est bien égal qu'il soit pauvre ou sans position, ma fortune me permet d'assurer leur avenir.

- Eh bien ! lis ça ! jeta la mère, avec joie, en lui tendant la carte.

Le millionnaire, après avoir lu, demanda tout surpris à sa femme :

- Mais pourquoi est-ce à toi qu'elle envoie cette carte ? Et pourquoi ce merci ?

L'épouse se mit à rire comme d'un bon tour qu'elle aurait joué à son mari.

- Parce que, tu sais, répondit-elle, le chèque... celui de cinquante mille... je n'avais pas perdu au jeu et je l'ai donné à Michelle quelques jours avant son départ.

- Ah ! çà, c'est heureux ! Alors, ma fille n'est pas sans le sou ! Et, tout ému, il embrassa sa femme.

- Tu es meilleure que moi, ma bonne amie. Mais pourquoi cette invention ? Cette perte au jeu ?

- Il fallait bien trouver un prétexte pour avoir une forte somme, puisque tu la lui refusais, à elle...

- C'est merveilleux, les femmes ! Tu as tout de suite pensé à ça !

Et, se frottant les mains, satisfait de la tournure des événements :

- Allons, me voici tranquille, à présent. Du

moment que la petite a le portefeuille garni, il y a des chances pour que nous ayons bientôt de bonnes nouvelles. La mâtine a la tête solide, elle tient de moi, et si jamais elle s'aperçoit que l'homme qu'elle aime lui fait grise mine, elle saura bien faire machine en arrière. Je fais crédit à son orgueil.

M_{me} Jourdan-Ferrières ne répondit pas.

Elle essayait d'évoquer une haute silhouette, une taille athlétique... des yeux bleus, rêveurs... une tête un peu altière... et une infinie correction amalgamant tout ça. Chauffeur, médecin ou prince, la mère ne savait plus exactement quoi supposer.

Depuis des semaines, elle avait saisi toutes les occasions de se documenter sur les Russes exilés à Paris et elle avait découvert des infortunes qui, pour être princières, n'en étaient pas moins complètes !

Et le beau et énigmatique visage de John se prêtait, en ce sens, à toutes les suppositions...

XLI

Dans la longue salle d'attente de l'hôpital, où mères et enfants malingres et souffreteux attendaient leur tour, alignés sur des bancs de bois, Michelle s'était assise dans un coin.

Fatiguée du voyage, tout affaiblie encore par sa rude maladie, elle demeurait immobile, la tête appuyée contre la muraille ripolinée.

Dans sa face émaciée, ses grands yeux noirs brillaient d'un éclat fiévreux : cette attente, si près du but, mettait ses nerfs à une dure épreuve.

Arrivée de la veille, elle avait tout de suite voulu rejoindre le prince Isborsky, mais elle n'avait pu arriver jusqu'à lui.

On lui avait expliqué, chez le concierge, que le docteur avait bien une maison, à lui, à l'autre extrémité du parc. Ce logis était complètement aménagé et prêt à être habité, mais, pour des raisons connues de lui seul, le prince n'y résidait pas encore. Il s'était fait meubler une chambre à l'hôpital même et il y reposait, au milieu des internes et des malades.

Pour le rencontrer, comme on ne permettait à personne de pénétrer à l'intérieur de la maison de santé en dehors des heures de visite, on avait donc conseillé à la visiteuse de venir à la consultation du docteur Isborsky. Justement, c'était le jour des enfants, elle serait au milieu des mères et pourrait l'approcher facilement.

Michelle était donc venue. Et, un peu dépaysée de se trouver parmi tant d'infortunes, qui venaient chercher gratuitement la santé de leurs enfants, elle demeurait à sa place, gênée mais un peu curieuse devant ce spectacle si nouveau pour elle.

Soudain, elle tressaillit, et, dans sa poitrine, son cœur se mit à battre de grands coups sourds qui lui faisaient mal.

Une porte, au fond de la salle, venait de s'ouvrir et, dans l'embrasure, la haute silhouette de celui qu'elle aimait venait d'apparaître.

Elle eut le courage de ne pas l'appeler, de rester immobile.

Elle irait vers lui, après qu'il aurait terminé sa consultation.

C'est qu'en effet, à sa vue, un élan avait poussé vers lui les mères anxieuses. Déjà, elles le connaissaient toutes et, comme un hommage, leur confiance en lui se traduisait par des paroles accueillantes, des mains tendues, des visages heureux de le voir.

Michelle le vit scruter, d'un regard qui embrassait tout, d'un regard profond, pénétrant, toutes ces faces enfantines ravagées par la maladie.

Autour de lui, deux internes et quatre nurses venaient ranger.

Et, debout, à l'extrémité de la salle, se penchant tour à tour vers chacun des enfants, interrogeant les mères ou donnant des ordres aux nurses, qui entraînaient les petits patients vers d'autres salles, le médecin commença sa consultation.

Tout à son examen, l'homme n'avait pas encore aperçu la forme féminine, immobile à l'autre extrémité. Un moment vint, cependant, où ses yeux se portèrent machinalement de ce côté.

Surpris de la silhouette entrevue, son regard aigu s'arrêta mieux sur Michelle et il pâlit soudain.

La jeune fille perçut sur les siens la vrille acérée de ses yeux bleus : il lui sembla qu'il avait pour elle le même regard de dureté qu'elle avait senti déjà peser sur elle, une fois, à Paris, au parc Monceau, quand elle s'y promenait avec son cousin.

Ce fut à peine une impression. Bien que devenu fort pâle, le médecin commandait à ses impressions.

Les yeux baissés sur un jeune garçon, qu'il maintenait de la main à l'épaule, il se pencha vers une jeune nurse et prononça quelques paroles.

La blonde et jolie nurse approuva de la tête et, une seconde après, Michelle la vit se diriger vers elle.

- Madame, si vous voulez me suivre : le docteur a dit que je vous fasse attendre dans son cabinet.

La jeune fille sourit. Elle était à peine revenue auprès de Sacha que, déjà, elle sentait peser à nouveau sur elle son inlassable protection.

Elle suivit la nurse : mais, avant de quitter la salle, elle se tourna vers le jeune Russe et, de loin, lui adressa un timide et discret sourire. Il lui parut que le regard de l'homme s'humanisait un peu.

Dix minutes après, le prince Isborsky, trop troublé pour continuer utilement sa consultation, venait la rejoindre.

Sur le seuil de la porte, il s'arrêta et, longuement, l'examina. Son regard de médecin découvrit tout de suite les signes symptomatiques d'une récente maladie et d'une convalescence à peine achevée et qui s'éternisait en anémie.

- Ma petite Michelle, fit-il avec une infinie pitié, comme tu as été malade !...

Elle vint vers lui.

- Mon Sacha bien-aimé...

Il n'eut qu'à ouvrir les bras pour la recueillir toute palpitante contre lui, comme un oiseau effarouché.

Et la grosse rancœur de l'homme se fondit en un reproche très doux :

- Comment as-tu pu être si longtemps à revenir ? Et pourquoi m'avoir laissé sans nouvelles ?...

- Oh ! ne m'accuse pas, ne me gronde pas. Est-ce qu'on est responsable de la maladie et de la folie ? Mon Sacha chéri, je suis venue, dès que mes forces ont pu me porter jusqu'à toi...

- Et tu viens pour longtemps ? demanda-t-il, tout bas et presque craintivement.

- Mais pour toujours ! Je suis ta femme et j'ai tout quitté pour te rejoindre...

Alors, l'homme referma les bras sur la fragile compagne qui lui était rendue. Et ses lèvres, à lui, posées sur celles de l'aimée, ils reprirent l'éternelle chanson d'amour des couples unis...

La prédiction de la sorcière rouge était

accomplie : la guérison était une résurrection, et ils allaient aller dans la vie, cœur contre cœur, et main dans la main, heureux, entièrement, absolument...

Quinze jours après, Michelle écrivit à son père, et le millionnaire, soulagé, recevait les lignes suivantes :

« Mon cher père,

« J'ai le grand bonheur de vous apprendre mon mariage avec le prince Alexandre Isborsky.

« Notre union avait été célébrée religieusement, il y a trois mois, à Paris, dans une église russe. Ma maladie et les événements ne nous ont permis d'achever les formalités que ces derniers temps.

« Depuis trois jours, je suis tout à fait la femme de l'homme que j'aime et je suis heureuse.

« Mon mari dirige une maison d'assistance médicale et il fait beaucoup de bien autour de lui.

« Par contrat, nous sommes assurés d'une vie

large pendant dix ans.

« Je me sens une âme émerveillée de petite princesse, heureuse de vivre une vie simple auprès d'un mari aimant et bon.

« Si jamais, plus tard, vous consentez à oublier que vous êtes riche, je serais heureuse, mon papa, de vous montrer tous les enchantements de ma nouvelle vie.

« Recevez, en attendant, ainsi que maman, tous les affectueux baisers de votre Michelle, qui vous aime. »

Après avoir achevé de lire cette lettre, une grande joie souleva l'ancien charcutier.

Sa fille était princesse ! Elle avait su mener sa barque, la mâtine !

Tout exalté, il se précipita vers la chambre de sa femme.

- Michelle m'écrit. Elle est mariée ! Jamais tu ne devinerais l'invraisemblable nouvelle qu'elle m'annonce ! Voyons, essaye un peu de deviner le titre de son mari ?

La mère sourit. Elle faillit prononcer le nom du prince Isborsky, qui lui montait aux lèvres, mais il y avait un tel épanouissement sur le visage du millionnaire, qu'elle voulut lui laisser le plaisir de le nommer.

- Eh bien ! ma bonne amie, le croirais-tu : Michelle est princesse ! Elle a épousé un docteur, le prince Isborsky, qui dirige une maison de santé, en Angleterre. Elle est heureuse, c'est le principal ! Nous partons tout de suite la rejoindre...

Et comme la mère protestait que c'était trop tôt, qu'il fallait les laisser un peu seuls, M. Jourdan-Ferrières l'envoya promener.

- Ah ! ne douche pas ma joie, ma bonne amie. Voici trois semaines que je suis privé de ma fille ! Et puis, ajouta-t-il, un peu mystérieux, j'ai envie de voir comment elle est, Michelle, en petite princesse ! Connaît-elle bien toutes ses obligations ? C'est que, maintenant que je suis le beau-père d'un prince, il faut qu'elle sache dépenser princièrement mon argent !